本书系第五批"广西高等学校千名中青年骨干教师培育计划"项目建设成果

2020年度教育部人文社会科学一般项目"香港文学历史化中的有关问题研究"（项目编号：20XJA751004）建设成果

"广西一流学科·中国语言文学"经费资助成果

# 网络文学

## 青春书写的嬗变与传承

The Evolution and Inheritance
of Youth Writing
in Online Literature

王瑜　邱慧婷 ◎ 著

中国社会科学出版社

## 图书在版编目（CIP）数据

网络文学青春书写的嬗变与传承／王瑜，邱慧婷著.
北京：中国社会科学出版社，2025.3. -- ISBN 978-7-5227-4624-1

Ⅰ.I207.999

中国国家版本馆CIP数据核字第2024CM4259号

| | |
|---|---|
| 出 版 人 | 赵剑英 |
| 责任编辑 | 郭晓鸿 |
| 特约编辑 | 杜若佳 |
| 责任校对 | 师敏革 |
| 责任印制 | 戴 宽 |

| | |
|---|---|
| 出　　版 | 中国社会科学出版社 |
| 社　　址 | 北京鼓楼西大街甲158号 |
| 邮　　编 | 100720 |
| 网　　址 | http://www.csspw.cn |
| 发 行 部 | 010-84083685 |
| 门 市 部 | 010-84029450 |
| 经　　销 | 新华书店及其他书店 |
| 印　　刷 | 北京明恒达印务有限公司 |
| 装　　订 | 廊坊市广阳区广增装订厂 |
| 版　　次 | 2025年3月第1版 |
| 印　　次 | 2025年3月第1次印刷 |
| 开　　本 | 710×1000　1/16 |
| 印　　张 | 16 |
| 插　　页 | 2 |
| 字　　数 | 225千字 |
| 定　　价 | 89.00元 |

凡购买中国社会科学出版社图书，如有质量问题请与本社营销中心联系调换
电话：010-84083683

版权所有　侵权必究

# 目 录

序 言 …………………………………………………………（1）

**第一章 网络文化与网络文学** ………………………………（1）
  第一节 网络文化的特征 ……………………………………（1）
  第二节 网络文化关键词 ……………………………………（8）
  第三节 网络文体与网络风格 ………………………………（13）

**第二章 网络小说青春主题研究** ……………………………（23）
  第一节 《第一次的亲密接触》与网络小说的青春主题 ………（25）
  第二节 论《匆匆那年》的代际青春书写 …………………（34）
  第三节 《步步惊心》与穿越小说的青春"救赎" ……………（43）
  第四节 《太子妃升职记》与女性的青春职场 ………………（53）
  第五节 《那些年，我们一起追的女孩》与校园青春的
       "英雄情结" …………………………………………（62）
  第六节 文学史传统与穿越小说的青春想象 ………………（72）

**第三章 "70后"作家群的青春书写**
      ——以卫慧为中心 ………………………………………（94）
  第一节 "70后"作家群：个体化写作的源头 ………………（95）

第二节　卫慧现象与青春写作 …………………………（101）
　　第三节　卫慧青春写作的文化成因 ……………………（117）
　　第四节　卫慧青春写作的文化审视 ……………………（132）
　　第五节　卫慧青春写作的特点论析 ……………………（146）
　　第六节　争议卫慧青春写作 ……………………………（162）

**第四章　网络文学青春书写的跨文本叙事与传播** …………（179）
　　第一节　论网络空间身体的文学、图像、视频化建构 ………（179）
　　第二节　多媒介：网络文学海外传播的新方略 ………（197）

**第五章　香港小说青春书写的演变探索** ……………………（208）
　　第一节　香港文学的大众性与网络性 …………………（208）
　　第二节　香港小说的青春书写 …………………………（215）

**结语　网络文学研究的问题与思考** …………………………（242）

**后　记** ………………………………………………………（246）

# 序　言

在中国文学百年的发展历程中，出现了两次大的变革：其一是20世纪初五四运动期间出现的新文学；其二是20世纪末伴随着科技革命产生的网络文学。这两次文学大变革中，第一次变革的意义和价值已被学界充分认知，经历了较长时期持续不断的关注和开掘。从新文化运动时期先贤们的倡导和身体力行的创作与研究，到后来者的仿效和开拓，新文学的阵地结出了丰硕的果实。"文变染乎世情，兴废系乎时序"，就时代的变化和发展而言，新文学革命的出现不可避免。文学是思想变革的体现，其规则、句法等均体现着人们认知的发展。从人类文明的发展看，人们的创造力是压抑不住的，古代人们在适应生活方面积累出的智慧未必是现代人的需要，虽然情感的本质差异不大，但不同时空中的人们有不同的生活和情感表达方式。不同时代的生活特点和情感认知表现在文学创作中，也推动了具有时代特色文学作品的形成。

20世纪初期，中国社会出现了大变革，皇权衰落，西式的科学文化等引起国人的注意。一些较早睁眼看世界的有识之士深切感受到古老文明活力的丧失，迫不及待地想以西方文明中的智慧激活古老国度内蕴的生命力。在这个过程中，封建专制首先受到批判，"皇权就是神权"等治理模式也受到质疑。在中国人民智慧开启的过程中，古老中国文学坚持的道德文章等受到了冲击。文字、文章被智识阶层垄断，排斥普罗大众的方式已不适应时代的新风气和新追求。传统治理模式中，识字者构成了相对封闭的一个阶层，经过数年甚至十数年的训练，形成对文字的掌控力和感受力，进而成为有身份的人。由于社会生产力低下，对于普通百姓而言，温饱生活需要花费大量的时间和精力，根本无暇顾及对文字的学习。同样，古中国的文字较为艰深晦涩，根本不是普通大众短期内能学会的。诸多因素汇合在一起，使文字或文学成为少数人才可以感受的盛宴，成为阶级或阶层区分的重要标志。在现代理念中，文字的本质是交流工具的一种，是用于沟通的，不应是区分阶层或阶级的标志。

劳苦大众无法掌握和使用文字，生产力的提升就会受到影响，这与时代解放的追求相矛盾。有感于此，一些有识之士关注文字的普及化和通俗化，"言文一致"的变革推动了文字走近劳苦百姓，文学也成为普通人探手可以接触的艺术样式。"我手写我口，古岂能拘牵。"言说和文字创作一致的变革看似简单，但对中国文学发展的影响是巨大和深远的。如果文字或文学一直为少数人所垄断，成为特权，普通人就无法感受到文字的优美和文学的魅力，更无法感知文字中蕴藏的思想理念的变革，清帝国可能就是朽而不僵、僵而不倒的状态。只有更多的人感知到时代的变化和思想的变革，人们才有机会更深刻地认识到封建王朝的腐朽。今天，我们在感受美好生活的同时，一直感念无数革命先烈抛头颅洒热血的付出。革命先烈不计生命代价的努力拼搏，重要的支撑是他们有信仰。这个信仰是突破当时环境制约，对未来美好的向往和相信，是思想的凝结也是智慧的开启。在这个过程中，文字的普及让更多的人发现了生活的美好，也让更多的人感受到先进思想的影响。先进思想的获得和人们认识世界方式的变革是密不可分的。当时的语境，文字是变革人们认知的主要载体。不论是通俗报刊的流行还是报纸副刊引发的关注，都在以广大人民能接受的方式直接或间接地传达着某种理念。中华人民共和国成立后，新文学在中国成为显学，是革命成功后胜利庆功的需要，但更多的是因为它本身就是适应时代生存和发展的文艺样态。当时的科技发展还受制约，影视、电子游戏等还不能和普罗大众发生直接联系，人们的精神文化生活相对单一。普及的文字和文学无可替代地扮演了满足人民群众精神文化生活需要的角色，成为大众关注和消费的对象。20世纪初期，新文化运动如果没有发生，作为思想载体的文学如果不能及时有效地和民众发生关联，引起他们的关注，先驱者召唤起的觉醒意识是否还能得到人民的重视会是一个问题。在这个意义上，新文化运动中的文学变革是中国文学发展中的具有标志意义的划时代事件，产生的非凡价值和影响力是持续和长期的。

回首过往，新文学变革带来的价值和意义学术界已有较多关注，但人们在关注和发现新文学变革价值的同时往往忽略和漠视身边文学的新变化。这个变化的出现是悄无声息甚至不为人感知的。科技的发展带来的变革是全方位的，影响到人们生活的方方面面。电脑的普及，使人们坐在家中可以迅捷感知世界的变化。智能手机的出现，集合了通信和电脑的功能，可以让使用者随时随地上网冲浪、观察世界。生活中的新变革带来了阅读方式的变化。以前坐在摇椅上，拿起一本书，感受云起云落和知识带来的美好是一种很好的人生体验。互联网时代，人们的生活节奏加快，系统的阅读成为奢侈品，传统沉浸式的读写需要大量的时间，很难适应生活的快节奏。于是，上下班的交通工具中，人们打开手机缓解工作的辛苦，释放焦虑与劳累等。这种情形下，阅读的内容也会发生变化，传统沉思式的启迪和体悟被轻松娱乐的追求取代，穿越、玄幻、奇幻、魔幻、科幻等不同的文学样式层出不穷，以消费为目的具有娱乐性特征的类型文学迅速成长。

在很多文学研究者看来，当前网络文学中出现的变化是他们不能接受的。这种胡编乱造也是文学？此种疑惑困扰了许多人。由于人们的知识储备不同，欣赏的文学样态也不同。当前的文学研究者多是在传统的知识体系中训练培养出来的，从小耳濡目染的是经典文学。新文学中的"鲁郭茅"、世界文学中的托尔斯泰、陀思妥耶夫斯基等都是体系的构成。这种训练中研究者注目的是文字的优美、思考的深邃等，与网络文学粗放式的发展相矛盾。就文字的优美而言，绝大部分的网络文学是病句连篇，错别字常见，与精英文学研究者的阅读期待相去甚远。对于这种野蛮生长的"新物种"，包容的文学研究者试图以时间淡化其影响和冲击，更多的学者则是回避其价值，忽略其存在。在不少探讨文章中，我们常看到这样的理念，比如"文学没有什么传统文学与网络文学的区分，有的只是好的文学和坏的文学"，"传播方式不是进行文学区分的标志，价值才是"，等等。考究起来，这种和稀泥式的评判在根子上漠视和忽视了网络文学的价值。无论是"好的文学""坏的文学"的区分还是以价值作为判断的焦点，其核心探讨的都是传统文学的价值论题，因为网络文学的写作方式已经发生了巨大的变化，适用于其的评判标准并没有随之建立。对于新文学写作而言，需要斟酌字句，一篇文章要花费不少的时间，但已经改变了"二句三年得，一吟双泪流"式的写作模式。不少创作者以写作谋生，张恨水、还珠楼主等都是如此，一家人的生计靠的是写作者每天产出的字数。中国传统文人的写作更多是怡情，他们衣食无忧，写诗作文多为应酬唱和，并不期望用诗作到市场上换大米之类的生活物资。以文为生是现代报业发展起来后形成的文人生存方式。现代印刷业出现，传播迅捷，让一些舞弄文字者有了更大的空间。就历史的发展看，新文学较之旧文学的巨大变革，标志之一是迅捷化、规模化的生产方式出现了。在变革过程中，新文学的这种生产方式曾受到传统文学生产者的质疑。在经过近百年的发展后，新文学体系化的生产方式已渐渐呈现活力不足的气象，肇始于民间的网络文学得以崛起。当网络文学以更为迅捷的传播方式和庞大的体量铺天盖地发展开时，很多研究者一时还不能适应这种粗放式的增长，本能地加以拒斥。

时代的发展演变从不以个体意志为转移，网络文学的成长也不会因为研究者的"价值否定"而停止发育。判断新事物发展的核心对待标准是看其是否受到了人们的欢迎和重视。"江山就是人民，人民就是江山。"这句话在文学领域同样适用。人民有需求的未必一定是好的文学，但无视或否认人民需求的文学创作，孤芳自赏不和现实发生关联的文学可能真的是不适应时代的创作。基于此，关注和认识网络文学的发展，在呈现其变化的同时思考其历史发展与来路，是我们作为基层文学研究者应做的事。

# 第一章　网络文化与网络文学

文化，是人类一切物质和精神活动的总和，涵括了人类发展中取得的各种成果和突破。网络文化是人类在网络中各种"收获"的统称，得益于计算机技术的发展。互联网是计算机技术发展到互联互通阶段以一定的协议串联起来的国际网络，起源于1969年美国的阿帕网（Advanced Research Projects Agency Network，ARPANET）。由于计算机技术发展的突飞猛进，互联网的变革已经历Web 1.0、Web 2.0、Web 3.0等不同阶段，对应着"网""社会网""语义网"等不同的追求变化，进入Web 4.0，即万物互联的时期。物质层面的网络文化牵联范围广，涉及不同学科和领域，超越了本书的研究范畴。由于学科归属和知识体系等原因，本书探析的网络文化主要集中于精神层面。

## 第一节　网络文化的特征

网络时代，技术变革推动了个体与外在的紧密相连，时空距离造成的隔阂不再是束缚人们的锁链，个体价值受到了空前的重视，精神追求也发生了很大的变化。在学界探析的基础上，我们可以发现网络文化具有"全球性""开放性""交互性""平等性""迅捷性""压缩性""虚拟性"和"去中心化"等特征。

## 一 全球性

每个地域都有属于自身、有别于其他地域的文化,"十里不同风,百里不同俗"突出的就是文化的差异性。20世纪90年代以来,互联网的发展已经打破了国家、地域等地理层面的束缚,将整个地球紧密地联结在一起。加拿大传媒学家马歇尔·麦克卢汉(Marshall McLuhan)在《理解媒介:论人的延伸》中首次提出"地球村"(Global Village)的概念,突出的是人们交往方式和文化形态的变化。互联网的出现,强化了这一概念。以网络文学为例,当中国网络作家的更新出现在网上时,全世界的读者可以在同一时间阅读体验(物理上光速传播所需的时间忽略不计)。我们很难想象今天的网络作家还会为某些特定的人写作。当一部作品放到网络上时,它的读者就不再受国家或地域的限制,而是世界各族人民。不管身在何地,只要注册成为会员,就是服务对象,网站内的资源就可以任意获取。同样,发生在世界上最为落后国家或地区的极小事件经过互联网的传播也可以很快为全球精英人群所知。文化的差异尽管存在,但互联网上人们的生存具有了全球性的特征。生活中我们是家庭成员、班级的一分子、学校的学生、国家的公民,但在网络中我们是全球化中的社会人。网络上个体不经意的一句话、一个表态甚或是一句感慨都可以迅速传到世界上的每个角落。就此而言,网络突破了空间的局限,具有"全球性"的特征。

## 二 开放性

作为人类生存智慧的凝结,不同的人群在适应和改造世界的过程中累积出了不同的策略,导致文化对自身体系的关注,催生出"封闭性"特征。唐朝是诗歌的鼎盛时期,不论是"五言"还是"七言"都有对格律、平仄的要求;宋朝是词的辉煌时代,每一个词牌同样有对平仄、韵脚等的要求,词牌不同,要求也不同。时至今日,生活中还能听到"工匠精神""行业标准"等的倡导，凸显的是对传统的尊重。网络文化与此相反，更提倡"创新"与"突破"。在网络发展早期，BBS论坛是聚集众多网络写手的阵地，中国第一部网络小说《第一次的亲密接触》就是在论坛上连载的，但今天的网络文学早已超越了这种发展形式，论坛已成为怀旧的象征。同样，微信出现后，"QQ"和"飞信"的使用者越来越少。网络文化与技术发展同时进步，摆脱了以往文化形态的束缚和制约，强调超越和变革，是面向未来的开放型文化。网络时代，全球的信息、知识等是共享的，不论是关于现在的还是关于未来的，也不论是传统学科还是跨学科或新兴学科，都在网上共生共存。网络使用者可以很便捷地获取所需要的信息和知识。同样，作为使用网络的个体也能很方便地在网上发布信息和资料，分享自己的见识。接受者和发布者的角色并不是固定的，会随时随地变化，传统文化中的"标准化"意识在这里是不适用的。不论是信息知识还是规则建构等，在互联网的发展中都是变动的，一切皆有可能。

### 三　交互性

互联网以前的时代中，人们的交往是一对一或一对多，但走向是单一的。网络极大地便捷了人们的交往活动，双向甚至多向的沟通已是常态。网络上的个体既是使用者同时也是生产者。网络中，我们可以自由地使用各种信息资源，在消费信息资源的同时又可以发表自己的观点看法，创造或制造出大量的信息。这种交互的方式是互联网文化的重要体现。以"弹幕"文化为例，人们在观看视频时可以发表对某些画面或场景的评论感受等。这些评论感受以文字的形式留存在画面上，当后来者再观看时可以与前人的观感形成交流，改变了动画、视频观看时单一被动的接受样态。传统的交流中，信息的走向是线性的，以某个中心点向外辐射；互联网时代，网络空间不再以人或物为基础向外发散，而是各种声音和追求等交织在一起。这种特性不仅体现在人们之间的交流或信息资源的获取上，更充斥在整个网络空间。

中国发达的网购方式为世界所瞩目，取得了非凡的成就。细心考察会发现，网络购物这种消费模式已经与社交活动紧密联系在一起了。微信朋友圈中大量存在微店、微商，抖音、快手中的直播带货，网络购物后评论与互动以及各类推送等，都说明网购在中国已不仅仅是一种消费行为，已然更多地与体验、娱乐、互动等相关联，打破了传统的分类标准，实现了跨行业的相互融合。

**四 平等性**

在人类漫长的活动历程中，不同环境中的种族大多形成了具有自身特殊性的文化。进入现代社会，不仅不同国别、不同种族有自己的文化归属，同一国家或地域的人们也有不同的文化追求。"贾府里的焦大是不会爱上林妹妹的。"鲁迅话语的背后透露出不同阶层的不同审美和文化追求。文化是一种区分，在聚拢相近追求的同时也排斥相异者。就此而言，林妹妹也很难爱上焦大。在中国文学的发展中，"阳春白雪"与"下里巴人"伴随始终，不同的时代均有呈现。进入网络时代，互联网的使用是每个个体的权利，进入门槛相当低。

2023 年 3 月，中国互联网络信息中心（CNNIC）发布的第 51 次《中国互联网络发展状况统计报告》显示，到 2022 年年底，我国网民人数为 10.67 亿，互联网使用的普及率为 75.6%。作为发展中国家，人口大国，中国互联网的发展是世界互联网发展的一面镜子。如果说传统文化中，精英阶层掌控话语权，催生出文化不平等现象，互联网的出现则突破了文化的高低尊卑之分，其间的参与使用者共同创造着网络文化。以网络上"博客""微博""论坛"的使用为例，它们既受到草根阶层的追捧，也吸引了众多精英人士的参与。在使用过程中，不论现实中个体的身份如何，在"论坛""讨论区"中的发言都是一个注册"ID"发出的声音，没有人会考辨发言者的国籍、种族、身份等。

### 五　迅捷性

由于有科技作为支撑，网络给生活带来了诸多的便捷，大大提升了人们的工作生活效率。"烽火连三月，家书抵万金""江水三千里，家书十五行""马上相逢无纸笔，凭君传语报平安"等诗句表明，在相当长的时期，信息的有效沟通和交流是一种奢侈品。互联网的出现将人们的信息交流推到了空前便捷的程度，报声平安、彼此问候转瞬之间就可完成。网络文化的迅捷不仅体现于人们的信息沟通，在工作生活的许多方面都有呈现。当前有些公司倡导在家中办公，既缓解了交通的压力，又方便了员工工作生活的协调安排。如果没有互联网提供的支撑，很难想象它会出现在我们的生活中。对于学生而言，学校里各种事务性的通知公告、学业安排、在线学习等依托互联网得到了更有效的传播和利用。互联网上，人们可以任意选择自己感兴趣的论题加以关注，寻觅到志趣相近或相异的朋友进行交流。所有这些的出现都是农业文明和工业文明中不敢想象的，在信息变革的时代中得到了凸显。较之于人类历史上任何一种文化现象，只有网络最为迅捷。计算机技术"更新""更快"的发展理念带来的科技变革，极大压缩了三维世界中的时空存在，在推动人类快节奏生活的同时，凸显了当前文化"迅捷性"的特征。

### 六　压缩性

木心有首诗歌《从前慢》——"从前的日色变得慢/车，马，邮件都慢//一生只够爱一个人　从前的锁也好看/钥匙精美有样子//你锁了人家就懂了。"诗中的"车""马""邮件""锁"对应的是素朴的生活，是余裕状态的展现，是慢节奏的。"日色变得慢"侧重于自然时间的流逝。"车，马，邮件都慢"有空间距离的隔阂造成的不便之意。尽管在诗中，"不便"是种美好，"慢"是一种精致，但与"从前"二字相结合就和现在形成对比。互联网时代，时间和空间不再是阻隔人类的存在，它们的物理属性被压缩，过往的"咫尺天涯"变成了今日的"天涯咫尺"。数据是互联网得以存在的重要支撑，其传输对于网络的发展具有重要的意义。就当前科技发展而言，数据的传递速率除受硬件影响外，更与自身的被压缩程度有关。在传统社会，"汗牛充栋"常常用来形容一个人拥有大量的书籍，暗示着个体的博学，但网络时代，放入手提袋中的存储设备可能装载着一个图书馆。网络时代，资料和信息以海量的状态存在，关于某一话题、知识点的材料是索引不完的，我们很难从实体的角度触摸它。就此而言，互联网上被压缩的数据无处不在又无时不在，影响到我们生活的点点滴滴。

## 七 虚拟性

网络时代以前，人类社会以实体形式存在，国家、地域、种族、职业、身份等共同构成活生生的个体。个体与周围或外在世界发生关联，具有现实可感知的特点。网络时代，互联网的存在以信息为基础，人类现实中的活动转移到以信息传递为基础的网络空间，虽与现实发生关联，但已经迥然有别于现实生活。网络中，人们可以随意变换自己的身份、职业、年龄、相貌甚至性别等，现实生活中具有标志意义能凸显个体身份的特征都被消解掉，取而代之的是一套网络生存法则和规则。网络的虚拟不是虚幻。虚幻更多停留在人们的想象中，很难触碰和感知，网络可以与现实世界发生关联，让参与者切身感受到其间的变化。网络的虚拟性特征不仅表现在与现实发生关联的层面，还可以与未来或过去建立联系。通过技术的支持，人们可以将对未来或过去的想象在网络上呈现出来，再通过特殊的装备亲临其境感知已经消逝或即将到来的世界。计算机、远程通信、显示技术、仿真技术和传感技术等的发展可以让虚拟世界更加完美，在展现人类创造力的同时，提供更美好的虚拟体验。

## 八 去中心化

在人类发展的长河中，人民创造了历史，但不论是历史的书写还是历史记录的对象都与少数人相关。在资料和知识信息的积累方面亦是如此。"话语"掌握在少数人手中，是知识信息等的中心。网络改变了生活，也改变了知识的传播和积累模式。如果说互联网发展早期，网络信息的生产者是少数人，大多数是接受者，到了 Web 2.0 时代这种模式就被改写了。今天，网络的内容不再是专业人士制造生产，而是由全体网民共同参与完成。每个个体都可以在网上展示自己生产的内容，传播给大众。世界上不同地域的人们由于信仰、追求、文化等的不同，在网络上展现自身个性的同时，丰富了网络世界的多姿多彩。众多不同声音的汇聚，构成一幅众声喧哗的图景，很难判断某种追求是"主流"。网络文化的世俗化、通俗化追求具有反崇高的特质，传统文化中的"精英""教化"等取向在网络世界是不适用的。网络的参与者更多关注的是个体感受，出发点与回归点更多地指向自我，这就使个体价值和追求被放大。传统文化中，个体是信息向外传播中的一个点，背后有知识体系作为支撑，有中心。互联网发展成熟后，每个个体都是独立的存在，可以直接向外传达自己的声音。随着"博客""微博""微信""Line""Facebook"等软件的开发，自媒体进入全面繁盛的发展中，草根和大众的狂欢化追求在带来娱乐的同时，消解了现实世界里存在的各种知识系统等，形成了"散点"叙事。

网络文化与科技的发展紧密相关。由于计算机技术的发展，网络已经是人们生活的必需品。人们在享受其带来的便利时，不知不觉地调整改变了诸多的行为习惯。"推动世界发展和变化的主导力量就是科技，这一点毋庸置疑。就好像当人们发明了电，下一步必然就是发现电波。无论宇宙中的哪一颗行星，无论哪一种文明，只要发明了电，电波必然会紧随其后，接着 Wi-Fi（无线网）就会诞生。"[①] 不同时期，网络文化的呈现样态有所不同，由于科技的迅猛发展，其未来走向亦无法断言，此处的概括仅是一种视角。

---

① ［美］凯文·凯利：《5000 天后的世界》，潘小多译，中信出版集团 2023 年版，第 4 页。

## 第二节　网络文化关键词

互联网的出现给社会发展带来了重大影响，在现实世界之外推生出虚拟空间。进入21世纪以来，网络技术在加速更新，网络与社会发展的融合趋势愈加紧密。从个体层面考察，网络在改变社会的同时也改变着个体生存，已经全方位地融入个人生活中。"数字消费""互联网+""网络社交""全媒体""人工智能""虚拟世界"等是当前网络文化的关键词。网络文化关键词的出现可助益我们更好地理解网络文化的发展，合理认知生活的变化，感受当前世界的美好。

### 一　数字消费

现代社会中，人们的生活与消费密切相关。网络时代，全世界互联互通，推动了消费的变革。网络消费的变化较早表现在购物等日常生活层面。通过电子设备和网络技术关联起网络营销、供应链管理、物流配送、数据交换和货币兑换等不同系统，人们足不出户就可享用全球的商品和服务。如果说传统的商业模式是工厂、商场、货物、顾客等因素共同构成，那么电子商务以网络为平台，可以将顾客的需求直接传达到工厂，个性化、小批量甚至一对一地产出"商品"。在科技变革的影响下，当前实体商场和大型商业集团更倾向于搭乘网络的便车，通过数字化体验改变以往的生产消费模式，提升人们的舒适度与愉悦感。2019年，"小黄车"（ofo）退押金事件持续发酵，引发了人们对"共享"消费模式的深度关注。"共享"字面意为分享，指在互联网技术的支持下通过货币购买等方式对物品或信息的使用权、所有权及知情权的共同持有，是2017年中国评选出的年度十大流行语。共享是依托互联网出现的数字化消费，改变了人们的思考方式和文化认知。基于人类的占有欲，世界上的宗教多强调奉献，对应的是生活中个体对外物的"控制"。"共享"推崇使用而不拥有，通过软件可以随时随地在不同空间享受便捷。Uber、滴滴、Grab等改变了全世界人们的出行；小猪、途家、Airbnb等为全球的背包客方便快捷地找住宿，直接改变了人们的消费模式。"不必拥有，即可享受"的背后是互联网带来的消费变革，改变了人类的生活。

二　"互联网+"

人类社会已有数千年的存在，传统社会的运行模式尽管在不同的地域有差异，但多已形成相对稳定的系统。尽管网络给社会发展插上了新的翅膀，同样不能漠视人类智慧凝结出的其他成果。"互联网+"是将科技的发展与传统产业相结合，利用互联网平台和传统产业的深厚底蕴，推动产业发展和文化融合的新尝试。2019年3月，全国两会召开，民众热切关注的教育问题受到了极大的重视，"互联网+教育"首次写入《政府工作报告》。谈到公平有质量的教育时，李克强总理提出要发展"互联网+教育"，"促进优质资源共享"[1]，推动中国教育公平化。"互联网+教育"是"互联网+"牵涉领域的侧面呈现，背后的支撑点是计算机技术和网络的发展。依托大数据和云计算，"互联网+"可以改变众多产业的生存发展方式。以教育为例，传统的教育模式受时间和空间的限制。偏远地区，基础薄弱，知识的积累和传播受限更大，很难接触新的理念，感知时代的变化。"互联网+教育"模式的出现，只需要连接网络，就可以很便捷地感知世界各地的教学，接触最新的知识。在传统产业和"互联网"融合的过程中，用户的相关信息会被大数据捕捉，经过后台的分析整理，可以观察出需求，便于服务的有效提供和使用。"互联网+现代农业""互联网+信息服务""互联网+文化创意""互联网+社会服务"等众多融合模式的出现已成为当前社会的普遍现象，形成了具有时代特色的文化景观。

---

[1] 李克强：《政府工作报告——2019年3月5日在第十三届全国人民代表大会第二次会议上》，中国政府网，http://www.gov.cn/zhuanti/2019qglh/2019lhzfgzbg/index.htm。

### 三 网络社交

人与人之间的来往是文化的重要构成。通过信息沟通，情感的表达可以使人们的相处更融洽，社会发展也会更加顺畅。传统时代，人与外在的接触是有限的，与他人的交往也受限制。网络时代，各种社交软件的出现改变了人们的交往方式，变革了人与人的关系。"Email"的出现将以前信件传递的时滞消除了。手机的普及带动短信的发展，电话都不用打，信息秒到。当前，"QQ""Facebook""微信"等社交软件的兴起在方便亲友联络的同时，还可助益找到新的朋友，为陌生人的交往提供便利。传统社会中，人们的交往的基础是"情"。"情感"是交往的出发点和归宿，但网络时代并不是这样。我们文化中有"见字如面"一词，满满的人情味，收信者在阅读时能感受到信息，更能体会到写信者的感情寄托。网络时代，邮件发送与接收更多与信息的传递和沟通相关，即便是节日中的问候和祝福，网络上也有大量的"范文"和"范本"，还可以群发。"微信"兴起后，"朋友圈"引起了人们的关注，每个人都可以发表自己感兴趣的话题或生活状态等。这种交际的便利性引发了不少人的吐槽，众多的"点赞之交"并不能缓解现代人的孤独。至于社交软件的新发展，诸如"快手""抖音"或其他"泛社交软件"更对传统社交模式造成新的冲击。"快手""抖音"的推送式运作机制可以就使用者的喜好进行类型化区分，使娱乐更加廉价。"泛社交"是指当前的购物、出行等网络 App 同时开发的社交功能所带来的影响。"滴滴"打车软件一度追求"社交化"，造成了不少问题，最终被整改。网络时代，诸多活动都有社交的色彩，技术的发展带来的文化变革对个体生存造成了不小的影响，需要多加注意。

### 四 全媒体

现代社会以来，报纸、广播、电视等在传播中扮演着重要的角色，是舆论传播的重要支柱。互联网时代，尽管传统媒体在加速变革，但影响力却在下降，突出表现为人们阅读和关注模式的变化。2012年，《今日头条》创办于北京，几年时间已吸引中国政府等各级政府部门加入，"政务头条号"的出现扩大了网络传播的影响力。《今日头条》通过手机软件及时推送用户关注的内容，让使用者在极短的时间内最大化地获取信息，受到了追捧。2014年8月，中央全面深化改革领导小组审议通过《关于推动传统媒体和新兴媒体融合发展的指导意见》，重视科技在传播中的作用，倡导传统媒体和新兴媒体的深度融合。"全媒体不断发展，出现了全程媒体、全息媒体、全员媒体、全效媒体，信息无处不在、无所不及、无人不用，导致舆论生态、媒体格局、传播方式发生深刻变化。"[1] 互联网时代，信息量巨大，且无处不在。个体似乎感受不到它们的存在，但又无法离开信息生活。广播、电视、音像、出版、网络、自媒体等共同构成了传播媒介，通过视觉、听觉、触觉等推动资讯在分类的基础上最大化地覆盖到不同人群。信息的传播方式也从过去的"人找信息"变化到"信息找人"。个体看似是信息的掌控者，是主人，但很多时候个体只是被信息操控的对象，是被动的存在。伴随互联网的深入发展，人们时刻接受各种不同信息，同时也向外传递大量的信息。自媒体的发达，社交的便捷化，个体的每一次发声，不论是有意还是无意，都会被外界捕捉，通过网络放大，自身也成了媒体。

### 五 人工智能

人工智能（Artificial Intelligence），又称"AI"，可能是未来30年或更长时间段内最受社会瞩目的科技发展，也是社会再次深度变革的重要支撑。理论上，人工智能以扩展人类智能为追求，探索计算机能力对人类思考等能力的替代，更大程度地造福人类社会的发展。与"互联网+""全媒体""数字消费"等不同，"人工智能"的发展需

---

[1] 习近平：《加快推动媒体融合发展　构建全媒体传播格局》，《求是》2019年第6期。

要不同学科的参与，尤其是语言学、心理学、哲学等不同社会科学和人文科学的参与。互联网发展早期，技术的变革在改变人们生活的同时催生出新的文化形态，其基础还在技术层面。人工智能的发展不仅需要技术作为支撑，更需要人类已有文化成果的积极介入。ChatGPT的不断迭代，已经让人们看到了人工智能的强大和其间隐藏的危机。科技发展中，人工智能需要对人类社会的运作规则等有较为深入的认知，这样才能应用和服务于人类。对不同知识的吸收借鉴并不意味着人工智能可以被归纳进现有的文化体系。就当前已经出现的"自动工程""知识工程"等来看，"自动驾驶"（OSO系统）已被初步开发，不仅将人类从驾驶的劳动中解放出来，更颠覆了"人"与"物"的关系。人们驾驶汽车，汽车是物，是人类操控的对象，但自动驾驶中，这种关系被倒置，必然会带来文化伦理等层面的诸多问题。机器真的能思考吗？或者人类的大脑是否只是一部设计精良准确运转的机器？诸如此类的问题当前并没有答案，但无法解答本身就是其重要性的体现。

### 六　虚拟世界

互联网开发以前，人类的生活是一种实存。尽管有各种想象，也有科幻影片穿越到未来的场景等，个体还是现实中的个体，想象也只能停留在自己的头脑中。互联网的出现，在现实世界之外组建出了虚拟世界。网络文学是建构虚拟世界的重要载体，不论是修真、玄幻还是穿越等，大多建构出了不同的"空间"。《儒道至圣》中，读书人可以掌控世界，才气可以杀人，圣元大陆上的人族、妖族和蛮族争斗不息，遵循着独特的生存法则。在很多网络文学作品中，世界是多维的，时空是多重的，生命是多样态的，规则是各异的，建构了与现实相平行的众多生存空间。网络文学建构的"世界"只是文本状态的存在，计算机科技和互联网的介入又在其基础上衍生出了众多的艺术样式。网络游戏是当前广受青年追捧的娱乐方式，是网络虚拟世界的重要构成。"大型多人在线角色扮演游戏"（Massive Multiplayer Online Role Playing Game，MMORPG）出现在20世纪末。游戏中，每个参与者都有自己的"ID"，登录后参与游戏进程，承担任务和解决问题。网络游戏中"虚拟世界"的建构很多时候来自网络文学的启发。网络文学丰富的想象力为众多的游戏参与者提供了可供选择的角色和虚拟世界中的生存空间等。网络游戏外，电子竞技等也由于互联网的发展受到了玩家的重视，展现出在虚拟空间竞技的魅力。现实世界中，人们有各种比赛，尤以全球性的奥林匹克运动会最为吸引人关注。电子竞技是以电子游戏为比赛项目的体育活动，"选手操作一个虚拟角色在计算机模拟生成的虚拟空间中行动，虚拟角色可以拥有复杂的能力，作为竞技场地的虚拟空间也可以有复杂的地形、物品、目标等设计"。[①]在模仿现实的基础上，突破现实的制约，改造现实让虚拟世界具有了现实世界不能提供的感受和体验，吸引了人们的参与。网络虚拟世界是美好的，具有很强的新奇性和新颖性，其建立的基础是网络和计算机技术发展的结果，也必然会随着技术进步拓展出更为广阔的空间，给人们带来更好的体验和感受。

## 第三节　网络文体与网络风格

"去年的话属于去年的语言，而来年的话还在等待另一种语调。"
　　　　　　　　　　　　　　　　　　　　——艾略特

"准确的文字已过时落伍。"　　　　——罗伯特·麦克尼尔

每一时代都有属于自己的语言表达，传递的是不同的文化特色。网络时代，语言的快速变化，大量新词和新表达方式催生出了时代色

---

[①] 邵燕君：《破壁书：网络文化关键词》，生活·读书·新知三联书店2018年版，第346页。

彩颇浓的文体风格。"淘宝体"、"李刚体"、"走近科学体"、"蓝精灵体"、"红楼梦体"、"咆哮体"、"梨花体"、"凡客体"、"元芳体"、"陈欧体"、"鲁迅体"、"蜜糖体"、"TVB体"、"甄嬛体"、"琼瑶体"（奶奶体）、"知音体"等层出不穷，展现着特定时代里人们的智慧。

（1）亲，你大学本科毕业不？办公软件使用熟练不？英语交流顺溜不？驾照有木有？快来看，中日韩三国合作秘书处招人啦！这是个国际组织，马上要在裴勇俊李英爱宋慧乔李俊基金贤重Rain的故乡韩国建立喔～此次招聘研究与规划、公关与外宣人员6名，有意咨询……～不包邮。　　（2011年8月，中国外交部"外交小灵通"发布的招聘信息）

（2）你只听说我是师范，却没见证我的百十华诞。你有你的湖泊大厦，我有我的野猫乌鸦。你否定我的学科单一，我决定我的综合实力。你嘲笑我男女比例三比七，我可怜你十对情侣八对基。你可以轻视，我的人多地少，我会证明，铁狮子坟的风水最好。师范是注定孤独的旅行，路上少不了质疑和嘲笑。但那又怎样，哪怕南门大开，也会有蛋蛋的陪伴。我是北师大，我为自己代言！

（佚名）

（3）在事故那边新闻那边有一群女记者，她们采访到深夜，她们写稿到天明。她们随叫随到奔波在那复杂的事发地，她们没有时间去相亲！哦，悲催的新闻女。噢，悲催的新闻女。她们时而被打时而被抓时而被禁令，她们没房没车一身病痛渐渐老去。

（《梧州日报》2011年11月28日第5版）

在那山的那边海的那边，有一群老博士，他们博学又呆子，他们死宅又费纸。他们呕心沥血不分昼夜都在Research，他们年复一年盼着出头日。噢，悲催的老博士。噢，悲催的老博士。他们齐心合力开动脑筋斗败了各导师，他们毕业以后只拿低工资。

（《北京晨报》2011年8月16日）

（4）（开头煞是神秘，镜头昏暗）

在靠近神农架森林的一个村庄里，发生了一桩怪事，村长半年前走失的女儿小白，竟然奇迹般地再次出现，更令人震惊的是，小白声称自己在森林中遇见了一群她从未见过的奇异矮人，并与之生活了半年。究竟是小白在说谎还是确有神秘矮人的存在？如果真有神秘矮人，那么这又究竟是怎样的一种生物呢？它会不会就是传说中的神农架野人呢？

请关注中央电视台10套《走近科学》暑期系列节目《丛林秘影之探秘丛林矮人》。　　　　　　　　　　　　（佚名）

（5）你是求是儿，看到老人跌倒就要去扶。如果Ta讹你，我们有郑强书记帮你用民族大义和Ta理论；要是Ta动粗，我们派玉泉众工科男每人含一口西湖水喷死Ta；如果受伤了，我们有七大附属医院的专家给你治；倘若Ta还不滚蛋，我们请竺老校长每天半夜到Ta床边问Ta两个问题！！　　　　（佚名）

（6）我跑过许多次的步，忍过许多顿的饭，办过许多张的健身卡，却只得到过一个无奈而残酷的事实：又胖了十斤。（佚名）

詹乙己一上场，所有打球的人便都看着他笑，有的叫道，"詹乙己，你脸上又添上新伤疤了！"他不回答，对韦德说，"待会找机会断球，要一个空接。"便亮出肱二头肌。他们又故意地高声嚷道，"你一定又上篮时下黑手肘击人家了！"詹乙己睁大眼睛说，"你怎么这样凭空污人清白……""什么清白？我前天亲眼见你肘击希伯特。"詹乙己便涨红了脸，额上的青筋条条绽出，争辩道，"是他自己拿脸撞我！……而且……没出血的事，能算肘击么？"接连便是难懂的话，什么"都怪短袖球衣太紧了"，什么"他们犯规了"之类，引得众人都哄笑起来。球场上充满了快活的空气。

　　　　　　　　　　　　　　　　　　　　　　（佚名）

在上述的这些列举中，我们可以看出，文本（1）是人们日常中经常见到的"淘宝体"。"淘宝体"是伴随着电子商务在中国的兴起,人们在淘宝网购物时使用的交流方式,常用的称呼是"亲",来自电子邮件交流时的"Dear All",基本模式为"亲,……哦!"。2011年7月,南京理工大学的录取短信——"亲,祝贺你哦!你被我们学校录取了哦!亲,9月2号报到哦!录取通知书明天'发货'哦!亲,全5分哦!给好评哦!"在严肃庄重的场合使用了"淘宝体",促使其更加广为人知。

文本(2)—(5)分别对应着"陈欧体""蓝精灵体""走近科学体"和"校长撑腰体"。具体说来,文本(2)疑为北师大校友对"陈欧体"的戏仿。"陈欧体"原文如下:"你只闻到我的香水,却没看到我的汗水;你有你的规则,我有我的选择;你否定我的现在,我决定我的未来;你嘲笑我一无所有不配去爱,我可怜你总是等待;你可以轻视我们的年轻,我们会证明这是谁的时代。梦想,是注定孤独的旅行,路上少不了质疑和嘲笑,但,那又怎样?哪怕遍体鳞伤,也要活得漂亮。我是陈欧,我为自己代言。""陈欧体"的基本模式是"你只……,却没……;你有……,我有……;你可以……,但我会……。……,但那又怎样,哪怕……,也要……。我是……,我为自己代言!"文本(3)来自2011年动画电影《蓝精灵》的上映,重新勾起了"70后""80后"对儿时的回忆,对其主题曲的戏仿被称为"蓝精灵体"。"蓝精灵体"的格式是"在……有……,……又……,……又……。他们……,他们……。哦,……。哦,……。他们……"。"走近科学体"来源于中央电视台的《走近科学》的电视节目。《走近科学》首播于1998年6月,是伴随"科教兴国"的国家战略推出的科普类宣传节目,总是以"神秘"的开头和最为平常的结尾形成巨大反差,向观众作科普。有网友总结出《走近科学》的"四大规则",即开始要"诡异",剧情要"曲折",解谜的"权威"要足够大牌,结尾要"坑爹"。在此基础上,配合阴森森的画面和有恐怖意味的音乐,营造出惊悚的氛围,通过低沉浑厚的男声解说,让观看者瞬间"入戏"。文本（4）是网友以《白雪公主和七个小矮人》对它的戏仿之作，将故事与科学联系起来，意在通过人尽皆知的童话对《走进科学》进行解构。文本（5）来自北京大学副校长吴志攀的微博——"你是北大人，看到老人摔倒了你就去扶。他要是讹你，北大法律系给你提供法律援助，要是败诉了，北大替你赔偿！"因为吴志攀的身份，此类句式的网络戏仿被称为"校长撑腰体"。在吴志攀之前，"中国好人网"的创办者谈方教授说过类似的话。"不管是谁，见到老人摔倒，你大胆去搀扶，由此打的官司，将有律师免费给你打，你如果真的是败诉了，我们给你赔偿金额，不管多少。"不论谁是"校长撑腰体"的首倡者，它在网络上传递是一种正能量，是广大网友对社会中帮扶精神的认可。这种网络文体一经出现就引发了众多网友的关注，模仿造句本身展现的是"撑腰"的积极价值。

文本（6）对应着沈从文和鲁迅的作品，其作为一种网络文体，体现了网络文化与传统文学的互融互生。作为现代中国最会写情书的人之一，沈从文是靠着文字魅力打动张兆和的。在给张兆和的众多情书中，"我行过许多地方的桥，看过许多次的云，喝过许多种类的酒，却只爱过一个正当最好年龄的人"一句，广为读者熟知。这句话在网络上成了模仿的对象，以至于形成"从文体"。沈从文在众多的作家中，以"文体家"为读者熟知。"我……，……过……，……过……，却只……"在网络走红，是种偶然。上文列出的是"减肥版"，网络上还有"吐槽房价版""检讨网购版""文艺青年版"等众多的"从文体"文本。较之于沈从文，鲁迅的作品被戏仿的更多，如"世上本没有路，走的人多了也就成了路"，就是被"世上本没有鬼，走夜路的人多了也就有了鬼"等广泛模仿。其中，《孔乙己》最受关注，有全文仿效的，也有从中抽取出部分段落模仿的。孔乙己本是科举制度下的牺牲品，是迂腐、落魄、可怜的象征，后被用来调侃体育、娱乐等不同领域的各种人，汲取的是鲁迅文中孔乙己看不起底层又挤不进上层无处"皈依"的况味。

网络文体的走红得益于互联网的普及。较之于传统文化的"中规中矩",互联网上的话题可以迅速聚集起网民的参与。众多"智慧"的凝聚,放大了一些表达。在传统理念中,"文体"是话语秩序的文本呈现。"从表层看,文体是作品的语言秩序、语言体式,从里层看,文体负载着社会的文化精神和作家、批评家的个体的人格内涵。"[1] 文体是时代社会文化的反映和体现,带有时代生活的影子,体现着时代的历史文化特征。网络时代以前,资讯传播不发达,尽管文字已较为普及,文体却是由当时的文字工作者掌握话语权,普通百姓很难参与进来。互联网时代,个体参与书写的自由度空前强化,每个人都可以就感兴趣的话题发声,改写了文体主要是由作家、评论家等文字工作者掌控的局面。网民的参与形成一种新的取向,即网络上没有权威,只有潮流。在一波波的"潮流"面前,个体可以融入也可以选择冷观,但很难扭转它们发展的趋势。"所谓网络文体,是指起源于或流行于网络的新文体,通常起源于一个突发奇想的帖子、一次集体恶搞或者是一个热点事件,网络文体一般形式自由,特点鲜明,在一段时间内会引起较高的关注和模仿度。"[2] 网络文体短时期内流行的迅捷性,决定它的呈现不可能是精雕细琢的,发泄性的情感是其间的主要构成。网络的使用者中,年轻人占主流,他们面临着社会生存的巨大压力,思维灵活,崇尚创新,更乐意追求新鲜的事物。网络文体的形成与年轻网民的这些特点密不可分。洪子诚曾用"一元"与"多元"概括中国当代文学的发展,凸显的是文化特征。互联网兴起后,社会文化的"无名"特征得到了进一步强化,以往具有号召力的重大主题很难再规塑出整体的精神走向,其间的参与者更加凸显自身的个性化特征。在这种情形下,社会上的热门话题本身已不是网民的重点关注,如何借热点话题"蹭"到"流量",引来他人对自我的关注才是网络上的风尚。2019年4月,上海流浪汉沈巍突然火爆网络,引发众多

---

[1] 童庆炳:《文体与文体的创造》,云南人民出版社1994年版,第1页。
[2] 曹方:《网络文体:速生速灭的"全民造句"》,《上海信息化》2011年第12期。

"网红"的关注，被冠以"大师""奇人"等名号，成为"消费"的对象。以关注自我为追求的条件下，人们在表达中更倾向于使用情绪化的词语。感性的直抒胸臆能够在最短的时间内传递出情绪感受，引起注意。在"沈巍事件"中，高喊要嫁给沈巍者有之，自诩为"沈太太"的也很多，夸张的表演颠覆了传统的情感表达方式。2019年靠公众号就赚了一个亿的"咪蒙"因编造虚构《一个出身寒门的状元之死》一文被注销。在眼球经济时代，"咪蒙"公众号中的文章刻意回避文体规范，大量使用惊叹号、问号，对于渲染情绪的语句特别加粗加大，凸显的是情绪和感情营销。"流量即金钱"，以娱乐至死为追求目标的网络文体远离了传统文体的规范，当情感宣泄缺少客观基础后，刻意与煽动就成为主要关注点。在网络文体的使用中如何把握好"度"，平衡好感情和客观，是每一个互联网使用者需要注意的问题。

　　谈到"文体"，人们更多地将之视为文学体裁，对文学爱好者而言，接触最多的就是"诗歌""散文""小说""戏剧""报告文学"等不同的分类。实质上，"文体"二字的内涵远超文学领域的界定，有"语体""风格"等不同层面的含义，指涉也不仅仅局限于文学领域。"自己觉得拗口的，就增删几个字，一定要它读得顺口；没有相宜的白话，宁可引古语，希望总有人会懂，只有自己懂得或连自己也不懂的生造出来的字句，是不大用的。这一节，许多批评家之中，只有一个人看出来了，但他称我为Stylist。"①对语言的把控，创作者们有自己的要求，长期的坚持就形成了具有自身特色的表述风格。网络中的书写也具有相似的特征，众多的网友基于互联网提供的便利和时代风气的影响，助推了网络文体风格的形成。具体说来，网络文体风格具有"微""混""碎"等特征。

　　1."微"。网络文体风格的"微"较易理解，日常生活中人们经常使用的"微博""微信"和经常接触的"微视频""微小说""微整

---

　　① 鲁迅：《我怎么做起小说来》，《鲁迅全集（第四卷）》，人民文学出版社2005年版，第526—527页。

容""微出版""微贷款""微媒体""微生活""微支付""微文艺""微营销"等,时刻提醒着人们"微"的存在。2009年,新浪网借鉴"Twitter"(推特)的发展模式,推出了微博。微博的内容基本在140字以内,可以通过互联网与外在随时分享和共享,还可以订阅,使每个网络使用者都能参与进来。"微"的直接表现是"微小"。与"宏大"不同,"微小"更多关注的是小情绪和小体悟,侧重于自我感受,绕过或有意忽略家国民族的大叙事,是后现代语境中生活的呈现。"微"重视的是个人价值,改写了精英文化少数人参与的特征。由于全体网民参与的特点,注定短小、琐碎的文本是网络文化的主流存在。"微言大义"中,"微言"能否与"大义"相结合不得而知,但"微言"却是网络文体风格的直观呈现。

2. "混"。谈到"文体",是文字规范的呈现,离不开文。网络时代,单独文字形态的交流已经不能满足网民们的需要,"混合型"或"混杂型"的文体成为其间的重要构成。在国外,超文本文学改变了传统文学单一的走向,带来了作品的多重解读空间;国内,多媒体的融合共同促进了文学新空间的诞生。就超文本文学而言,虽然主要还是由文字作支撑,但通过超链接(Hyperlink)的形式,在阅读中随机跳跃可以产生新的发现,进而呈现出不同的内容。发展中,超文本文学也已改变早期文字形态的存在,融合了音乐、图片等不同的叙述方式,改变了写作者把控"叙述权"的现象。国内的多媒体文学是将文字与图片、漫画、动画、音乐、视频、影像等相结合,在突破文字传播的同时,通过人体不同感觉器官的综合调动,全方位地感知不同媒介带来的阅读体验。互联网时代,"文本"已不单单是指文字构成,更是混合表情包、GIF动态图等多种媒介的具有更加丰富内涵的"混合体"。"混合"不仅表现在形式层面,更表现在内容构成上。由于多种媒介的出现,内容也具有了更多的不确定性,模糊的混杂是网络文体的重要呈现。

3. "碎"。"碎"就是零散,缺乏系统。传统理念中,语言的能指和所指具有对应关系，追求的是表意的清晰。互联网以前的时代，人们更多遵从语言规则，受控于不同的语言体系。网络兴起后，网民更关注自我感受，便捷性和自由性语言更受追捧。网络中，传统意义上的时间和空间已经变形，现象和本质的界限也不再清晰，以往人们所感受的完整和系统很难维系，所以，在表达中诸多的戏仿、拼贴等都出现了。中国网络文学的鼻祖《第一次的亲密接触》中有这么一段话：

"痞子……那不一样……你没听过'郎才女貌'吗？……你有才我当然也得有貌……"

"我又有什么狗屁才情了？……你不要再混了……见面再说……"

"痞子……你讲话有点粗鲁乙……我好歹也是个淑女彡乀……虽然是没貌的淑女……"

"狗屁怎会粗鲁？……粗的应该是狗的那只……腿吧！……狗屁只是臭而已……"

"痞子……你讲话好像跟一般正常人不太一样乙……我真是遇人不'俗'……"

"干嘛还好像……我本来就不正常……"

"痞子……再给我一个见你面的理由吧！……"

"那还不简单……你因为不可爱所以没有美貌……我则因讲话粗鲁所以没有礼貌……

"'同是天涯没貌人……相逢何必太龟毛'……所以非见面不可……"

在痞子和轻舞飞扬的对话中，除穿插不同语言符号外，更有很多零散化的嫁接和拼贴。"狗屁"和"粗鲁"放在一起在现实的语言规则中很难扯上"狗腿"，但网络语言中他们不仅发生了关联，还蛮有意味。"同是天涯沦落人，相逢何必曾相识"在对话中被拼贴为"同是天涯没貌人……相逢何必太龟毛"。网络中诸如此类拼贴随处可见，如"春花秋月何时了，护肤必须用大宝""许多年之后，面对挖坟的人，楼主准会回想起，他第一次发帖的那个遥远的下午""老夫聊发少年狂，治肾亏，不含糖"等就分别拼贴了李煜、马尔克斯、苏轼等的经典名句。这种拼贴颠覆了经典的原有含义，创造出了轻松愉悦的氛围，娱乐了大众。除了对经典的拼贴，网络对一些词语赋予了新的含义也是文体"碎"风格的呈现，如"白骨精""打酱油"等。

  网络文体和网络风格很多时候是同一事物不同面的呈现。网络文体的发展拓宽了文化和文学发展的新空间，给时代文化注入新活力的同时也催生出不少新的文学式样。网络文化是一把双刃剑，传统的文化追求在网络面前有被消解的可能，如日常生活中常谈的"人文精神"等在娱乐化的氛围下就有被忽略的危险。在这种情形下，当我们享受网络文体带来的快感时，需要注意个体与社会关系的平衡等。网络文化借科技的发展兴起，眼下的科技变革又是非常迅捷的，其进一步的发展会呈现出何等样态，是我们要注意的论题。

# 第二章 网络小说青春主题研究

网络的发展得益于科技的进步，也与年轻人的推动有关。从文化的发展看，青年群体往往更能接受变化和变革，更愿意尝试新事物。在互联网的发展中，青年是其创造者也是最初的使用者。网络文学也不例外。20世纪90年代，一批网络用户在虚拟空间涂鸦表达自己的情绪体验，助推网络文学创作的出现。无论是网络文学还是新文学，在肇始之初，其发展的参与者多为青年人。新文学的发展，最初参与变革的创作者多是青年，以至于创造社的成员被称为"小伙计"。网络文学最初的创作参与者也是青年。痞子蔡在写作《第一次的亲密接触》时并未意识到自己在开创一个新时代，自言其写作是酒醉微醺状态下的"涂鸦"。"文章，经国之大业，不朽之盛事。"古往今来，众多的贤良才俊孜孜不倦于字句的组合，以求能获得读者的认可，终其一生而不得。反观蔡智恒课余时的涂鸦，无意于在文学的舞台成名成家，不到70天的辛劳却受到众多的追捧。蔡智恒创作《第一次的亲密接触》时是台湾成功大学水利系的在读博士生，并没有经过系统的文学训练，也没有文学领域科班出身的背景。如果以文本写作表达看，《第一次的亲密接触》显然不符合当时的文学创作"规范"，并没有经过有效的语言或内容过滤，更没有宏大的创作指向和追求，只是网络论坛上发泄疲劳的文字呈现。痞子蔡的成功很大程度上得益于网络科技的进步，较早地感受和抓住了网络爆发带来的红利期。传统文学创作理念中，内容至上是文学创作要关注的核心要义，但网络时代传播方式变化带来的变革蕴含着难以估计的能量。

自《第一次的亲密接触》问世以来，二十余年的时光匆匆流逝，网络文学的发展更是日新月异。《第一次的亲密接触》以轻松俏皮的文风讲了一个悲伤的爱情故事，颇吻合人们青春期生命的惘然与感伤。时至今日，网络文学的发展早已超出蔡智恒的写作模型，无论是架构的复杂程度还是作品关涉的深广度均有了较好的拓展。《第一次的亲密接触》的故事特点等与新文学写作传统紧密相连，单线化地展现出青年爱情的喜悦、悲伤和生命的无奈，与今天讲述玄幻、科幻的网络文学叙事迥异。网络文学走过萌发期后，发展迅速，玄幻、科幻、穿越等类型小说更是跨越多重世界，走出人类自身的局限，想象力得到了空前的展现。网络文学尤其是网络小说的快速发展与近二十年来社会的急速变化关联密切。从表面看，网络小说的非凡想象力与社会现实无关，但其流变的内核却是社会文化和青年生存状态的变化。当前，系统流网文大盛，其背后蕴藏的是青年人生存的艰难和无力。社会制度建设愈益成熟，带来的是各种规则和规制的完善，以前野蛮生长的环境不再是社会的构成，各个行业充分竞争，个体的成长更多依赖系统的支持。系统流网文的兴盛透露着时代青年的无力和无奈。《第一次的亲密接触》开创了网文创作青春书写的特点，后来的创作者则以穿越、玄幻等不同的类型小说直接或间接地展现着时代青年的青春状态。以青春文化的视角探析网络文学创作有利于发掘当前年轻人的处境或困境，关注其面临的机遇或问题，进而探讨其焦虑的缘由和困惑，进而合理认知网络文学及其嬗变的价值与意义。此种情形下，笔者将通过《第一次的亲密接触》《匆匆那年》《步步惊心》《太子妃升职记》《那些年，我们一起追的女孩》等具体网文作品的探析，发掘网络小说蕴藏的职场想象、校园青春及文学新变等。

# 第一节 《第一次的亲密接触》与网络小说的青春主题

《第一次的亲密接触》在中国网络小说中的地位是不言自明的,一向被看作中国网络文学开端的标志。自1998年蔡智恒在BBS论坛连载这部小说以来,关于它的研究层出不穷,对《第一次的亲密接触》的戏仿如《第二次的亲密接触》《第×次的亲密接触》《最后一次的亲密接触》等也充塞着网络。其间,以之为蓝本改编的电影、电视剧也曾在观众中掀起阵阵热潮。迄今为止,在中国网络小说的发展中尚未有其他小说能在影响、价值与意义等层面与《第一次的亲密接触》相媲美。以下,笔者拟从青春主题的视角关注这部小说,探析其与中国网络小说青春叙事的关联。

## 一 野猫叫春

在《第一次的亲密接触》中,蔡智恒有8次提到"野猫",对应着5个场景,与痞子蔡的感情发展潜在地形成应和,可以看作痞子蔡情感发展的暗示。猫叫春是动物发情的表现。性成熟的母猫一般十八天左右发情一次,发情期可持续五天左右,在此期间,母猫常在夜间嘶叫,意在向异性传递信息,引起注意,吸引交配。从生物学的意义上看,猫叫春是动物性发育成熟后的一种正常表现,是基因决定的求偶行为。

《第一次的亲密接触》中,蔡智恒第一次写野猫叫春是在一个深夜。在铺垫了室友阿泰"Lady Killer"的形象后,想起自己形单影只"没有把到任何美眉,以至枕畔犹虚"的处境,痞子蔡"在一个苦思程序的深夜里",听到"研究室窗外的那只野猫又发出了断断续续的叫春声"[1]。在人类历史的发展中,交流方式出现过几次重大的变革,

---

[1] 蔡智恒:《第一次的亲密接触》,长江少年儿童出版社2014年版,第12页。

从最初的局限于生活群体内的交流到文字的出现、印刷术的出现以及现代通信方式的形成等都曾改变了人们的交流方式。20世纪末,数字媒体的出现重大地影响了人类的交流。交流方式越来越方便、快捷,在提供方便的同时,更凸显出人们对交流的渴望。在数字化变革面前,最初的尝试和受益者是年轻人。当时BBS论坛等形式率先受到他们的追捧,于是深夜不眠,在各种论坛板块寻找慰藉,寄放无法安置的青春。痞子蔡的处境多同此类。"上线来晃一晃,通常这时候在线的人最少,而且以无聊和性饥渴的人居多。若能碰上一二个变态的女孩,望梅止渴一番,倒也是件趣事。"对于青年人来说,荷尔蒙冲动和多巴胺的亢奋是生物本能的呈现,只有在与异性的交往中才能平复。对于处于青春期的青年男女来说,孤单寂寞时上网寻找异性打发时间,与野猫发情期的叫春行为在生物学意义上相类似。在网上邂逅轻舞飞扬后,痞子蔡掩饰不住内心的狂喜——"离了线,忍不住想学电视里的广告大叫:'我出运了!我出运了!'……而研究室的窗外,那只野猫的叫春声又更响了……"①"野猫叫春的声音更响了"是痞子蔡的一种主观感受,这种主观感受是与痞子蔡和异性的交往相联系的。在虚拟的网络世界,痞子蔡认识了叫轻舞飞扬的女孩,青春期荷尔蒙的冲动得以缓释,听起野猫叫春的声音也有了变化。此后,每一次痞子蔡和轻舞飞扬关系的进展和突破都伴随着野猫的叫声。在和轻舞飞扬见面之后,痞子蔡为她的美貌所倾倒,回到宿舍还亢奋不已,忍不住打开电脑和轻舞飞扬继续网络上的缠绵。"研究室窗外的那只野猫,又开始叫了。虽然声音低沉了许多,但仍然是三长一短。看来这只野猫也是很有原则的……听说这种情形在心理学上,叫做'制约反应'。所以我想,我大概是被轻舞飞扬'制约'了。而那只野猫,也许是被其她(它)性感的野猫们所制约。"②《第一次的亲密接触》最后一次提到野猫,是轻舞飞扬死于红斑狼疮之后。痞子蔡因为心爱女孩的离

---

① 蔡智恒:《第一次的亲密接触》,长江少年儿童出版社2014年版,第19页。
② 蔡智恒:《第一次的亲密接触》,长江少年儿童出版社2014年版,第83—84页。

开，心中郁结了满满的悲伤，长时间沉溺于失去爱人的痛苦中。日子一天天地流逝，"阿泰依然风流多情，而我依旧乏味无趣。只是研究室窗外的那只野猫，似乎都不叫了"①。这是《第一次的亲密接触》最后一次提及野猫。物是人非，经历过和轻舞飞扬爱情的痞子蔡内心已不复往日的蠢蠢欲动，青春的荷尔蒙被真挚爱情遮蔽，生物的本能反应也因为情感的介入得到了提升，所以野猫也不再叫了。

《第一次的亲密接触》讲述了一个青春期的情感故事。青春书写一直是文学尤其是小说创作的母题，不论是歌德的《少年维特之烦恼》、拜伦的《唐璜》，还是巴金的《家》、张贤亮的《男人的一半是女人》，以及梁晓声等人知青小说的创作等，都是以青春尤其是青春期的情感为关注对象的。在不同的时代，不论是纸质传媒还是电子传媒，不同代际的写作者用手中的笔诉说着不同代际的青春故事。这种关于青春书写的现象在数字媒体时代得以放大。对新事物的接受，青年要比其他年龄层的快速很多，尤其是在新事物开始走入人们视野的时候。时至今日，互联网的发展已走过几十个年头，年轻网民所占的比例依旧居高不下，可以想见在互联网刚刚兴起时，青年网民占的份额了。在青年占绝对优势的互联网消费中，表现青年的喜怒哀乐自然更容易受到关注和追捧。《第一次的亲密接触》造成的热潮与此有密不可分的联系。事隔多年，蔡智恒忆及《第一次的亲密接触》造成的轰动——"很多人将全文打印装订成册，到处传阅着。我学弟的桌上就有一本，另外我表弟也寄来一本说是要孝敬我。（当然他们不仅不知道而且打死都不相信那是我写的）"② 如果不是互联网的出现，对于从来没有出版经验，又没有太多写作经历的蔡智恒而言，《第一次的亲密接触》根本不会有问世的机会。这从《第一次的亲密接触》首版时找不到人写序可见一斑。正是因为网络的存在，促使关注青年男女情感生活的《第一次的亲密接触》成为畅销书、长销书，"甚至改变

---

① 蔡智恒：《第一次的亲密接触》，长江少年儿童出版社2014年版，第172页。
② 蔡智恒：《第一次的亲密接触》，长江少年儿童出版社2014年版，第178页。

了写作与出版生态"。从题材上看，80%以上的网络小说都是爱情题材。曾有人问及蔡智恒为什么会出现此类现象，他的回答是——"在网上发表作品的大都是年轻人，年轻人的阅历和关心的事比较有限，不是课业就是爱情，所以多些青春的幽怨和风花雪月的叹息。"① 小说与互联网的偶遇又与青春撞见，促使众多的网络小说关注年轻人的感情生活，在虚拟的世界里建构起了一个个美妙的情爱画廊。就此而言，《第一次的亲密接触》在打开中国网络小说写作大门的同时，也开启了关注青年男女情爱叙事的写作模式，影响网络小说写作至今。

## 二 "一言九顶"

读《第一次的亲密接触》时时感受到它语言的新颖与新奇。曾有学者以语言学的视角探析这部小说的修辞魅力，从语音、词汇和语法方面论析这篇小说。② 就文本而言，《第一次的亲密接触》在语言方面将诸多的网络语引入小说的写作中，丰富了小说创作的语言表达，拓展了小说语言的表现空间，一定程度上引领了网络小说语言的变革。

网络以其自由开放的特征吸引了众多年轻人的聚集。众多年轻人的相聚交流带来了语言表述方式的巨大变化，影响着网络文学的创作。年轻人具有叛逆的特征，对于既有的生活有自己的体悟，不自觉地会创造出诸多新的词语和句子。对于日常生活展示出自己的理解，通过新颖的语汇表达出来，进而形成具有代际特征的语言，在青年人看来是展现自我突出个性的标志。《第一次的亲密接触》中，许多句子在今日看来仍颇具新颖的特色，如戏仿"子曰：'美女难找，有身材就好'""给我一杯壮阳水，换我一夜不下垂……"（阿泰泡妞回来改编

---

① 敦玉林：《三生石上旧精魂 此身虽异性长存——蔡智恒网络爱情小说的传统色彩》，《扬州大学学报》（人文社会科学版）2003年第6期。
② 杨素华从"语音变异""摹声变异""话语分拆""抽换语素""曲解语义""语义偏离""语体变异""语义色彩变异""语域变异""超常组词""方言夹用""简单符号变异之汉字造型变异"以及"语法变异"等视角探析了《第一次的亲密接触》。（杨素华：《〈第一次的亲密接触〉变异修辞分析》，《吉林化工学院学报》2014年第6期）

刘德华《忘情水》的歌声）、"细细回忆，你的淫荡。仿佛见你，床上模样……"（阿泰改编刚泽斌的《你在他乡》）和拍马屁被识破时"这是孟子教我的，'余岂好赞美哉，余不得已也'"的辩解以及与轻舞飞扬见面时"弟本布衣，就读于水利。苟全成绩于系上，不求闻达于网络"等过目即难以忘怀。当下流行歌手的音乐可以随便改编，孔子、孟子的经典语录也可以根据不同场合的需要随意盗用，改变了交流言谈时的古板与正统，使整个氛围轻松起来。除了戏仿，《第一次的亲密接触》还大量夹杂中英文及其他语言符号混合使用，勾连起青年尤其是学生的知识储备，增强读者阅读的认同性。当轻舞飞扬问道，"你都爱看哪种电影？"痞子蔡的回答是："我最爱看 A 片。""痞子，美女也是会踹人的哦！""姑娘误会了。A 片也者，American 片是也。A 片的简称。"青年男女对 A 片并不陌生，蔡智恒在《第一次的亲密接触》中将"A 片"一词翻解出新意是聪明智慧的呈现，颇吻合青年人的阅读期待。《第一次的亲密接触》中除了知识才学在语言对话中的暴露外，还有大量特殊网络语言符号的使用。蔡智恒在书中对笑脸符号的归纳就有"：)"、"^_ ^"、"：P"、"^o^"、"：~"等，还特意在书中对之做详细的解释，如"你若送来半角符号'：)'，我仿佛能看见你微微扬起的嘴角；你若送来全角符号'：)'，我仿佛能看见你满是笑意的眼神"[①]。网络符号是与网络亲密接触的年轻人经常使用的网络语言。有时一个符号传递出的意思在青年网民看来具有日常语言所不具备的表达功能。《第一次的亲密接触》能把笑脸全角与半角的表达方法作区分，对网络符号的掌握和运用已入炉火纯青一行。正如有研究者指出的"小说用一种新鲜的网络语言给当代小说带来了一种'陌生化'的效果。小说中英文和中文互相夹杂，搞笑、夸张、诙谐、风趣的网络语言无疑给读者留下了强烈的印象"[②]。从1998年3月22

---

[①] 蔡智恒：《第一次的亲密接触》，长江少年儿童出版社2014年版，第87页。
[②] 周志雄：《回顾与评判——〈第一次的亲密接触〉与网络文学的发展》，《世界华文文学论坛》2008年第3期。

日开始到 5 月 29 日结束，蔡智恒用了 68 天的时间分 34 篇连载完《第一次的亲密接触》。68 天的时间完成一部小说创作而且还造成了持久不衰的阅读影响力，被誉为网络文学的鼻祖等，可谓当今文坛的奇迹。

在新颖与新奇语言的背后，《第一次的亲密接触》表现出了思维的跳跃与逻辑的反常，也是其受众多青年读者追捧的因素之一。提到室友阿泰是情场高手"万花丛中过，片叶不沾身"，文中的叙述是"据说这比徐志摩的'挥一挥衣袖，不带走一片云彩'，还要高竿。徐志摩还得挥一挥衣袖来甩掉粘上手的女孩子。阿泰则连衣袖都没有了"[1]。"自从他在 20 岁那年被他的女友 fire 后，他便开始游戏花丛。俗话说：'一朝被蛇咬，十年怕井绳'，但他被蛇咬了以后，却从此学会剥蛇皮，并喜欢吃蛇肉羹。"[2] 痞子蔡与轻舞飞扬相见于麦当劳，点了两杯咖啡，轻舞飞扬说："痞子，这次你请我，下次我让你请。"[3]文中，诸如此类的叙述和对话有多处。这些叙述和话语与日常生活中的表达背道而驰。如果日常生活中的表达是正向度的，这类表达就是反常态思维的体现，是反向度的话语表现。这种反常思维下的语言在网络中颇为流行。网络上，吸引眼球博取关注成为网友们的相近选择，于是语不惊人死不休，反常态的表达方式也成为受追捧的对象。《第一次的亲密接触》中诸多的网络语言对后来的网络文学产生了不小的影响，建构起网络和文学在语言上互通的桥梁。时至今日，当我们读到"我若成佛，天下无魔；我若成魔，佛奈我何？"（《悟空传》）、"逆天，尚有例外；逆吾，绝无生机。"（《霹雳战元史之动机风云》）之类的语句，似乎《第一次的亲密接触》融合网络语言的写作追求又在眼前。轻舞飞扬和痞子蔡见面时的话语："痞子，你真的是所谓的'一言九顶'哦。我讲一句，你顶九句。"网络是充满新奇和神奇的地

---

[1] 蔡智恒：《第一次的亲密接触》，长江少年儿童出版社 2014 年版，第 5 页。
[2] 蔡智恒：《第一次的亲密接触》，长江少年儿童出版社 2014 年版，第 11 页。
[3] 蔡智恒：《第一次的亲密接触》，长江少年儿童出版社 2014 年版，第 58 页。

方，无意的一句话很快便可以举世皆知，言出者不经意间也成了网红。网络文学以其量产高的通俗化特征不自觉地改变着当代文学的创作生态，这些轻松谐趣的话语在传统小说中是很难出现的，在给其他网络小说创作带来影响的同时也改变着当前的创作格局。"日常生活已经越来越审美化了，审美也越来越日常生活化了。这种概念一方面看似将日常生活的质量进行了提升，实质上却只能是'审美'或'美'的标准的一种下落。因为日常生活靠文艺理论是提不上去的，而审美的标准却可以通过一场论争下滑。"①《第一次的亲密接触》及众多的网络小说在语言层面给当前的小说创作带来的冲击亦具有类似的情状。

### 三 青春成长

在众多有关青春书写的小说中，绝大多数或直接或间接地关注到成长，《第一次的亲密接触》也不例外。痞子蔡与轻舞飞扬相恋后，经历了轻舞飞扬的死亡，体会到失去、世事无常和生命的无奈，完成了三观的转变，实现了个体成长。

痞子蔡是一名在读研究生，室友阿泰是个花花公子经常玩弄异性情感。如果说痞子蔡本性中还保留着质朴老实的因子，阿泰则直接以生活方式和情场经验诱导痞子蔡走入游戏感情的圈套。"阿泰好像看出了我的异样，不断地劝我，网上的感情玩玩就好，千万别当真，毕竟虚幻的东西是见不得光的……因为躲在任何一个英文ID背后的人，无论个性好坏或外表美丑，连是男是女都不知道，如此又能产生什么狗屁爱情？"② 处于青春期荷尔蒙旺盛冲动的痞子蔡也希望和阿泰一样得到异性的青睐，但对阿泰游戏感情的行为又有着不同的看法。尽管生理需求的释放对于动物来说是一种本能，但人类之所以成为高等级生物在于有理性调节和控制生理需求而不是被生理需求左右。生理需

---

① 靳瑞霞：《为何难以被超越？——对网络小说〈第一次的亲密接触〉的古典性解读》，《世界华文文学论坛》2008年第2期。

② 蔡智恒：《第一次的亲密接触》，长江少年儿童出版社2014年版，第5页。

求和感情应该是结合在一起的，婚姻的出现和延续即是人类维护这一诉求努力的结果。就此而言，两性间的交往和两情相悦是一种本能基础上的情感活动。但现实生活中，情感在两性交往中有时是被抽离的。《第一次的亲密接触》中，阿泰因在情感上受过伤害，选择抽离感情玩弄异性。在此基础上，他钻研出许多和异性相处的技巧——"把马子有三大忌。一曰不浪漫，二曰太老实，三曰嘴不甜。其中又以不浪漫为首。""男人不坏，女人不爱""情圣守则第一条：必须以相同的昵名称呼不同的女人"等。阿泰和异性的交往已经偏离了两性相处的核心，在他看来"把马子"不需要情感付出，更多是技巧游戏。尽管他每每出征，多有斩获，这种两性间的交往方式也是不足取的。同居一室的痞子蔡受阿泰影响大有步其后尘之意，但轻舞飞扬的出现改变了他——一方面，和轻舞飞扬的见面直接推翻了阿泰网络无美女的金科定律，让痞子蔡看到了不同于阿泰话语中的网络江湖；另一方面，轻舞飞扬离开台南回台北治病更让痞子蔡得以走进她的世界。在一篇篇网络日志的背后，痞子蔡读出了这个美丽女孩对自己深深的爱和对这个世界的不舍。从开始网上无聊打发时间慰藉寂寞到被轻舞飞扬打动，飞往台北，痞子蔡已走向与室友阿泰不同的道路。

"主人公经历了某种切肤之痛的事件之后，或改变了原有的世界观，或改变了自己的性格，或两者兼有；这种改变使他摆脱了童年的天真，并最终把他引向一个真实而复杂的成人世界。在成长小说中，仪式本身可有可无，但必须有证据显示这种变化对主人公会产生永久的影响。"[①] 轻舞飞扬的死亡是痞子蔡成长道路上的重要推动，使他强烈感受到失去的痛苦。对于青年而言，由于特殊的年龄段，爱人的离开直接导致感情的丧失，在他们的成长中出现的频率较少。死亡的极端刺激使痞子蔡在沉溺感情伤怀过往的同时更加珍惜相处的温暖与温馨，使他改变了生活观念，迥异于过往。从《第一次的亲密接触》的

---

① 芮渝萍：《美国成长小说研究》，中国社会科学出版社2004年版，第5页。

叙述看，女朋友的死亡对痞子蔡的刺激和冲击是巨大的。"虽然现实生活中的她，已不再能轻舞飞扬。但我仍希望网络世界里的她，能继续 Flying in Dancing。阿泰常骂我傻，人都走了，还干这种无聊事做啥？可是即使她已不在人世，我仍然不忍心让她的灵魂觉得孤单。"①对轻舞飞扬的牵挂与思念使痞子蔡经历了阿泰未经历过的痛，也使他体会到了阿泰没能体会到的美好。在收到小雯转寄来的轻舞飞扬的信和两人一起看过电影的票根，痞子蔡"眼泪迅速地如洪水般溃决我的防洪工程。骄傲无情的我，再也抵挡不住满脸的泪水"。一起看《泰坦尼克号》，在别人哭成一片时，没有流泪。无聊上网打发时间认识女孩最后的信开启了痞子蔡对世界的另一种认知，原来除了室友阿泰展现出来的荷尔蒙的冲动与释放，网络上青年男女之间是存在着真挚的爱情的。至此，痞子蔡摆脱了阿泰的影响，完成了自我成长。

　　较之于众多的成长叙事文本，《第一次的亲密接触》没有铺垫主人公从幼年到青年、壮年的变化过程，而是更着重痞子蔡的心理成长。轻舞飞扬在痞子蔡出现心理危机的情境下出现，颇应和作者蔡智恒当时的生活状态——"程序仍然跑不出合理的结果，我觉得被逼到墙角，连喘息都很吃力。突然间我好像听到心底的声音，而且声音很清晰，我便跟自己对话。通常到了这个地步，一是看精神科医师；二是写小说。"② 现实中的蔡智恒因为论文卡壳，无法解决产生的精神困惑，选择以写小说的形式化解精神危机；小说中的痞子蔡面对室友阿泰的情场得意，青春怅惘，对自我产生了心理认同危机，结识轻舞飞扬得以缓解。轻舞飞扬病危离去期间，痞子蔡得以真切感知与室友阿泰所言完全不同的两性相处状态，在心理层面坚定了自己的认同，解决了心理危机。"网络小说以切近现实生活的笔触，和读者一起面对生活难题。作者用生活智慧教会读者如何经营感情、事业、家庭，如何面对阶段性的人生困境，如何活的更精彩……它洞明世事、人情练

---

① 蔡智恒：《第一次的亲密接触》，长江少年儿童出版社2014年版，第170页。
② 蔡智恒：《第一次的亲密接触》，长江少年儿童出版社2014年版，第186页。

达，能帮助读者提升认识生活的能力。"①《第一次的亲密接触》在展现小说人物青春成长的同时，打开了后来诸多网络小说关注成长的大门，启迪了诸多作品的青春书写。

## 第二节 论《匆匆那年》的代际青春书写

如果说《第一次的亲密接触》开启了网络小说青春书写的大门，随着思考的深入就必然会牵涉与青春相关的各种具体的论题。一代人的成长有自身的特点，不同代的人们会聚在一起就会形成观念和认知上的差异。与改编成电影和电视剧的《匆匆那年》受到研究者较多关注形成强烈反差的是网络小说《匆匆那年》并没有受到研究者太多的注目。无论是网剧的改编还是张一白执导电影的新变化都是在小说的基础上完成的。探究《匆匆那年》小说文本的青春书写会更有助于理解导演张一白的话语——"'60后'有《中国合伙人》、'70后'有《致青春》、'90后'有《小时代》，但还没有一部电影集中地展现'80后'的青春和爱情，《匆匆那年》正是'80后'的青春圣经。"②新文学创作中，"80后"作家产生了较大的影响，韩寒、郭敬明等都是其间的代表。网络小说中，"80后"的青春具有何样的代际特征，《匆匆那年》具有可供探析的参考价值。

### 一 张楠

《匆匆那年》采用了多重叙述的方式联结起过去与现在，实现了时空交织变化中故事的展开与推进。张楠在叙述中起到了非常重要的作用，借助他完成了方茴和陈寻的成长叙述，同时也由于他的澳大利亚和国内的不同生活使不同的空间建立联系。张楠是"80后"的一

---

① 周志雄：《网络文学与当代现实生活》，《光明日报》2016年11月7日第13版。
② 周南焱：《〈匆匆那年〉打造"青春圣经"》，http://www.chinawriter.com.cn/2014/2014-09-01/216331.html，2023年9月20日。

员，有着和方茴、陈寻等人相近的成长环境和记忆，他的情感选择和人生追求是小说要呈现的"80后"情感和价值选择的缩影。

张楠的出场呈现明显的"80后"特征——"风流倜傥的外貌，我还真比较自信""月薪3000以下根本不考虑！单位给配车我还得问问索纳塔还是帕萨特！年终奖至少够万才能和我谈。"① "文化大革命"后出生的"80后"在成长过程中既没有"60后"成长记忆中的宏大叙事与集体认同，也没有"70后"成长中的困苦经历。社会的转型使他们较多感受到物质的充裕和个体价值释放张扬的空间，对自己抱有更大的信心。同时，成长中较为余裕的环境使他们敢于直接追求物质生活的舒适度。"80后"对生活舒适度有追求但并不沉迷，成长中激烈的竞争早在他们心中留下奋斗拼搏的理想和信念。由于偶然的机会，留学澳大利亚的张楠在异乡认识了方茴，喜欢上了她，也了解了她的经历与故事，完成了小说的叙述。

张楠对于方茴的喜欢和《匆匆那年》中陈寻、乔燃、赵烨、苏凯等对自己喜欢女孩的追求有相近之处。在异乡的生活让艰难时刻的方茴和张楠住到了一起，使张楠有更多的机会呵护方茴。张楠是喜欢方茴的——"攥住她的手，我却不自觉地稍稍用力了。从掌心传过来的温度让我意乱情迷，这样温润的女孩子，我真的想就此抓住不放。"② "我低下头轻轻吻了她一下，她没有醒，睫毛微微动了动，扫过我的心尖。说到底我也不是什么正人君子，不可能做事干干净净大义凛然，但我也不愿意乘人之危。"③ 很难想象，身在澳大利亚远离亲人住在一起的张楠和方茴，竟然一直保持着纯净的关系。张楠对方茴的喜欢和爱在《匆匆那年》的文本中是遮掩不住的。方茴也很喜欢身边有张楠照料，愿意帮他分担生活中的艰难——"只有我知道她为什么去打工，她肯定是看着我这么累觉得不落忍了。"就常理而言，生活中正

---

① 九夜茴：《匆匆那年（上）》，江苏文艺出版社2013年版，第1页。
② 九夜茴：《匆匆那年（上）》，江苏文艺出版社2013年版，第92页。
③ 九夜茴：《匆匆那年（下）》，江苏文艺出版社2013年版，第149页。

处于青春期的男女,在这种情形下,拥有属于双方的一份情感是很正常的事,但张楠和方茴的相处状态颇不合常理。事实上,《匆匆那年》中不仅张楠而且许多人都具有类似性。

感情是处于青春期男女关注的核心,谁没有年轻过?又有谁年轻的时候没有过对异性的喜欢和幻想呢?!陈寻、乔燃都喜欢方茴。陈寻果敢地向方茴表白,和方茴成了男女朋友。乔燃只有默默地守望——"'五瓣丁香,据说会带来幸福。'乔燃解释说,'别愁眉不展的了,我希望你能是世界上最幸福的人!'方茴抬起头,感激地看着乔燃,随后她也去花丛中找了一朵五瓣的丁香,递给乔燃说:'这个给你!你也要幸福!'乔燃笑着接过来,小心翼翼地夹在了书本里,方茴攥着手里的五瓣丁香向他道别,乔燃挥挥手,一直目送她走进楼里,才慢慢转过身。那朵五瓣丁香,被他保留了很多很多年。"[①] 因为这朵丁香,乔燃写了作文《一朵丁香花》献给心中的那个女孩,唯一一次因佳作受到老师的夸奖。青春时期懵懂蠢动的情感总是美好的,洁净得如不染一丝杂质的湖水,清澈见底。唯其如此,才能在知道方茴澳大利亚读书的学校就立刻赶过去,守候着只为偷偷地看她一眼,不带一丝的欲求与杂念。如果说乔燃、张楠对方茴的感情是处于单恋没有得到明确的回应不得已做出的无奈选择,已经成为方茴男朋友的陈寻对她的感情也是超越于俗世情爱之上。陈寻和方茴从中学读书起开始处男女朋友,数年间,两人一直保持着相互关心、照顾的交往模式。甚至,在高考时为了能和方茴考入同一所大学,陈寻故意少做了一道大题。从二人相处的点滴看,他们的感情是真挚的,但以男女朋友的视角看,二人的相处又缺少某些必要的质素。读大学后,陈寻和沈晓棠相恋走到一起。方茴和陈寻分手后为了缓解心中的痛苦选择以放逐自我和邝强发生关系的自戕方式折磨自己。"'你别这样行么?我求你别糟蹋自己行么?'陈寻按住她的肩膀说……方茴向后晃了晃,抬起空

---

① 九夜茴:《匆匆那年(下)》,江苏文艺出版社2013年版,第220页。

洞的眼睛凄然一笑说：'你都知道了？他告诉你的？没错，我们是做爱了。他追求我，我也没拒绝。这怎么了？你可以和沈晓棠上床，我就不行吗！'亲耳从方茴口中听见这几个字，让陈寻的心针扎一样地疼，他红着眼睛一把拉住方茴说：'我和沈晓棠做爱是因为我爱她！邝强爱你吗？你爱他吗？''我爱你！但你能跟我做爱吗？'方茴甩开陈寻的手哭着说，'我就是想试试做爱是什么感觉，为什么你能和沈晓棠做却不能和我做！'"① 在张楠、陈寻、方茴、林嘉茉、赵烨等人的青春情感记忆中一直存在着一种"君子之风"，不论是张楠、陈寻对方茴更似兄妹之情式的守护，还是林嘉茉和苏凯、赵烨间的情感纠葛，更多地是发自内心的关爱而不是两性情感间的占有。这个情形的出现一方面是他们青春年少的年岁决定的，一方面也与成长记忆和写作者叙述追忆视角的过滤有关。"80后"是受独生子女政策影响较早的一代，在成长中享受丰裕物质生活的同时也带来了精神和心理上的孤独，这一点突出地表现在他们行为选择的差异性方面——心理上的晚熟与行为早熟交相呼应。较之于"70后"，他们的成长中缺少责任意识的规塑；与"90后"相比，他们也无法像"90后"那么自我。作者九夜茴以缅怀青春的诉求建构这部小说，提纯了"80后"青春的情感记忆。

## 二 七七

七七是陈寻去酒吧时邂逅的女孩子，在全书中出现的频率是极低的，占有四十分之一左右的篇幅。喝得醉醺醺的陈寻回到家，第二天一觉醒来"就看见全裸的七七了"。这种出场方式在《匆匆那年》中是非常独特的。比较之下，方茴是在男生们谈论一段时间后才走入大家的视线，林嘉茉转校过来，作者还感慨"意外地发现她样子很美"。综合全书看来，不论沈晓棠、吴婷婷、杨晴还是其他仓促一闪的女性，在《匆匆那年》中出场时都保持女性的优雅和尊严。写到七七时，作

---

① 九夜茴：《匆匆那年（下）》，江苏文艺出版社2013年版，第434页。

者的叙述是"七七翻了个身,醒了。她睁开眼睛看了看我,特别平淡地说:'我是处女。'我突然不知道怎么往下聊天了"①。这个出场方式很搞笑,本来是自己的住所,外来者七七的一句话让"我"觉得不知道该怎么聊天,对处于主场的"我"的震撼可想而知。如果说这么一句关于处女的话已让"我"震撼,后文中关于处女的对话带来的是更多的思考。"'干吗说自己是处女啊?'我逗她。'你们男的不是都喜欢处女么?'七七没精打采的说,'大叔,我要是真是处女的话你怎么办?'"② 这里的对话很有意思,"处女"二字具有浓厚的文化意蕴,深层次中是父权文化男性等级观和优越感的体现。女性在这种文化语境中是被规约和被审视的,身体上不洁往往成为耻辱,伴随一生。正是因为如此,男性在文化中通过"处女"二字直接获得了居于女性之上的等级,迫使女性成为"第二性"。就"处女"二字文化中的存在看,有资格谈论和提及这两个字的应该是男性,因为只有男性才掌握着审视的权力,女性只能是被审视者。男性掌握着言说权,女性只能遵从约束,男性说、女性做才是这个词本来的核心意指。《匆匆那年》中的女孩七七在陈寻面前公然谈论"处女",抛开其本意的戏谑嘲弄意味不谈,这个行为已经改变了这个词的文化内涵。在七七眼里,处女可以获得更大利益,是女性要挟男性的重要砝码,男性在这个词面前成为实际上的弱者。荒诞的是,不断谈论处女,试图用这个词要挟男性的七七早已不是处女,丢失了处子之身。丢失了处子之身的七七一方面用处女增加自己谈话的砝码,消解了"处女"一词的深层意义;另一方面,她又表现出对处女的羡慕。当陈寻讲起已经近十年没有见到方茴还不能忘记她时,七七的直接反应是"十年!大叔!都快十年了你还记得这么清楚!甭说,她肯定是处女!"③。

七七对"处女"的耿耿于怀或反应超出常态有自己经历上的原

---

① 九夜茴:《匆匆那年(下)》,江苏文艺出版社2013年版,第459页。
② 九夜茴:《匆匆那年(下)》,江苏文艺出版社2013年版,第459页。
③ 九夜茴:《匆匆那年(下)》,江苏文艺出版社2013年版,第460页。

因，也是不同成长年代和环境影响的结果。

"你们'90后'现在这么有节操么？我怎么觉得你比我还在乎处女这事儿啊！我纳闷地问。""我也觉得不重要，但我喜欢的那男孩子，他说因为我不是处女，所以他不能和我好。可我也不是成心不是处女的，我之前喜欢过别人，想和喜欢的人做不是很正常的事么？可他就受不了。"七七郁郁地说。

前文，七七还在拿"处女"说事，在消解"处女"一词的同时也在消费"处女"。当陈寻言及十年未忘的女朋友时，七七道出了自己的价值观。在她心里的隐秘角落，女性的纯洁与否在和男性的交往中占有重要的地位，如果不是"处女"，可能就不会得到男性的珍惜。这一点似乎又有着父权文化影响的影子，但七七的这种认知更多地来自经历。通过和陈寻的对话可以见出，七七由于不是"处女"受到了自己喜欢的男孩子的拒绝。这个拒绝是个偶然。七七在解释强调"处女"的同时也暴露了她的价值认同——"我也不是成心不是处女的，我之前喜欢过别人，想和喜欢的人做不是很正常的事么？"对照张楠、陈寻、方茴、林嘉茉、赵烨、苏凯等人的爱情模式，七七观念的特异性就凸显了出来。尽管七七在《匆匆那年》中占有的篇幅不多，读者却很难忘掉这个形象。如果说《匆匆那年》展示了"80后"的青春追忆和缅怀，七七的出现促使"80后"的青春记忆呈现出了更加强烈的"类"特征。

在"80后"青春成长中，爱情带有更多的唯美色彩，是形而上的。我们看到《匆匆那年》中，"80后"的爱情没有以身体占有为目的，似乎爱情与身体无关，呵护、守候、记挂、想念等是他们爱情的全部。这种美好是记忆中的美好，很难想象现实中事过十多年之后陈寻、乔燃对那个女孩的念念不忘没有身体指涉。果真如此，这还是人类无数次赞美过的爱情吗？！"想和喜欢的人做不是很正常的事么？"

七七无意中的话透露了男女爱情的实质,却不被接受。《匆匆那年》是"80后"的青春缅怀和记忆书写。对一代人青春缅怀岂能与肉欲相连?!于是,书中的陈寻借高尚和高雅为名展开了对七七的训导。"'你能不能高尚点,一个小女孩,就知道睡啊睡啊这点事儿!''我这辈子是不能比你再高尚了。'七七狠狠地摇摇头,说,'大叔,你又不想跟她上床,那你喜欢她图什么啊?''你知道塞林格么?'七七懵懵地摇摇头说:'是唱歌的么?''不是,他是个作家。你没事多念点书吧!'我叹口气说,'他写过这么一句话:有人认为爱是性,是婚姻,是清晨六点的吻,是一堆孩子,也许真是这样的,但你知道我怎么想吗?我觉得爱是想触碰又收回手。'"[①] 曾有不少读者批评"80后"的青春书写是伪青春。深究起来,这种书写背后展现的更多的是小清新的格调与追求,离现实的青春太远。基于塞林格和他的一句话"80后"完成了对"90后"的碾压,遮盖了一个小时前还赤身裸体地与"90后"睡在一起的场景,更消解了睡在一起时使用的还是"90后"提供的安全套的事实。七七在《匆匆那年》中占有的篇幅并不多,但不可缺少,因为她低垂的身体映衬出了"80后"青春的神圣与不可侵犯。由此,"80后"怎么缅怀、纪念已逝的青春都不为过,因为他们是这个世界的主角。

### 三 九夜茴

九夜茴原名王晓迪,1983年3月生于北京,长于北京,是个地地道道的"80后"。据九夜茴本人讲,从小她就颇有文学才华,可能和她的爷爷有关(九夜茴的爷爷系黄埔军校毕业生,曾被国民政府授予少将军衔——笔者注)。和爷爷生活在一起,经常跟随爷爷和他的朋友相聚,使九夜茴较早受到了古典文化和文学的濡染。

讲起写作,对九夜茴而言可能是必然也是偶然——"好像暑假我

---

[①] 九夜茴:《匆匆那年(下)》,江苏文艺出版社2013年版,第460—461页。

和我表弟俩人一起去学开车，学车的时候，就要等嘛，坐那等很无趣，我拿了一张纸和一支笔，因为我一直在写作，随便列了一个大纲出来，就这么开始写了。"①正是这种看似偶然却又必然的动机促使本科学习财务、研究生攻读企业管理的九夜茴成为一名网文写手。就小说《匆匆那年》而言，作者对自己成长的代际特点颇为强调和关注，不仅在前文已论析的人物形象上体现颇强，作者还专门在小说的开始设了"引"的部分加以突出。全书的开篇"我觉得我们可能是挺特殊的一代。这种特殊不是说多值得炫耀，而是某种介于年代、历史、命运之间的特色"②。介于年代、历史、命运的特殊一代直接将人进行"代"的划分，无怪乎《匆匆那年》的责编孙琳菲感慨"只看了'引'就一下被它吸引住了，当时立刻觉得这段话肯定能成为"80后"的代言"。③《匆匆那年》对"80后"成长文化的凸显是无处不在的，不论是千禧年的跨年活动、南联盟被炸、国庆大游行还是北京申奥的成功等都是通过重大事件唤起一代人的成长记忆。在这些代际成长记忆之外，更有玻璃丝、《哈利·波特》、《当代歌坛》、篮球赛等具体细微的年代文化记忆。一代人的成长记忆通过九夜茴的书写得以呈现，掺杂了写作者的主观思考。由于写作者在多年后回忆青春时已经历了更多岁月的磨砺与侵蚀，对过往青春岁月的书写必然经过了理性的过滤与升华，在更深厚阅历的基础上结合当前的社会特点会更加深入地认知过往社会的历史意蕴。所以，20世纪八九十年代的社会特点与意蕴更加紧密地与个体经历结合了起来。个体借由岁月丰富的经历获得了精神上的优越感，似乎过往的青春也跟着美好起来。唯其如此，才会有《匆匆那年》中"80后"陈寻对"90后"七七的教诲。但这往往是写作者的主观想象，"90后"在"80后"面前未必会顺从，在价值观的认同方面更是如此。青春不特别地属于哪一个人和哪一代人，每个人

---

① 何映宇：《不悔梦归处，只恨太匆匆》，《新民周刊》2014年第12期。
② 九夜茴：《匆匆那年（上）》，江苏文艺出版社2013年版，第3页。
③ 孙琳菲：《〈匆匆那年〉缘何畅销》，《出版参考》2009年第4期。

和每代人都平等地享有它，谈不上哪代人或哪个人的选择更有价值和意义。因而，《匆匆那年》中"80后"对"90后"的优越感只能是"80后"缅怀青春时光时的一种主观想象。

在接受采访中，九夜茴曾说："回头想想，我会特别感恩那些青涩的情感。那时，我们不说爱，也不说永远，我们只说喜欢，因为我们以为'喜欢'就是'永远'。这就是我们当时的爱情观。长大以后，经历了伤害与被伤害，但我依然相信爱情，相信它可以给人带去超越亲情、友情之外的更强大的力量。只不过我不会再相信'永远'、'唯一'这样的形容词。有人说，爱情现实，其实它一直没变，只不过小时候我们不懂，我们觉得它像水晶一样熠熠生辉，永远不会褪色，但现在我们明白了，它可能脆弱的像玻璃丝。"[①] 看九夜茴接受采访时的话语，和《匆匆那年》中的语言有着太多的相似。"80后"青春记忆中美好的瞬间和场景太多了，使得他们更愿意沉溺于缅怀的情绪中。尽管九夜茴可以在《匆匆那年》中营造出供一代人共同缅怀的美好记忆，现实却依旧残酷。时隔多年，陈寻、苏凯、赵烨、刘博当年篮球队的小伙子再次相聚于球场，发现刘博已经喝成了两百斤的胖子，"赵烨再怎么使劲蹦，也够不着篮网的边，更不要提扣篮"，苏凯也有了将军肚，颇应和七七的评价"大叔，你弱爆了！"，篮球场上无法再像英雄一样享受女孩的赞扬，颇多的遗憾与无奈暗示着青春的远去。青春可以追忆，但它毕竟远去了，再也无法回来。乔燃的归国让这帮当年球场的英雄又一次不服老地聚在一起，只是球赛尚未结束，苏凯便得到老婆出轨的消息。"我们在酒店门口憋住了苏凯他媳妇和那个奸夫，打头阵的依然是刘博，伴随着一串熟悉的'操你妈操你妈操你妈'，他把板砖抡了上去。赵烨还想飞腿，但刚一抬脚就觉得腰受不了，只好一脚踹在那男的腰上。乔燃稳准狠，直接把他按在了地上，苏凯上去打了第一拳，接着那人身上就没有好

---

① Andy：《九夜茴：从一个写故事的人，变成一个有故事的人》，《青年文学家》2016年第9期。

地儿了。"① 当年耐克杯的冠军在球场上无法再现往日的风采，已转变成捉奸场上的"英雄"。球赛没能结束直接捉奸的现场表演让人们在追忆青春的同时不能不想到现实。既然现实如此不堪，那就让记忆中的青春再美好些，毕竟那是对一代人青春的缅怀。

"现在我们知道了，其实你并不能要求这个世界完美，只能让自己残缺。我们的祖祖辈辈不都是这么过来的？我们由一个三角形，慢慢变成圆形、椭圆形。最遗憾的是，年轻时，我们要的是爱，而不是原谅，等我们懂得原谅时，恰恰是失去爱的时候。青春不就是这样？"② 九夜茴在接受采访中的这段话颇有意味。现实无法圆满，不管是"60后""70后"还是"80后"只能任由自己由三角形变成诸多其他的形状，无法阻挡。同样无法阻挡的更加残酷的事实是青春的失去，不管愿意与否，它终将逝去。既然现实中无法完美，就尽可能地在回忆与缅怀中多一些美好吧。从这个角度看，《匆匆那年》是九夜茴奉献给"80后"青春缅怀寄托的承载体。

## 第三节 《步步惊心》与穿越小说的青春"救赎"

作为"清穿"三座大山之一的《步步惊心》一直受到读者的追捧，出版后畅销十年不衰，是当前中国网络小说创作中难得一见的现象。文中，张晓的穿越体验在给读者带来新奇感受的同时，也呈现出了女性尤其是当代都市女性的青春困窘。《步步惊心》关注的不仅是女性的逃避和迷惘，更呈现着她们的追求与幻想。在残酷的生活面前，个体的努力往往得不到重视，尽管已拼尽全力，却不免卑如尘埃。选择逃往另一个时代或不同的世界或许不仅仅是一种自我慰藉，更是无奈下个体对自我生存的确认。

---

① 九夜茴：《匆匆那年（下）》，江苏文艺出版社2013年版，第480页。
② Andy：《九夜茴：从一个写故事的人，变成一个有故事的人》，《青年文学家》2016年第9期。

## 一 马尔泰·若曦的"畏缩"青春

《步步惊心》中马尔泰·若曦成为当前众多女性读者羡慕的对象，出身于清朝大将军马尔泰家，父亲的显赫功名使她享受到常人难以企及的荣华富贵。在待选秀住进姐姐家期间，马尔泰·若曦结识了康熙的众多皇子，与他们结下了深厚的友情，深得众阿哥的呵护与关爱。不仅如此，年轻俊朗的阿哥们多垂青于她，凤求凰兮，欲结连理。先后喜欢她不能自拔的有十阿哥、八阿哥、四阿哥、十四阿哥等。其余的青年才俊，虽对她没有男女情欲层面的追求，也多和她保持着亲密的朋友关系，如十三阿哥等。这种荡气回肠的人生体验是常人无法想象的。万千宠爱在一身，在激起读者阅读兴趣的同时，促使读者产生虚幻的快感。从表面看，马尔泰·若曦是人生的赢家，但其背后掩藏的无奈与畏缩又消解了她的赢家形象。

马尔泰·若曦的生活富丽堂皇自不用说，《步步惊心》着重凸显的是她的八面春风和如鱼得水的气场。在春节赴康熙皇帝举行的宴会上，先是十阿哥不顾福晋在旁，热情地朝她"上下打量"，接着是十三阿哥对她"热情友好的大笑脸"，随后发现"八阿哥嘴角似笑非笑地看着我""眼光一扫，却看见十四阿哥若有所思的目光正牢牢锁定我"。这还不够，连后来成为雍正皇帝的四阿哥也"眼底带着丝丝玩味瞅着我"。[1] 在康熙举行的宴会上，众阿哥在意的不是父皇的举动，对赴宴的万千美色也视而不见，放不下的却是马尔泰·若曦这个待选秀女。一次赴宴，已充分展示了马尔泰·若曦在众阿哥心目中的地位，极好地满足了女性被宠爱的追求。有如此多的阿哥喜爱，马尔泰·若曦的人生想不顺风顺水都难，但事实却是诗一样的生活被她搞成了不着调。如果说十阿哥与马尔泰·若曦因为康熙皇帝赐婚的威压不能在一起，是外部因素的决定，那么她和其他阿哥之间的情感纠葛则更多

---

[1] 桐华：《步步惊心（上）》，湖南文艺出版社2011年版，第76页。

是自我主体选择的结果。长期居住在八阿哥的府邸，马尔泰·若曦清晰地知道八阿哥对自己的喜欢，"我低着头，凝视着镯子……他握着我的手一紧，低声说，'这是给我喜欢的人的。'……'不要害怕，我会想法子的，总有办法让皇阿玛把你赐给我的。'"① 知道八阿哥对自己的喜欢，马尔泰·若曦心安理得地享受着八阿哥带来的种种好处。当别人为选秀烦恼时，选秀对她而言只是一个过场。她既没有陷进康熙的深宫也没有成为皇后皇妃们的仆役，而是如愿地成为一名御前奉茶的茶官，在宫廷中混得如鱼得水。

表面上看如鱼得水是马尔泰·若曦能力的体现，实质上是背后大树的遮护。"这些年来，八哥唯恐你受了委屈，暗地里为你在宫里打点了多少事情？要不然你真以为宫里的日子就那么顺当的？"十四阿哥的话直接道出了八阿哥为马尔泰·若曦付出的心血。雄性对雌性的保护是动物的本能，是基因遗传。这种保护和付出不是无功利的，在动物是基于占有和繁衍后代的需要，在人类是情感交流及其背后的占有。所不同的是，动物是建立在力的基础上，雌性几乎没有反抗选择的余地，而人类社会中，女性可以选择拒绝和远离自己不喜欢的男性。马尔泰·若曦如果不喜欢八阿哥，完全可以明确说出，远离他，过自己喜欢的日子，但她的选择显然不是这样的。"他大笑着，一扯我的胳膊，反身把我压在草地上，头埋在我的脖子上嗅着……然后轻轻浅浅地一路顺着印在了我的双唇上。我闭上双眼，温顺地回应着他的吻。他的温柔、怜惜、爱恋都通过唇齿间的缠绵传递给了我。我刚开始的紧张失措慢慢消散，只觉如同置身云端，晕晕乎乎，身心俱软。"② 经过长时间的守候，八阿哥对马尔泰·若曦的呵护终于拨动了她的心弦，在陪同康熙围猎出行期间，二人按捺不住有了肌肤之亲。从以前见若曦到阿哥们得请安到十四阿哥"给我恭恭敬敬地请了个安"，借八阿哥的爱怜和宠爱，马尔泰·若曦成了十四阿哥眼

---

① 桐华：《步步惊心（上）》，湖南文艺出版社2011年版，第84页。
② 桐华：《步步惊心（上）》，湖南文艺出版社2011年版，第200页。

中的嫂子。与心爱的人相厮相守、共度一生是人生最美好的追求。在前行的过程中，尽管会有风雨，但"一切有我呢，我不会让你受到任何伤害"的承诺足以让众多女性神往不已。不仅人类，诸多动物在青春时期选择了配偶后也是一起经历风雨，共同面对未来的。《步步惊心》中马尔泰·若曦的举动颇让人费解——"如果我是要你放弃争那把龙椅呢？……你同意，我们就在一起；你不同意，我们就分开。"①在合适的时候遇到对的人，不是应该紧紧抓住吗？为什么喜欢和爱还要附加条件呢？如果说穿越时光的张晓知道结局想尽力避免，那么个人感情和历史成败也不应混在一起。感情是个体的事，如果可以抽出加以历史化阐释只能说明这段感情并没有主体的投入，是不是真的感情值得推敲。

面对八阿哥的爱，马尔泰·若曦的举动已让人诧异，可《步步惊心》中关于她让人诧异举动的叙述并不仅仅停留在八阿哥处。九龙夺嫡之后，经历过磨难的马尔泰·若曦也走出了令人作呕的洗衣房，得以和胤禛团聚。此时的四阿哥胤禛已经继位成了皇帝，自然要加倍珍惜和补偿以往错失的美好时光。于是，"半夜里正睡得迷糊，感觉有人替我盖被子……他说：'已经五更，要去上朝了，我过来看你一眼就走，不想竟吵醒你了。'"②如果说八阿哥对马尔泰·若曦的爱已经让众多女性羡慕不已，《步步惊心》中关于四阿哥雍正皇帝对她宠爱的叙述颇有人神共愤的味道。"他没说话，只向高无庸挥了挥手，高无庸带着人都退了出去，我们两个就如平常夫妻一般，没佣人服侍，想吃什么就自己夹什么，安安静静地吃了一顿饭。胤禛吃得颇为香甜，添了两碗饭，我不知不觉中跟着他也多吃了半碗。"③如果不是穿越小说，读者将很难看到此种情形的出现。谁能想到日理万机的雍正上朝前还不忘过来看一个没有名分的女子？又有谁敢想和雍正用餐竟

---

① 桐华：《步步惊心（上）》，湖南文艺出版社2011年版，第206页。
② 桐华：《步步惊心（下）》，湖南文艺出版社2011年版，第143页。
③ 桐华：《步步惊心（下）》，湖南文艺出版社2011年版，第140页。

然是和平常夫妻一样,自己还跟着多吃半碗?!《步步惊心》中的马尔泰·若曦不仅享受了这种荣耀,还根本不拿它当回事,就连皇帝准备册封她让她选个封号都是"摊开手中的单子看起来,刚瞟了一眼,就立即扔到桌上"。① 后宫佳丽三千,皇帝眼中只有一个马尔泰·若曦,竟然她还无所谓,于是,只好顺她心意让她"嫁"了十四阿哥。至此,马尔泰·若曦在和八阿哥暧昧过后又和做了皇帝的四阿哥风流缠绵,最后归附了十四阿哥。一个女性在众多的男性之间游移,并不想要稳定的归宿(归附十四阿哥只是虚名),除厌倦婚姻之外怕只能是爱得太畏缩了。《步步惊心》中的马尔泰·若曦在感情的处理上没有太多的外在压力,每一个阿哥都对她礼待有加,尊重她的意愿,给她自由舒展的空间,可是她终究没能迈出万千女性渴望的那一步畏缩着不肯前行。在光鲜的表象下,马尔泰·若曦藏着一颗畏缩的心。

## 二 时代女性的青春"逃避"

从性别角度看,穿越小说中以女性穿越为多,也有一些"男穿"的小说,如《回到明朝当王爷》《极品家丁》《楚氏春秋》《三国求生记》等,总体占比不大。从穿越后主人公所处的阶级和阶层看,几乎都是上流社会阶层,大多一觉醒来躺在舒适的床上,屋内摆设奢华,然后过起了锦衣玉食般的生活,很少见到一觉醒来躺在猪圈茅草棚内,油灯如豆、衣着褴褛、土豆咸菜度日,过着吃了上顿找下顿的凄苦日子。从穿越小说写作者的性别看,当前流行的穿越小说写手大多为女性,如桐华、金子、天籁纸鸢、妖舟、卫风、vivibear等,其间,虽有月关、猫腻、墨武等创作男性穿越的男性写手,占比只是较小的一部分。从阅读层面看,"穿越小说读者的男女比例为2∶43,其中90%是大学生和白领阶层,她们几乎每天都上网。约九成人看穿越小说是为

---

① 桐华:《步步惊心(下)》,湖南文艺出版社2011年版,第218页。

了消遣娱乐，释放压力，打发时间，还有近一成人是跟风。这可以看出，穿越小说的接受对象主要集中在'80'后的女性当中"①。

不同版本的《步步惊心》关于女主穿越前生活的叙述不同，有的是换灯泡时从梯子上摔下来穿越到了古代，穿越前是"芳龄二十五的单身白领张小文"，从其"有一堆的财务报告等着自己"的叙述看，她应该是从事银行等金融类行业的工作；有的则是下班过马路被撞穿越，穿越前的身份是"芳龄二十五的单身白领张晓"。② 电视剧《步步惊心》则是由于男朋友劈腿，两人争执中张晓触电撞车穿越，争吵中"我在公司加班"一句透露出她是都市白领。《梦回大清》中，蔷薇感慨"天天都是这样无味且繁琐的工作，何时才能脱离这些无聊的财务报表和分析，过另一种完全不同的生活呢？"③《木槿花西月锦绣》里，结婚五年的孟颖因为签约失败提前回家，撞见丈夫长安正和一个浓妆艳抹的"比她年轻许多的女子"偷情，强烈的刺激使她奔到大街上，被车撞后穿越。就穿越小说的写作而言，大量作品中的女主在穿越前具有相似的生活和工作背景。她们大多生活在都市，从事财经类、营销类、文字类的工作，是大家眼中的白领。这些人生活负累较重，要么年岁不小个人问题还没着落；要么工作不如意、不顺心完不成任务"压力山大"，要么家庭生活紧张，婚姻出现问题，等等。这些女主遇到的问题在当前社会中是青年女性较多遇到又很难解决的，不论是生活问题还是工作问题甚或是感情问题，在当前快节奏信息化的时代中，都很难得到有效的解决。诸多问题的堆积和生活工作中的压力，使都市女性尤其是白领知识女性在现实生活中狼狈不堪。诸多压力无处释放，有逃避和逃逸的渴求。面对现实困境，穿越小说中的女主不是探寻解决之道，更多地是在穿越时空中一展自己的才华与能力。《步步

---

① 常译月：《浅谈穿越小说与女性读者群》，《环球人文地理》2014年第9期。
② 在海洋出版社和民族出版社2006年出版的《步步惊心》中，女主都是张小文，突出她的职业；在湖南文艺出版社新版的《步步惊心》中，强调了她的年龄，而未提及职业特点。
③ 金子：《梦回大清》，沈阳出版社2010年版，第1页。

惊心》中的马尔泰·若曦不仅御前奉茶深得康熙皇帝的喜欢，还能在大草原上结合当地景色搞山水实景演出、教蒙古公主敏敏格格唱现代歌曲《一剪梅》等。"我摊开报表给他看，先细细讲解何为复式记账，借方代表什么，贷方又代表什么，然后开始仔细讲如何看这张图表，获取自己想要的信息。"① 诸如《步步惊心》中的这些叙写，放在现代社会算不上是出众和出色的能力，也不可能作为自己才干的标志，但放在古代社会就不一样了，稍微露一两手就是人中翘楚。

"穿越，将现代人置入另一个生存环境，体验生命本体本能的激情，进入不可预知的生命过程。自我意识已经充分觉醒的现代人，经历了漫长的教育过程，进入真实的生存环境时，自我被充分肯定，舍我其谁。但是，在现代社会这个大舞台上，更多的人只是配角，甚至只是作为背景的群众演员。"② 在当前社会中，大多数的年轻人尤其是女性青年都有一颗不安分的心，期望凭借自己的能力在社会上获得更广泛的认可，在物质追求满足的同时实现自我追求，但中国当前语境下的竞争太激烈了，众多青年才俊的会集使很多个体根本看不到自己的前景与未来。于是，就让现实中不能满足的在小说中得以实现，这才有了那么多的女性在穿越后过上了锦衣玉食般的生活，再也不需要为柴米油盐等问题烦扰。女性青春的绚烂岂能缺少美男的环绕，《步步惊心》中众多阿哥对马尔泰·若曦的追求自然也就在可以理解的情理之中了。从女性主义的角度看，《步步惊心》关于马尔泰·若曦的情爱叙写颇有女性解放的参考价值，将众多男性置于股掌之间玩弄，展现了女性的主体需求，凸显了女性的价值。两性间的这种交往方式以穿越的形式出现，注定它只是虚幻的肥皂泡，虽美丽，却很快就要破灭。就此，在《步步惊心》中马尔泰·若曦"畏缩"青春书写的背后是时代青春女性的逃避。正是因为现实中青春女性无法解决诸多问

---

① 桐华：《步步惊心（下）》，湖南文艺出版社 2011 年版，第 155 页。
② 丁丽蓉、张广林：《"穿越"的荒诞意识——从〈变形记〉看〈步步惊心〉》，《文艺争鸣》2012 年第 8 期。

题，又不愿意正面面对生活中的问题，才会有穿越的想法和追求。同时，也正是因为现实中的女性在穿越前长着一颗懦弱的心才会有穿越后马尔泰·若曦的畏缩。这种表面风光背后沧桑的生存状态即便到了古代也只能如马尔泰·若曦一样握不住唾手可得的幸福。

### 三 受众阅读的"精神熨斗"

尽管桐华一直强调写自己想写的故事，[①] 不受或少受大众阅读趣味的影响，《步步惊心》却是吻合大众阅读追求的经典案例。《步步惊心》受到大众的追捧直接受益于穿越的小说形式。写已消逝时代中的故事，写作者发挥的空间大了许多，作品中的人物受到的制约也会少些，可以更加舒展。如果这个故事发生在当下，不论是写作者还是作品所塑造的人物都要受社会显规则和潜规则、人情交往方式、时代特点与气息等的制约，否则阅读者的常识会促使他们直接抛弃这本书。如果故事发生在古代，离当前的时代有一段距离则不一样，时间的距离在稀释读者知识储备的同时也造成了间离效果，不论作者还是读者都有了更大的想象空间，进而可以更加恣肆地舒展情绪。

前文曾简要论及穿越小说中的人物在穿越前的生活状态和特点。当前读者的生存状态与她们亦有相似之处。时代的发展与解放使众多的女性得以走出家门，一展才华，但现实社会的残酷也赤裸裸地呈现在眼前。社会阶层的固化，向上流动与升迁的困难，难以承受的高涨的房价，女性的"装"与男性的冷及其背后人际关系的冷漠与难处等，使生存在其间的个体尤其是女性个体不得不低三下四地讨生活。都市白领女性群体在觥筹交错的应酬中陪酒、陪舞甚或是陪睡的现象屡见不鲜。现实的残酷无法回避，刀口舔血的生活中即便昨日的伤口

---

[①] 桐华曾言，"写自己想写的故事是为自己而写。是发自内心的需求，是自己有强烈的表达欲望。而写读者想看的，却是为了别人，世间读者千千万万，每个读者喜欢的东西都不一样，该为谁去写呢？写作是寂寞又快乐的事，千万不要为了迎合市场迷失了自己的寂寞和快乐"。参见乔安《桐华：每段时光皆是美》，《中学生天地》2014年第4期。

还未愈合,新的一天到来后你依旧要打起十二分的精神迎向下一个刀锋。这是中国当下诸多办公室白领正在经历的生活,也是《鬼谷子》《厚黑学》等权谋类书籍受追捧的原因之一。对于当前众多的女性尤其是都市白领女性而言,残酷的生存状态下需要释放焦虑的心情。此种情形下,网络穿越小说以低廉的价格助益众多都市女性实现精神心理上的平衡。只要跟女主来次时空穿越,世界上最优秀的男人就会围绕在你身边。"穿越者生活在当今,社会竞争激烈,学习生活压力大,日常生活平庸乏味,正是这种日常生活的庸常性,需要靠穿越来加以弥补和获得想象性的满足与超越,同时获得压力的释放与缓解。"①《步步惊心》中,康熙的众多皇子拜倒在马尔泰·若曦的石榴裙下,这里不再是男性玩弄女性,而是女性借爱之名堂而皇之地玩弄男性。从八爷的身下爬起,在表面看是对未来的恐惧,实则是记挂上了四爷的龙床;四爷的宠爱还在身边又图谋起十四爷的宅院。若不把那些最优秀的男人玩个够,根本填不满心中的欲壑。当世界上最优秀的男人聚在身边时,随之而来的是权力、地位、金钱等。生活在办公室的那些白领、小职员何曾有过这等美好时光。于是,无比美妙的感觉来了。中国的文化语境下,权力是个体必须面对绕不过去的存在。由于长期以来,等级制文化的濡染,社会各个角落盛行权力文化。在穿越小说中,女主们玩弄的男性大都声名显赫,在历史进程中有较大的丰功伟绩,多为九五之尊掌控天下的皇室成员。在等级制文化中,这些人居于社会的最高等级,不经意的一个举动都可能改变历史。女主在把玩这些男性的同时,解构了权威,消解了权力。《步步惊心》等众多的穿越小说中,历史上有名的累死在桌案边的勤勉皇帝雍正的主要精力不在朝堂,而是后宫的胭脂粉黛,还不停地争风吃醋被戴绿帽子等。皇帝形象的被消解,透露的是对权力和等级制度的嘲弄,这对于办公室中唯唯诺诺的小白领是何等的畅快人心,大受读者追捧的本质是一

---

① 程振红:《网络穿越小说的文化想象——以〈步步惊心〉为例》,《丽水学院学报》2014年第1期。

种主观意淫。

穿越小说除了女主穿越到古代如鱼得水、声名显赫之外，还有一个现象是女主穿越后大多年岁减小。《步步惊心》的张晓穿越前是25岁，穿越后是13岁；《独步天下》的女主阿布穿越前23岁，穿越后只有10岁。在穿越小说中，看到最多的是女主穿越后年龄大幅度缩水，一般是从二三十岁迅速减小为十多岁，几乎看不到穿越后年龄变大的文本。穿越后的女主生理年龄虽小，但心智却还保留着穿越前的状态。在古代社会中，有着十多岁女孩子的身体同时带有现代社会二三十岁白领女性的心智，不论情爱领域还是官场领域焉有不出色之理。"不给你们些好处，你们怎么会尽心为我办事呢？这个道理我在办公室玩斗争的时候就已经懂得了。"[1] 从表面看，穿越小说中的这种现象可以看作女主的记忆留恋，但实质上透露着女主对现实生活的不满。生活中，时光流逝是很快的，变老也是不知不觉间的事。女性对于容颜的老去比男性更为敏感，都希望青春永驻，但现实中又很难做到。穿越小说的这种设置模式深得读者的赞叹与认同。在小说的阅读中跟随女主重新做一次少女梦，再经历一次少女的成长，重新感知成长中青春的懵懂与萌动是无比美妙的享受。这种少女情结的出现透露出当前社会中不少女性尽管生理上已步入成年期，但心理层面较为脆弱的一面。成长不仅是生理上的变化，更重要的应该是心理和精神走向成熟。得益于20世纪80年代的独生子女政策，众多的"80后""90后"甚或是"00后"成长过程中充分享受了家庭的溺爱，使他们在成年走向社会后心理准备不足。于是，当困难和问题出现时，他们的直观反应是"向后退"，但现实的退无可退促使他们只能在穿越小说虚幻的时空中追忆自己已逝的童年时光和成长过程。就此而言，穿越小说满足了众多读者的虚幻想象，实现了现实中他们无法实现的人生追求，抚平他们内心伤痕的同时也熨帖了他们和时代的不谐，是典型的"精

---

[1] 桐华：《步步惊心（上）》，湖南文艺出版社2011年版，第106页。

神熨斗"。

## 第四节 《太子妃升职记》与女性的青春职场

《太子妃升职记》是网络作家鲜橙2010年8月在晋江文学城发表的原创穿越类爱情小说，2012年4月由万卷出版公司出版单行本，2015年12月由乐视网制作成网剧发行。网剧《太子妃升职记》发行以后，引起了众多的热议。"依据百度指数显示，2015年12月13日此剧登录时还悄无声息，到16日开始掀起波澜，继而迎头直上，搜索指数从最开始的36247，历经数次高峰……1月16日大结局时，搜索指数达到最高值1514529。"[①] 网剧热播之后，一些研究者从传播学等视角对《太子妃升职记》做了关注，试图探析这部作品的内涵特色和成功经验。就当前的研究看，众多的研究文章主要是围绕网剧展开，结合文本从青春视角做研究的案例并不多。文学是影视艺术的母体，为影像改编提供了支撑，网剧的人物形象、情节走向等一定程度上由文本决定。在文本形态探析的基础上，发掘《太子妃升职记》蕴藏的青春气息可以有效认知当前青年群体的职场生存，更有助于深入理解这部网络小说。

### 一 宫斗

当前的网络小说创作中以宫斗为题材的占有相当大的比重，如果细化到穿越小说，几乎篇篇有宫斗。从《鬼谷子》《孙子兵法》始，中国文化就有重"权谋"的传统，似乎少了刀光剑影，不足以凸显我们的生存智慧和能力。于是，《甄嬛传》《芈月传》《步步惊心》《梦回大清》《宫》《宫锁心玉》《金枝欲孽》等无不是以宫廷为背景，展现斗争的残酷。《太子妃升职记》也不例外，女主张芃芃不仅参与到

---

[①] 邵小艳：《狂欢与反思——网络剧〈太子妃升职记〉从霸屏到下线现象分析》，《传播与版权》2016年第8期。

太子和赵王齐铭（老五）、楚王齐翰（老九、茅厕君）的皇位争夺中，还要规划兵部尚书张家、重臣贺家、杨家之间的权力平衡，抑制娘家谋反之心的同时为皇室江山的稳固费心尽力。不仅如此，后宫众多妃嫔为了皇帝的恩宠也是各施手段、各显神通，如何留住皇帝的心和身，同时又不引起后宫众怒也是相当考验智慧。

如小说所述，太子妃张氏看似花团锦簇荣华环绕，实则危机四伏险象环生。娘家为了家族利益期望她稳固宫中位置，进而一人得道鸡犬升天，在看到她迟迟不能生育，未得太子喜欢时，谋划着将二女儿嫁予九皇子齐翰，然后辅助九皇子登基，以使家族繁荣昌盛，避免衰落。在利益面前，众多皇子更是为了自身和身后所代表的利益集团兵刃相见，争夺皇位。太子齐晟代皇帝北巡江北大营时，厮杀展开。经历过一波又一波的危险，太子齐晟、茅厕君齐翰和太子妃张氏大难不死，逃逸在荒滩上。"我转向齐晟，问：'那个李侍卫到底是不是你的人？'齐晟面色有些僵，不过倒是点了点头：'是！'我的手下意识地摸了摸胸前的伤口，又转头问茅厕君：'那摇船的舟子呢？是你的吗？'茅厕君摇头：'不是。'说着转头看向齐晟。齐晟也摇了摇头，神色有些意外，'我以为他是你的人。'我继续问：'那江边围杀我和杨严的黑衣人呢？你们谁派的？'齐晟这次没说话，侧脸看向茅厕君。茅厕君老实认了：'是我。'我强忍着没冲他比中指，继续问：'昨夜里的黑衣人又是谁派的？'齐晟与茅厕君两人都沉默下来，过了一会儿，齐晟淡淡说道：'应该是老五了。'"[①] 老皇帝的三个儿子为了皇位，不动声色地培植了各自的力量，迫不及待地自相残杀。赵王齐铭远在京都，看似郁郁寡欢无心江山，却在太子出巡时派人谋杀，除受皇位的诱惑外更是对权力的渴望。宫廷内，皇族子嗣，虽享受荣华富贵，但大都有生存的深层危机。如果说父皇在位，有血缘关系存在，个人不会受到伤害与残害，倘若父皇离去新皇登基，个人的安全就很难有保障了。

---

① 鲜橙：《太子妃升职记》，万卷出版公司2012年版，第113页。

不同利益和利益集团的纠葛与冲突很难不延展到个体。权力运行是中国儒家文化关注的核心，得以实施的基础是等级的存在。只有居于等级上端的个体才可以展开向下的控制，宫廷中绵延数千年的斗争多围绕于此。在这种文化语境中，个体价值是不被重视的，只有在等级中找到合适的位置，其作用和价值才能凸显出来。众多宫斗中的"人"大都是"被异化的人"，他们只有匍匐在皇帝的权杖下才能获得生存的空间，除了依附权贵似乎没有更好的出路。权力的大行其道来源于人性的缺失。掌控权力的主体由于人性的不完善成为权力的附庸，被权力束缚。《太子妃升职记》中，不论是争夺皇位的皇子还是后宫的妃嫔，几乎看不到具有理性意识主体的存在。后宫妃嫔中黄贤妃、陈淑妃、李昭仪等因为得不到君王的宠幸，一起找皇后诉苦，得不到回应便以出家要挟，当看到皇后真的有意为她们选址造庵后，"立刻向我表示说想出家不过是几人一时的冲动，还是很不成熟的想法，希望我能容她们回去再好好考虑一下"①。个体尊严在权力主导掌控的宫廷中不值得一提，根本得不到重视。

　　人与人的冲突争斗在任何时代社会都存在。宫廷作为这种争斗的发生地，更多了一层传奇。宫廷不仅是皇朝时期举国上下权力最为集中的地方，更由于众多女性的云集增加了许多吸引眼球的看点。由于文化的影响和规塑，女性在历史上多是弱者的形象，在宫廷中体现得更为鲜明。皇帝后宫中的女性看似衣食不愁，揣着皇家的金字招牌威风凛凛，表面风光建立在男性认可的基础上。一旦皇帝不开心，个体的凄惨命运可想而知。后宫佳丽三千，受宠爱者不过寥寥数人，众多女性围绕着一个帝王必然产生患寡与患不均的情状。帝王居于权力的最高等级，奈何他不得，于是众女性之间的争斗就成为宫斗的另一个重要支撑。《太子妃升职记》中的张氏并非开始就受太子宠爱的女人，只因碍于张家势力过于强大，老皇帝有意采取联姻抑制的措施才嫁予

---

① 鲜橙：《太子妃升职记》，万卷出版公司2012年版，第193页。

太子。在熟知太子和九王妃江映月缠绵后，张氏不动声色地通过自己的才干引起太子的注意，帮他协理政事，终获宠爱。"我想了想，狠声说道：'他们不是要一生一世一双人吗？我偏偏不叫他们如愿，非得叫他们一生一世一群人不可！选美！我要给齐晟广选佳丽，以充后宫！老虎还有打盹的时候呢，我就不信，齐晟还真能是坐怀不乱的柳下惠！'"① 由于江映月和齐晟情深意笃，身为皇后的张氏备感压力，只有借助皇嗣，才能稳固自己的位子。于是，在和江映月的较量中，张氏采用了极端的手段，想将自己最信得过的侍女绿篦送给皇帝——"我有个主意，咱们想法骗了齐晟过来，给他下药，然后……你上！只要有了孩子，我一定给你争个贵妃做。"② 女性传统文化中地位低下，天生幻想爱慕虚荣。一个弱势的女人，凭借自己的智慧和出众的谋略，不动声色间在阴狠的宫廷斗争中占据优势，受到男性的爱慕和尊重，进而与男性融合为一体走向权力的高峰是众多宫斗小说采用的叙述模式。《太子妃升职记》中的张芃芃在和江映月的斗争中，终于因自己有了皇子齐灏得以稳固了宫中的地位。此后的张芃芃只剩下一个念想，那就是现皇帝齐晟死亡，儿子齐灏登基，自己做皇太后。一个女人在宫廷斗争中成为皇后地位并不稳固，皇帝一句话就可以废除她，但做了太后就不一样了，皇后可以废，太后却是无法废除的。就此，做太后一直是《太子妃升职记》中女主张芃芃职业规划中的最高追求。

## 二 性向问题

当前的网络小说创作中，宫斗题材早已兴盛多年。穿越类屡见不鲜。不论是男穿还是女穿都是常见的创作方式，但似《太子妃升职记》这种跨性别穿越的，当时还有些新鲜，吸引了不少读者。《太子妃升职记》中的女主，张芃芃因穿越缘故保有女身男心，尽管身体是

---

① 鲜橙：《太子妃升职记》，万卷出版公司2012年版，第156—157页。
② 鲜橙：《太子妃升职记》，万卷出版公司2012年版，第157页。

女性，脑中却还留有穿越前的记忆。从文中的叙述看，穿越前的这个男性是个花花公子，喜欢泡美眉，颇为机灵。这种雌雄合体的境遇给张芃芃带来了很多机遇，同时又造成了很大的困惑。

穿越后的张芃芃最大的困惑是做女人还是做男人。就心理而言，张芃芃还保留穿越前的花心，后宫万千美女身边环绕让她喜不自禁。"这东宫里黄良媛的胸最大，李承徽的腰最细，陈良娣的脸蛋最漂亮！可最最勾魂的还要数王昭训的那一双直溜溜紧绷绷的修长大美腿！"[1] 站在男性的视角，女性是玩物也是猎物，是男性性指向的聚合体。在两性不平等的处境下，男性的"看"和女性的"被看"是带给两性不同快感的体验方式。男性更多通过占有和消费女性获得快感，女性却很难通过消费男性实现自身的愉悦，更多是通过满足男性的"窥视"获得愉悦。当穿越后的张芃芃意识到自身已变成太子妃成为女性时，本能促使她拒绝这种安排，心理和行为层面都保持男性的认同。"见他如此，我不敢再啰嗦，只先声明，'我没别的要求，我只要一条，'说着用食指指了指上面，继续说道：'我要在上面。'"[2] 在和太子齐晟行房时，太子妃都是保留着男性的性别认同。这种性别认同从表面看是穿越前记忆的体现，实则是对性别文化中"优势性别"的认同。只有和"优势性别"形成同构关系，才能在生活中居于优势地位。但性别优势不是固定不变的，只是众多权力关系中的一个小分支，受其他权力关系的影响。在权力集中的宫廷内，它要受等级制下皇权的制约。和太子行房时上下的划分并不是张芃芃的终极追求，只是张芃芃与太子较量的方式之一。当意识到自己没有办法和太子代表的权势一较高下时，她很快就选择了服从。对于女儿身男儿心的张芃芃而言，她很清楚服从皇帝齐晟的最好方式在身体，这是女性在男性面前最彻底和最直白的服从。"我立刻就下了狠心，双手往他脖子上一绕，自己先贴了上去。两唇相触的一瞬间。齐晟的身子明显地僵了一僵，然后便

---

[1] 鲜橙：《太子妃升职记》，万卷出版公司 2012 年版，第 11 页。
[2] 鲜橙：《太子妃升职记》，万卷出版公司 2012 年版，第 136 页。

似有悔意，竟要撑身离去。已经到了这一步，我岂容他就这样走了。"① 就文化传统而言，两性生活中，女性的主动往往被视为淫荡，是不被认可的，但不可否认的是色相诱惑和身体吸引又恰恰是女性留住男性最直接的方式。太子妃选择以身体诱惑做了皇帝的齐晟，意味着在内心深处她已认同自己的女性角色。

性别在权力的支配下并不是固定的存在，是可以变化的，更多时是一种隐喻。屈原在《离骚》中"众女嫉余之蛾眉兮，谣诼谓余以善淫"就是以女性来喻指自己和大臣。在皇帝面前以女性形象自喻，是对权力关系的认同和强调。《太子妃升职记》中，张芃芃徘徊在男性和女性之间除男心女身带来的性别记忆外，更是由她所处的权力场决定的。当她有机会谋划自己的未来，参与宫廷政变或牵涉朝野的政治力量时，会很明显地在齐晟面前表现出强势，试图控制和掌控太子或皇帝。同样，在与齐晟的一次次较量中，不管如何处心积虑地与外戚联合，同九皇子结盟她都不能达到目的时，往往更倾向以女性身体在齐晟面前的屈服换来自身地位的稳定和安全。在齐晟面前，张芃芃以女性形象出现时，意味着她的"卑贱"地位，可以更好地衬托出权力的威严，而齐晟对她身体的占有在显示自身雄性力量的同时更展现出了权力的雄性化特征。这种雄性化特征使权力拥有者获得良好的心理满足。后宫文化是以占有女性来显示威严的，不论是众多佳丽的环绕还是时隔不久的选秀，实质是一种性资源的分配。性资源的分配是巩固权力和将权力神圣化的一种策略，这种现象在人类社会以外的其他动物群中也存在着。动物学研究表明，猴子、猩猩等灵长类动物中，性资源的分配遵循着严格的等级制度，只有居于最高等级的雄性才可以占有雌性。居于高等级的掌控性资源是将权力关系与组织架构建立同构互动，直接通过异性占有的形式使权力关系落到实处。"在中国儒家设计的性别结构中，权力、财富以及功名、事业是男性的社会价

---

① 鲜橙：《太子妃升职记》，万卷出版公司2012年版，第258页。

值目标，从某种意义来说，权力与男性同格"。"中国男人往往与权力、财富和功名这些政治符号联系在一起，而女人则是中国男人的权力、财富和功名的最大确认和奖赏"。①《太子妃升职记》中皇帝的后宫是非常稳定的存在，除从现代穿越的张芃芃外，众多的女性都认同后宫制度，即便得不到皇帝宠幸和太医偷情也绝不敢在性别角色的扮演上和皇帝较劲。这种现象潜在地透露出性别意识的强化是主体意识觉醒的重要表现。性别意识觉醒后，在社会中能扮演什么样的性别角色却不单单是主体诉求，更是权力参与的过程。穿越后的太子妃张芃芃尽管对自身的性别颇为不满，多次试图改变已成女身的事实，但均告失败的现实说明性别角色的扮演不仅是生理基础的决定，更有权力因素的介入。既然无法改变，就闭上眼享受眼前的现实生活。于是她放弃了非分之想和皇帝过起了"正常"的生活。"我张了嘴想说，却又不知道能和他说些什么。我能告诉他说只要他一天是皇帝，他就是我的主宰，当我的性命都握在他的手上的时候，我怎么能不顾生死地去爱他。他不懂，爱的基础不是宠，不是疼，而是平等。而他是皇帝，我是皇后，我们永远都不会是平等的。"②经历过一次又一次的争斗，多次的死里逃生和大难不死使太子妃张芃芃意识到，尽管自己保留着男性意识渴望做回男性，可真正能让她活下来的直接缘由却是她的女儿身。若不是女性性别的凸显，无情的权力斗争早将她碾压粉碎。尽管是不平等的相处，却是她生存的基础，就此，张芃芃完成了性别认同，选择与权力合作，扮演好被规定的角色。

### 三 青春职场

自《杜拉拉升职记》等一批职场小说兴盛之后，网络穿越小说受到了读者的热捧。穿越小说的受追捧与当前社会中职场生活的残酷和

---

① 厉震林：《论中国古代权力对优伶性别的利用和消费》，《戏曲艺术》2007年第2期。
② 鲜橙：《太子妃升职记》，万卷出版公司2012年版，第346页。

严酷紧密相关。如果说跟随女主穿越有助于在享受人生的同时释放缓解压力，那么《太子妃升职记》则直接将穿越与职场挂钩，明确其穿越生活就是对职场的真实的书写。

统计《太子妃升职记》全文，"职业""老板""总经理""董事长""boss"等词在这部小说中分别出现了12、21、4、2、3次。这些现代语汇的出现和故事发生的背景迥然有异，如果按写作规则评判，是明显的败笔，但从穿越的视角看它将架空的叙事背景与当前时代阅读期待紧密地结合起来，能收到意想不到的效果。太子妃张芃芃穿越醒来后的第一件事是进行职业分析和职业规划：

第一：升职前景不好，这太子妃、皇后、太后一步步升上去，简直是难于上青天啊！你见过有几个太子妃能一直熬到太后的？

第二：劳动没有保障，且不说三险一金没有，还随时可能辞退你，而且还不允许你再就业！

第三：工作性质危险，随时都有死亡的危险，若是太子称不了帝吧，你得跟着一起倒霉，太子称了帝吧，你还得小心自己一个人倒霉。

第四：还要兼职性工作者。①

同类型的穿越小说多写穿越后的奢华和女主万千宠爱在一身如鱼得水的生活。《太子妃升职记》同样发生在宫廷内，女主张芃芃并没有被生活的光鲜遮蔽双眼，敏锐地洞察出职业风险。对于女性而言，青春短暂，靠脸吃饭终非长久之计，只有靠技能和坐上较好的位置才是稳定的保障。就此，怀着从太子妃升皇后再升太后的追求，张芃芃和当前的白领职员一样谋划着自己的职业前景。太子妃张氏职业经营中面对的第一个重要问题是阵营问题。九王、赵王和太子齐晟都对皇

---

① 鲜橙：《太子妃升职记》，万卷出版公司2012年版，第8页。

位虎视眈眈，纵然自己是太子妃的身份也不能把宝都押在太子身上。经历过被太子暗杀的事件后，她选择私下和九王结盟，试图利用张家外戚的权威推翻太子另立皇帝。这个行为的背后带着现代办公室政治的生存智慧，实质是站队问题。"跟对人赢一生"，对于办公室里蝇营狗苟的年轻白领职员来说，命运很难把握在自己手中，领导直接决定他们的收入、地位和升职等。职场中，个体职员必须适应体制生存。这个体制是有形的存在也有无形的部分。《太子妃升职记》中，从制度设计上看张芃芃的职业前景是明朗的，但明朗的前景中又隐藏着重大的危机，即太子妃的角色更多是一个靠色相吃饭的行当，不如靠技能吃饭稳固。和九王的结盟等是太子妃转向靠技能吃饭的尝试，尽管没有收到预期的效果，但让皇帝看到了她的能力，有益于她职业的晋升。《太子妃升职记》中女主不断卷入争夺帝位、朝野纷争和后宫争宠等斗争中，在表面看是个人利益的驱使，实际上这种选择的背后是太子妃参与公共事务，扮演公共角色寻求公共认可的体现，是女性对自我角色的新定位和新开掘。中国古代文学作品中，女性多是在私人空间生存，缺少公共空间中出现的影子；现代文学作品中，部分女性形象已经出现在公共空间，但更多是作为家国叙事的承载体；网络小说尤其是穿越小说中，众多女主不仅出现在公共领域，参与公共事务，还是为自己的利益参与公共事务，说明自身利益在今天受到了个体更多的重视，女性在职场中也占有了更多的话语权。

  在读者喜欢看什么就呈现什么理念的追求下，《太子妃升职记》表现出了搞笑特征。这种搞笑特征是阅读者的精神杜冷丁，有助于缓解当前都市白领青春职场的焦虑和生活疼痛。当前时代背景下，徘徊于都市职场讨生活的青年男女面临诸多的压力，高涨的房价、冷漠的人际关系、职场上升空间的狭窄等使个体很难看到所谓的光明前景。《太子妃升职记》明确以青春职场为书写对象，在含蓄委婉道出诸多职场现状和规则的同时，以搞笑的语言和场景设计让阅读者捧腹大笑，释放了职场中的压力。"人一来到世界，就必然会被抛入到某种'知识型'中。人的自由存在在这里仅仅成了一种虚假承诺和自我欺骗。在各种具体的'知识型'里，那些'先验的规则'具体化为各种等级秩序制度和关于尊卑、好坏、正义、公平、合法等伦理价值观念，让人的日常生活在这种等级化、秩序化、权力化的文化空间中展开。"①面对既有的秩序和制度，职场中的个体是很难改变和颠覆的。职场规则的威压促使更多的青年人选择以嘲弄的方式消解权威权力。当太子齐晟对张芃芃喊出"滚"的话语时，太子妃"用商量的语气问太子道：'咱能不能换个方式？我怕我滚不远。'"张家二姑娘的及笄礼书中的叙写是——"我算是明白了，说什么及笄礼啊，原来是个上市通告啊，当着盛都满城的达官显贵宣布一下：张家的二女儿终于可以上市了……"和太子一同乘车回宫时，"这车晃悠得这么厉害，你就看书吧，早晚看成近视眼不可！嘿！我还偏不提醒你！"《太子妃升职记》中的诸多叙写与当前职场中青年人面对压力时的反应较为相似，多是回避与权力的正面冲突，在遵守等级的情形下以戏谑的方式化解个体与职场的冲突。就此而言，《太子妃升职记》的青春职场书写带有鲜明的时代特征，颇吻合当前职场中青年人的生存处境。它的受欢迎既与个体职场经历有关又是职场文化的真实写照。

## 第五节 《那些年，我们一起追的女孩》与校园青春的"英雄情结"

中国台湾网络写手九把刀的《那些年，我们一起追的女孩》（本节简称《那些年》）和由他导演的同名电影在华人圈中产生了较大影响，不论是在中国台湾、中国大陆还是在中国香港、新加坡等地均受到众多读者和观众的推崇，在创造近年青春题材网络小说销售奇迹的同时也产生了票房奇迹。学术界对电影《那些年》的关注和探讨相对

---

① 刘晗：《"恶搞"的符号政治学阐述》，《文艺评论》2007年第4期。

充分,对其文本形态的分析则相对较少。小说《那些年》不仅是电影改编的蓝本,更是作者情感表达复杂化和立体化的呈现,较之电影《那些年》具有更深厚的内涵。中国台湾曾是华语网络文学的诞生地,《第一次的亲密接触》引爆了中国网络文学的发展。之后,产生较大影响的优秀网络文学作品并没有大规模地涌现,反而是中国大陆出现了一波波现象级的作品,引发了国内外的广泛关注。《那些年》的出现,一定程度上代表着台湾地区网络小说的新发展和新收获。《那些年》将笔触集中在校园,展现了校园青春的发展样态。

## 一　恋爱问题

校园中的青年男女情难自禁地陷身于美好的恋情中是众多小说绕不过去的书写点,《那些年》也不例外。就读于彰化精诚中学的柯景腾因上课爱开玩笑,爱跟同学抬杠不守纪律被罚,调座位到班上功课好、最乖巧、人缘最好的女生沈佳宜前面,掀开了他人生的新篇章。

由于柯景腾喜欢美术,平日画的漫画颇受同学们追捧,他根本不在乎成绩,只想成为漫画家。座位被调到沈佳宜前面的他觉得很不自在,很窘迫。"一个学生,不管具备什么特殊才能(绘画、音乐、空手道、弹橡皮筋等),只要成绩不够好,都会被认为'不守本分',将心神分给了'旁门左道'。反之,一个成绩好的学生,只要在其他领域稍微突出一点,就会被师长认为'实在是太杰出了,连这个也行!'放在手掌心疼惜。"[①] 不同的职业有不同的追求和评价标准,学生也不例外。如果说商业领域在合法的情形下获得更大的收益是大家羡慕的对象,那么校园内考出好成绩就是同学眼中受追捧的英雄。柯景腾所在的彰化精诚中学不仅有考试成绩的排名,更有"红榜"的设立鼓励同学向成绩优秀的学生学习——"针对月考成绩,本校设立了一个名为'红榜'的成绩关卡,月考成绩名列全校前六十名的好学生可以排

---

① 九把刀:《那些年,我们一起追的女孩》,现代出版社2012年版,第29页。

进所谓的红榜，这些人的名字会用毛笔字写在红色的大纸上，贴在中廊光宗耀祖。"① 在沈佳宜的督促和帮助下，柯景腾以进红榜为追求目标，开始了人生的新努力。

沈佳宜的出现和帮助扭转了柯景腾的中学读书生涯，使他的成绩有了大幅度的提高，避免了被分班踢出去的尴尬。按照众多小说情节模式的设置，柯景腾喜欢上沈佳宜应该是顺理成章的事，但《那些年》的书写显然不是这样。新学期开始后，柯景腾的座位被分到李小华——一个和沈佳宜学习成绩同样优秀的女生的后面。不同于沈佳宜督促学习的方式，李小华总是用崇拜的话语问柯景腾一些问题，尽管她的成绩要好于他很多。"'柯景腾，你的数学很好啊'……'你这题写对耶！那你教我这题证明题怎么写好不好？'"② 在被甜蜜话语问问题后，柯景腾压抑着想撞墙的举动教起了功课远远好过他的李小华。在一次次的求问与解答中，柯景腾的成绩有了大幅提高，也越来越在意和喜欢上李小华，以至于初中毕业李小华去了彰化女中读书，他都无法释怀。从贿赂李小华邻家的狗（柯景腾误认为那狗是李小华的）试图亲近李小华到放学后去彰化女中校门口守候她，甚或是因为李小华无意的戏言而选择读自然组，柯景腾在李小华处"中毒"颇深。柯景腾对李小华的喜欢是青春期男生一种真挚情感的流露，是基于自我成绩提高后的自信，但李小华的拒绝与冷漠也让他颇感痛苦。处于痛苦中的柯景腾偶然遇到了放学后还留在学校读书的沈佳宜，使他提升了自信心。

就《那些年》中的叙述看，沈佳宜是众多男生喜欢的对象，受欢迎程度远高于李小华。柯景腾后来也在追求她。这里有个问题，柯景腾和沈佳宜的深入接触要早于同李小华的接触，为何他会先喜欢上李小华后又喜欢上沈佳宜呢？柯景腾后来喜欢沈佳宜颇有戏剧性，有次在学校混到晚上六点多才回家，发现"理应搭乘校车回家了的沈佳

---

① 九把刀：《那些年，我们一起追的女孩》，现代出版社2012年版，第30页。
② 九把刀：《那些年，我们一起追的女孩》，现代出版社2012年版，第58—59页。

宜,一个人在里头看书,旁边还放了一碗吃到一半的干面"。走进教室和沈佳宜打招呼聊几句后,进了社会组的沈佳宜向柯景腾求教一道数学题的解法。"'对了,你帮我看看这一题,我解很久都解不出来,看参考书上的解答又跳的太快。'沈佳宜递给我她正在念的数学参考书。"在两人理清那道数学题后,沈佳宜说:"那我以后不会的数学题你就帮我看一下吧,以前是我教你,现在如果我的数学变差了,你可要负起责任!"①经过这次接触后,柯景腾"又重新找到人生的意义",忘掉了李小华,一心一意地和沈佳宜放学后留校自习。也正是有了这次撞见,柯景腾喜欢上了沈佳宜,不动声色地追求她。

《那些年》中,柯景腾与沈佳宜早有较多的接触,并没有喜欢上她,为何有过这么一次经历,柯景腾竟然脱胎换骨了呢?对比柯景腾对李小华和沈佳宜的喜欢方式可以看出,柯景腾都是在两位女孩问他问题之后才喜欢上她们的。柯景腾以前的成绩很差,是沈佳宜帮助他提高,但当李小华以求问的姿态出现在他面前时,他忽略了比李小华优秀很多的沈佳宜,喜欢上了李小华;同样,当沈佳宜以求问者的态度和他交往时,他又蓦地发现沈佳宜的优秀,深深地喜欢上她。当女生在柯景腾面前表现出对他价值的认可,也就是唤起他心中爱的波澜的时刻,实质上是柯景腾渴望受到关注,期盼帮助他人的表现。"每当看到偶像剧中,男主角为了心爱的女孩和十个歹徒互殴,我都觉得非常羡慕——这么简单就可以让你喜欢的女孩子知道你愿意用你的一切来保护她,不过就是打场架而已,这么简单!但是我喜欢的沈佳宜,她的兴趣居然是努力用功读书!我要追求她就只能把我的屁股牢牢地黏在椅子上,花所有的时间来念书,没有别的捷径。我非常希望沈佳宜可以看得起我"。②作者九把刀的话语是小说中柯景腾追求女孩的翻版,男主角为了女孩打十个歹徒的幻想场面说明作者心中的英雄梦。在动荡的岁月中,战场的硝烟可以成就个人的英雄形象,在社会规则

---

① 九把刀:《那些年,我们一起追的女孩》,现代出版社2012年版,第29页。
② 白国宁:《九把刀的那些年》,《中学生天地》2012年第6期。

不健全、公平受到严重挑战的情形下，侠义精神也可支撑起个人的英雄梦想。但是在规则健全、结构稳定的现代社会，个体实现英雄梦想的机会少之又少，异性的崇拜往往成为他们青春期炫耀的资本。除《那些年》外，九把刀创作了大量受读者欢迎的武侠小说，心中的英雄形象曾无数次在文本中成型。电影《那些年》的宣传，他更是以"热血"一词概括——"没什么比'热血'更打动人。"① "热血"更打动人的背后是青春的激昂，与叛逆、反抗相近。人们对"热血"的推崇指向对新质的赞扬和尊重。"热血""互殴"和九把刀话语的背后透露出《那些年》中的校园生活是带着英雄梦想的青春书写。

## 二 自由格斗赛

高中毕业进入大学生活后，柯景腾和沈佳宜分别去了不同的地方，多次努力的柯景腾并没有找到他认为合适的告白时机。在阿里山看日出时，柯景腾暗暗下定决心等太阳出来的万丈金光射穿云海时就向沈佳宜告白，但偏偏那天的太阳迟迟不肯露面。"没有日出要怎么表白心迹？我的心脏跟着迟迟不到的太阳埋在厚厚的云海底，沈佳宜的脸色也露出好可惜的信号，转过头看着我，叹了一口气，不说话……越想越气，我简直想把今天的太阳掐死。"② 由于太在意自己留给对方的印象，太害怕告白不成功，柯景腾和沈佳宜相处了很长时间都没有告白。从阿里山回到学校后，柯景腾办了自由格斗赛。

自由格斗是体育运动比较残忍的项目，选手双方相互击打直到一方取得胜利。柯景腾回到学校后，看着校园中的同学，明明是理工院校的男生，却大都是戴着金丝眼镜的一副好学生的模样。柯景腾的这种感觉是告白"失败"的阴影带来的。由于自己行动不顺利，没有达到预想状态，看身边的环境和身边人都不顺眼。"经过我再三深思后，我决定办一场打架比赛，来帮助积弱不振的交大壮阳一下。"柯景腾

---

① 张悦：《九把刀：那些年，我们很"热血"》，《中国艺术报》2012年1月18日第8版。
② 九把刀：《那些年，我们一起追的女孩》，现代出版社2012年版，第226—227页。

有这种想法表面看是有感于台湾交大的校园氛围，深层处是自己告白受挫的压抑情绪需要释放。情绪的释放有多种途径，但在当时的柯景腾看来，没有什么比一场打架来得更过瘾了。柯景腾认为打架可以提升校园的阳气，说明在他的内心深处有一种侠义情结。这种侠义情结是对现有规则的突破，有一定的英雄气在里面。"侠者儒之反，儒者有死客而侠者多生气，儒者尚空谈而侠者重实际，儒者计祸害而侠者忘利害，儒者蹈故常而侠者多创异。"① 在中国的文化传统中，"侠"一直是劳苦大众英雄形象寄托的化身。侠客能力强，超乎常人，愿意为理想冒险拼搏。在交通大学校园内举办格斗大赛是柯景腾试图证明自己异于周围同学的尝试，更是展现自身能力的需要。传统理念中，英雄是民族国家叙事话语的产物，是时代的代表，具有舍己为人、大义担当的品质，迥异于普通人。太平社会中，我们很难看到这类人的出现，一方面是社会规则相对完备时，个体能力释放的途径相对固定；另一方面，是由于文明社会机器化大生产下，侠义精神已不像在农业文明中广受推崇。于是，在当今时代中，把自己从事的职业做到极致成为人们崇拜的对象就是英雄。这里的英雄是走下神坛的英雄，是普通人中的一员。柯景腾举办自由格斗大赛目的不在于传统英雄追求的济世救人，而在于自我潜能的开掘与发挥，追求的是英雄气，类似于人们所言的行业英雄。"'奖品是什么才是关键。只要有好的奖品就会吸引人来参加。'……'最强。'我念念有词。王义智不解。'最强'这两个字就是男子汉最好的奖品。"② 当舍友们提出通过奖品吸引人，缓解无人参赛的尴尬时，柯景腾强调了"最强"二字，认为"最强"就是男子汉最好的奖品。从这里可以看出，柯景腾举办自由格斗赛的本质是精神满足，期望获得的是自我心理认同，尽管这个心理认同要通过肉体的流血来完成。就此而言，它非常吻合青少年的英雄想象。

---

① 壮游：《国民新灵魂》，载张枬、王忍之编《辛亥革命前十年间时论选集》（第一卷），生活·读书·新知三联书店1978年版，第572页。
② 九把刀：《那些年，我们一起追的女孩》，现代出版社2012年版，第234页。

英雄是人类的一种期许，英雄情结更是多数人尤其是男性与生俱来的伴随物。人们崇拜英雄，渴望成为英雄，是自身对外部世界掌控欲的体现。在人类漫长的发展过程中，从弱小到强大，均伴随对外在世界的征服与控制。这在不同民族的文化记忆中有充分的展现。"当人类无法战胜自然，当大千世界里的社会道德与法律死角出现时，人们无不渴求英雄人物振臂一呼、挺身而出，拯救黎民于水火。对英雄人物的崇拜，构成了人们崇尚暴力行为和暴力美感的一个重要内容。"① 柯景腾因为向喜欢的女性表白未果，压抑的情绪无处发泄，敏感于同学缺少阳刚之气，发起自由格斗赛，却发现只有三人报名参加。在格斗赛上，他选了一个绝不可能打赢的对手刘建伟。"练过泰拳、跆拳道又超强的建伟，脚力雄健，速度飞快，硬要抓的话我的手腕虎口可能会裂开！更可恨的是，建伟的脚像鞭子，抽得我防守身体的双手都快没有感觉。这可能是我此生遭遇到，仅此一次的真正'踢击'……建伟接受大家的欢呼，我则心满意足地含着染血的卫生纸，在角落休息。够了，真的好满足。"② 柯景腾心中的英雄梦在他选择的自由格斗中变相实现，是借助暴力展示雄性力量的体现。比赛尽管输了，但它证明了柯景腾的硬汉本色，足可以使他亢奋骄傲一段时间了。于是，他抱着炫耀男子汉气魄的心情找沈佳宜分享这种喜悦，试图掩盖自己情场上的懦弱，结果沈佳宜在话筒的另一侧除了沉默还是沉默（《那些年》中作者用了四个"沈佳宜还是沉默"）。终于，当沈佳宜不再沉默时，又一次说出"你怎么会这么幼稚"的话语。"幼稚"这个词是柯景腾在中学时期被老师调位子到沈佳宜前面时，沈佳宜对他的评价。他从中学到大学不断地努力就是想成为自己喜欢女孩眼中的"英雄"，不想却又一次被评价为"幼稚"。"'幼稚？你知不知道这次的自由格斗赛对我来说是很棒的经验？你可不可以单纯替我高兴就好了？'我

---

① 王一波：《对"纯粹暴力"的崇尚——〈钢铁侠〉〈铁甲钢拳〉等机械工作片浅析观众观影的心理构成》，《宁夏社会科学》2013年第3期。

② 九把刀：《那些年，我们一起追的女孩》，现代出版社2012年版，第238—241页。

的怒气爆发……'你以后还要办这样的比赛吗?'沈佳宜冷冷道。'为什么不办? 一定办第二次!' 我气到全身发抖。'幼稚'沈佳宜还是生气……'我好像,无法再前进了。'我哭出来,'沈佳宜,我好像,没有办法继续追你了,我的心里非常难受,非常难受。'"①自己苦苦追了几年的女孩,连表白都要小心翼翼如履薄冰犹豫了再犹豫的柯景腾,竟然因为她一句"幼稚"的评价,要放弃这段感情。在表面看,是自由格斗赛的暴力形式没有得到沈佳宜的认可伤害了他,但实质上是怀着英雄梦的柯景腾在庸常的生活中无处施展自己的追求,又不甘心像沈佳宜那样选择"碌碌无为"的平凡生活,在她面前找不到自己英雄梦想的藏身地迷失自己无奈地退出。柯景腾深深地喜欢沈佳宜,但他并不认同沈佳宜选择的循规蹈矩的生活。这种冲突在两人刚刚接触时就已经出现。当沈佳宜说:"你其实很聪明,如果好好念书,成绩应该会好很多。"柯景腾的回答是:"吼,这不是废话吗? 我可是聪明到连我自己都会害怕啊!"②《那些年》中,诸如此类的叙写有多处,从一个侧面说明即便柯景腾在日常标准的评判下被认为是拙劣的,他自己也有着充分的自信,而且他根本没有把身边的那些人放在眼里,认为他们和自己不是一个当量级的,这是英雄梦想的支撑。

### 三 英雄的凡俗与日常

英雄曾经是一个满含神性的词,承载着人类希望的寄托和追求,是数千年来鼓舞激励人超越自身局限,联结人性与神性的纽带。英雄形象一般出现在规则混乱得不到重视的情形下。英雄是正义的化身,以一己之力守护芸芸众生,是民众眼中的神。古代社会中,冷兵器时代,科技和生产力都不够发达,政治的控制力较弱,时局混乱中规则被漠视,很容易产生英雄。近代以来,民主和法制社会的建立,各项

---

① 九把刀:《那些年,我们一起追的女孩》,现代出版社2012年版,第245—246页。
② 九把刀:《那些年,我们一起追的女孩》,现代出版社2012年版,第26页。

社会规则的制定和执行相对完备和充分，个体的用武之地被规训，近乎神性的英雄形象往往难以产生。尽管人们可以在武侠小说、战争影像等艺术中看到众多的英雄形象，但现实社会生活中，个体在规则下平凡有序地过着小日子，既不需要英雄拯救也没有机会成为具有神性特征的英雄。

如果说时代的变化中，传统的英雄形象在消解，那么新的语境下，适应时代发展带有新特点的英雄形象也在慢慢生成。每一个时代都需要英雄精神的激励，文化传统也决定了人们摆脱不了对英雄的渴望和崇拜。这是个体庸常沉闷生活中的亮色，也是个体自我舒展或心灵舒展的重要途径。"英雄崇拜是一个永恒的基石，由此时代可以重新确立起来。人在这种或他种意义上都崇拜英雄，我们都崇敬而且也应该崇敬伟人。对我来说，在一切倒塌的东西中间这是唯一有生命力的基石。"① 基于时代语境的变化，平凡的英雄形象取代了以往具有神性特征的英雄形象，具有更多普通人的特征，也与民众的生活联系得更加紧密。《平民英雄》《创业英雄》《真心英雄》《创业英雄汇》《欢乐英雄》《够级英雄》《谁是英雄》《欢乐英雄传》等众多影视节目的纷纷涌现，在将英雄平民化的同时引导当下的观众、读者认同并追求新的英雄形象。当前，英雄已成为各行各业优秀人物的代表，成为行业的楷模和学习的对象。在抽取英雄的神性内涵后，英雄对个体来说不再是可望不可即的超人，而是普通人通过努力也可以实现的目标。这种变化有利于个体能力的激发也有助于个体价值的实现，其本质是后现代语境下传统秩序的解构与重构。《那些年》中，柯景腾有次晚上和许博淳外出吃零食，无意中发现了一台大型机台游戏机。"店里角落摆了一台大型机台游戏机，是有够老旧，属于六年级生的'勇猛拳击'……'没办法了，只好挑他几场！'我赶紧掏出五元硬币投进机器。从此我跟许博淳在晚上念完书离开学校后，就会眼巴巴地骑到三角窗，

---

① ［英］托马斯·卡莱尔：《英雄和英雄崇拜——卡莱尔讲演集》，张峰、吕霞译，上海三联书店1988年版，第24页。

两人胡乱吃着东西，坐在游戏机前开揍，揍到一毛不剩才离开。"① 游戏机是众多青年成长的伴随，年少时无处发泄的精力和自我价值更多通过这种虚幻的形式得以释放。在游戏中打败对手，仿佛提升了现实中自身的能力，自我也跟着变得出类拔萃起来。对于青少年来说，太平盛世中个体的成长轨迹已被按部就班地设计规划好，很难有旁逸斜出的变化，一直受现实规则的压抑，虚拟世界中能力的发挥可以更好提升自我主体建构。

"青春是一股力量，具有冲决一切的勇气，在事物发展的新陈代谢中常被作为'新质'看待，是美好未来的象征。"②《那些年》中的柯景腾与其说是在喜欢沈佳宜，不如说是在借异性确立自己的自信。不论是李小华还是沈佳宜甚或是毛毛狗，柯景腾在她们身上更多要确立的是自己的成就感，并不仅仅是一段感情。《那些年》是九把刀自身经历的叙写，如果说沈佳宜是他青春梦的寄托，毛毛就是他现实中的依偎。"大学毕业后，毛毛做了老师……九把刀还没有当兵，还是个飘忽不定的自由作家……九把刀说：'我很遗憾，无法为她提供更大的安全感。'"③ 为心爱的女性提供保护是男性的本能，是动物进化过程中雄性力量的展示，是英雄情结的延续。"在地震夜，沈佳宜向柯景腾表白说，她一直等待着柯景腾与他的女友分手，可是等啊等啊，柯景腾还是没有。而柯景腾的回应是，我一旦喜欢上一个人便横冲直撞。也许连柯景腾自己也没有意识到，他从始至终都未爱上某一个女孩，他以为他喜欢她，但事实上他喜欢的只是那种为一个人发光的感觉。"④ 喜欢一个人，自己也会发光，是个体价值无限放大的结果。只有个体的放大才可以掩盖自身的缺陷与不足，不管这个缺陷和不足是

---

① 九把刀：《那些年，我们一起追的女孩》，现代出版社2012年版，第124页。
② 王瑜：《文学史传统与穿越小说的青春想象——网络小说的青春主题研究之五》，《广西师范大学学报》（哲学社会科学版）2017年第3期。
③ 刘畅：《九把刀：爱，平衡才好》，《婚姻与家庭（社会纪实）》2013年第2期。
④ 曾于里：《纯美爱情是如何"制造"——谈小说〈那些年，我们一起追的女孩〉的影视改编》，《文学报》2012年9月6日，https://book.douban.com/review/5583145/，2023年9月20日。

不是人类与生俱来的，遮蔽它们，就能让人获得虚幻强大的感觉。不论是特有告白方式的选择还是自由格斗赛的举行，都是柯景腾想标新立异、突破束缚展现自我特立独行的体现。如果说女性对男性的爱是以敬仰为基础，那么男性对女性的爱则建立在征服的基础上。在恋爱中用新奇的举动、刺激的表现展现男子汉气概是男性爱情中吸引异性常用的手法。基于自身的诸多奇特甚至怪异举动，传递出"我是独特的"内涵，本身就是与生俱来的英雄情结流露的表现。基于此，《那些年》书写了校园青春豪迈的"英雄"气概和英雄情结，增添了网络校园小说特异的亮色。

## 第六节 文学史传统与穿越小说的青春想象

自蔡智恒在BBS贴出《第一次的亲密接触》以来，网络小说在中国的发展已走过20余个年头。2016年11月，在北京召开的中国作家协会第九次代表大会上，新发展的会员中网络作家和自由撰稿人的比重已超过13%，唐家三少、天蚕土豆、血红、蒋胜男、耳根、天下尘埃、阿菩、跳舞八位网络作家已成为全委会委员。其中，唐家三少更是出现在主席团名单中，和池莉、苏童、阿来等著名作家并列，较之当年"80后"作家郭敬明等加入中国作协产生的冲击力有过之而无不及。此种现象不仅是网络作家登堂入室受重视的体现，更预示着网络文学发展黄金期的到来。尽管网络文学在中国的存在已有较长时间，但受到的关注并不充分，很长时间被作为消遣性的娱乐品看待，没有得到应有的尊重。结合文学史传统在史学视野的参照下对网络穿越小说的青春书写加以探析，有助于引起网文读者对网络文学发展更多的思考。

### 一 出走与穿越

青春叙事是新文学的母题之一，从田亚梅[①]坐上陈先生的汽车开

---

[①] 田亚梅系胡适话剧《终身大事》的主人公，被认为是新文学创作中最早的出走者。

始,不同时代的书写中总少不了年轻人离家出走的身影,及至21世纪网络小说创作中,出走有了更极端的表现——穿越。如果说出走是对自我处境的不满,是青春叛逆性和追求个体价值实现的体现,那么穿越就具有更多别样的滋味。

五四时期,新文学借时代文化氛围开始关注新文化影响下青年的新追求,书写有别于过往的美好青春。中华传统文化的主流儒家文化具有较强的稳定性,其重人伦、重道德的特点和持贵尚中庸的追求与五四狂飙突进的时代氛围迥然有异。在这种文化冲突中,接受了新思想和新理念的青年人首先感受的是家庭对自我的束缚,特别是家庭对个体婚姻选择的干预。综观五四时期小说的出走叙写,几乎所有女青年的出走都与婚姻选择有关。"我的孩子,你不要这样固执。那位陈先生我是很喜欢他的。我看他是一个很可靠的人。你在东洋认得他好几年了,你说你很知道他的为人。但是你年纪还轻,又没阅历,你的眼力也许会错的。就是我们活了五六十岁的人,也还不敢相信自己的眼力。因为我不敢相信自己,所以我去问观音菩萨又去问算命的。菩萨说对不得,算命的也说对不得,这还会错吗?算命的说,你们的八字是命书最忌的八字,叫做什么'猪配猴,不到头'。"①《终身大事》中,田太太成了当时新文学书写中父母对子女婚姻干涉的代表。当时父母在教训子女,干涉他们的婚姻选择方面采用的理由具有相似性,突出表现为如下几点:(1)在"孝道""报恩"等层面扮演可怜、付出、辛劳等自我形象,在感情上纠缠青年服从父辈;(2)在从社会经验方面告诫压制青年人的同时用"菩萨说""鬼神说""八字说"等诸多具有神性的教条从精神层面规训青年;(3)以阅历和经验说服。通过长辈经历过的世事和年轻人没有社会阅历的对比压制青年人放弃自我选择,认同家长决定。在这些干涉理由的背后,起核心支撑作用的是旧文化,无论是看八字、求签之类的求神问鬼还是在子女面前传

---

① 胡适:《终身大事》,《新青年(第六卷第三号)》1919年第3号。

递的迂腐孝道都是新文化运动要打倒批判的。此种情形下，子辈选择的文化和父辈认同的文化是不可调和的两个极端。在两种认同的冲突中，子辈一般选择离家出走寻找合适的生存地，而父辈们由于不了解、不理解新文化也无法找到与子辈缓解矛盾的方法和途径，只能任由传统文化中"父慈子孝、兄友弟恭"式的和谐家庭理想走向破灭。这种冲突是五四文化启蒙后青春寻梦的无奈选择，也是新文化理念现实中找不到更好出路的无奈选择。《伤逝》中子君高呼"我是我自己的，他们谁也没有干涉我的权利！"将文化冲突中的对峙直接呈现了出来；《家》中琴女士的出走亦是为情所困；20世纪40年代丁玲的《我在霞村的时候》，刘贞贞恰恰是为了反抗父母包办婚姻出走，才落入日寇魔爪的；梅娘小说《鱼》中的芬也是厌倦了无聊的现实生活，逃避已定下的婚姻愤而出走的。中华人民共和国成立后，这种书写模式依旧没有改变，《青春之歌》中林道静走向革命的第一步就是从反抗包办婚姻开始的。她每一次人生困惑的化解都是与婚姻的选择联系在一起。

除个体对青春自由的追寻选择离家出走，新文学发展的历史长河中还有众多个体为实现人生的追求和抱负被迫离家出走。较之于女性更多通过追逐婚姻的自由来实现个体新人的成长，男性出走有着更为复杂的诉求，往往伴随着个体的困顿、觉悟、精神解脱和理想实现的宏大叙事。"家"对于美好的青春年华而言是一个封闭的文化堡垒，"有着黑漆大门的公馆静寂地并排立在寒风里。两个永远沉默的石狮子蹲在门口。门开着，好像一只怪兽的大口。里面是一个黑洞，这里面有什么东西，谁也望不见"[①]。在众多的文学作品中，家是封闭的存在，意味着对个体的禁锢。石狮子在门前守候暗示着新的理念很难传递进来，门像怪兽的大口是对生命的吞噬。家是"一个黑洞"则是生命光芒的被湮没，意味着个体生命价值的被漠视和深不见底的礼法制度等文化积瘤的横行。当作为空间存在的家与文化选择建立联系后，

---

[①] 巴金：《家》，人民文学出版社2000年版，第4页。

空间的突破与文化的突破就成了同一件事。于是，众多的青年在选择新的文化作为归依对象时，必然伴随对家的抛弃与唾弃。一个值得关注的现象是，青年成为众多出走书写的主角，其间鲜见中老年年龄层的出走者。这可能是青春的叛逆特色决定的。草木茂盛，其色青翠，谓之青春。青春是无序、无规则的体现，传达的是生命力和生命本身的一种激情。"'青年'象征着对现状的不满足，富有批判精神，并被赋予青春期反抗、内在冲动和乐观主义等特征，同时又包含了偏激、破坏、狂热、粗暴的先锋精神。"① 只有在无序、破坏等先锋精神的推动下，文学和文化才更有可能出现新变与新质。就此，离家出走在成为新文学书写母题的同时也开创了新文学创作的新探索。当蒋纯祖走出苏州老宅，秦教授②来到北京，仇虎和金子③奔向那"黄金铺着的地方"，大春④向往着革命的西山以及作为知识分子"我"⑤ 对鲁镇的逃离等出现在新文学作品中，它们在实现文学新变的同时也带来了新的文化追求。基于此点，青年的出走张扬了青春的力量，在扫荡旧传统的同时推动了新的审美观念和新的创作理念的出现。出走是反传统的行为，是叛逆青春的伴随，新文学的发展借青春的反叛与出走迎来了一次次的新生。这是史学视域中新文学发展的传统之一。

21世纪以来，网络小说的兴盛开启了新文学出走模式新的书写方式。在网络小说尤其是穿越类小说中，青年男女的叛逆和反抗不再拘囿于离家出走，而是到不同的时空中施展才华，一展身手开创宏图大业。如果说五四新文学开创的出走模式更多表现为青年对家及其所代表的旧文化的不满，冲突集中在不同文化的选择上，那么网络小说中

---

① 金理：《文学与社会互动中的青春主题，及文学"中年期"的选择——关于"少年情怀"与"中年危机"的一个讨论》，《山花》2012年第5期。
② 见庐隐小说《秦教授的失败》。
③ 曹禺话剧《原野》中的人物。
④ 老舍话剧《茶馆》中的人物，王利发的儿子。"西山"在学界多被解读为共产党领导下的光明的所在，不仅是一个地方，更是希望的象征。
⑤ 《祝福》的叙述者。由于第一人称叙述的原因这个叙述者被看作写作者，叙述者的逃离象征着写作者也是在不断地出走。

青年不再羡慕"家"之外的公共空间，现实的空间不再是他们反抗的立足点。这些人的青春更向往不同于现实生存空间的时空，要么是历史中的宫廷，要么是未来的时空或者是银河系之外其他星系的异度空间等。在那些时空或异度空间中，游戏规则和生存方式与当下的生活迥然相异，个人可以凭借现实中并不出色的才能获得更大的认可，是自我价值得以体现和实现的最好去处。《儒道至圣》中圣元大陆的景国，"读书人可以通过才气掌控'天地元气'"，杀人于无形。"百万妖蛮大怒，举兵攻城。就见孔子提笔，风起云涌，天地变色，春秋笔连写九个'诛'字，一刀一字，诛杀蛇族大圣，把蛇族大圣一分为十。然后孔子当众烹调，一人吃掉百丈长的蛇族大圣。在烹调的过程中，百万妖蛮联军想要逃跑，孔子随手抛出文宝春秋书，遮天三千里，大书一动，卷杀百万妖蛮。万民跪伏，口称圣人。"[①] 现实生活中，众多的青年才俊十数载寒窗苦读，走向社会却发现生活与书本的告诫相去甚远，自己学到的技能并不足以应付生活的复杂与艰难，怅惘苦闷在所难免。在异度空间中，个体的能力可以得到充分的发挥，如"诗词可御敌，文章安天下"等更多是个体青春压抑后对现实不满的变相发泄。网络小说中，如《儒道至圣》之类的叙写有很多，多强调个体能力的充分施展和无限放大，像游戏中打怪升级一样，从默默无闻受人踩躏的小角色慢慢成长为雄霸一方万人敬仰的英雄。这类叙写是玄幻小说的重要特点，更受男性读者的追捧。青春在战斗中成长是文学中常见的书写，也是中华人民共和国成立后众多革命历史小说的叙事模式，只是在众多的网络小说中，这场战斗具有更大的传奇色彩，完全脱离了现实，与我们熟知的规则无关。

当众多的男青年在玄幻的世界中一展身手时，很多当下的女青年也没有搁置自己的美好青春想象，在穿越的梦幻中愉悦自我。与五四时期女性出走的婚姻反抗不同，网络穿越小说中女主的穿越不再局限

---

[①] 永恒之火：《儒道至圣1 文曲星耀》，凤凰传媒出版集团2014年版，第2页。

于婚姻危机的解决。尽管婚姻问题依旧是穿越女主的核心关注,但她们已经堂而皇之地走上了厅堂,参与由男性主宰的朝堂事务。《步步惊心》中的张晓穿越后成了清朝大将军马尔泰的女儿,自由出入于朝堂之上,与康熙众多的儿子保持着亲密的关系,在废立太子等重大问题上建言献策,参与历史进程。如果说《终身大事》中一个陈先生已足以让田亚梅着迷,打开了婚姻自主个性解放的大门,那么当下网络穿越小说中一个男性已难以满足女性对异性的想象。马尔泰·若曦在展现现代才华参与政事的同时也没有忘记经营自己的感情生活,先后喜欢她的有十阿哥、八阿哥、四阿哥、十四阿哥等。这些阿哥不仅位高权重,而且气宇轩昂、风流倜傥,个个拜倒在她的石榴裙下,置身边众多的女眷于不顾,独独宠幸她一个。新年里,不是没有名分的马尔泰·若曦向皇后请安,而是皇后登临向她嘘寒问暖。"皇后笑牵着我手进了屋子,挥手屏退众人,强拉着我坐于她身旁道:'你看着比早些年可瘦多了,平日多留神身子。'"① 当马尔泰·若曦在众人眼中的分量重到极致时,她所具有的特殊意味和价值也呈现在读者面前。自古以来,女性对于男性更多是依附,所谓"但得一人心,白首不相离",但穿越小说中一个异性的爱很难满足女主的需求。《木槿花夕月锦绣》中,穿越后的女主花木槿和原非珏、原非白、段月容之间扯不清的情爱纠葛,最后都不知晓怀的孩子是谁的;《梦回大清》里穿越后的小薇纠结在四阿哥和十三阿哥的感情间,生死不顾;《绾青丝》中叶海花穿越后成了宰相的女儿蔚蓝雪,与君北羽、安远兮、云峥、冥焰、楚殇等不同时空中的异性纠结缠绵,感情经历可谓荡气回肠。新文学书写中,女性借婚姻情感选择确立自我主体的叙事模式在网络小说中被彻底颠覆。在众多的关注出走的小说叙事中,青年男性或女性的出走是遵循社会规律和法则的,女性反抗包办婚姻并没有放弃婚姻。她们拒绝父辈选择的那个"他",并没有放弃"他",也没有拥有

---

① 桐华:《步步惊心(下)》,湖南文艺出版社2011年版,第159页。

更多的"他"。在自我文化身份和自我认同途径的选择上具有鲜明的启蒙色彩，符合自然社会发展规约。在网络穿越小说中，女主们可以和众多帅哥恋爱，并没有固定的对象。马尔泰·若曦撩拨起十阿哥的感情后和八阿哥搞暧昧，有了肌肤之亲后又惦记起四阿哥的龙床，和四阿哥缠绵小产后嫁予十四阿哥。她的选择在现实社会中无法获得支撑，是女性"解放"追求过度的体现。这种主体文化认同困窘的出现是写作者知识储备或文化积累薄弱的原因造成的。"盘点中国网络文学的文化资源，我们不难发现一个触目惊心的事实，在古今中外的文化传统中，单单是五四以来确立的新文学传统被绕过去了，而新文学传统正是一向居于'主流文坛'的'正统文学'一脉相承的传统。"[①]新文化运动为文学创作打开了新的视角，同时也累积了文化资源，形成新文学创作的传统，但网络小说的创作漠视几十年新文学发展累积的经验与知识，对文学传统重视不够，在耀人眼球的光芒一闪中过早地消耗了自身的能量。出走与穿越都指向离开，但本质上却是两种不同的取向，代表着不同的书写内涵与文化精神。

## 二 从寻梦到做梦

新文学中出走现象的书写与青春期自我意识的觉醒有关，是个体文化选择的结果。新文化运动开展后，在当时的青年群体中产生过激烈的共鸣，引发众多青年人的支持。以家族文化为代表的伦理关系是中国文化的核心之义。这种文化中个体不是为自己存在而是众多伦理关系中的一环，压制了个性独立，促使个体只能在"父子有亲、君臣有义、夫妇有别、长幼有序、朋友有信"的伦理关系中定位自己，找到自我认同。在这些伦理关系中，父子关系是其他关系的基础，直接将家族利益置于个人利益之上，成为捆缚个体最直接的枷锁。五四新文化运动伊始，关注个体价值的呼声就受到热血青春的追捧，成为当

---

① 邵燕君：《网络时代：新文学传统的断裂与"主流文学"的重建》，《南方文坛》2012年第6期。

时时代的强音,关注出走的书写也多了起来。

从胡适的《终身大事》和《新青年》"易卜生专号"对《国民之敌》《娜拉》的译介开始,走出家庭摆脱父辈桎梏,追寻个体价值的实现就成为一时的潮流和风气。《终身大事》中田亚梅指斥的是父辈的愚昧可笑。冯沅君的《旅行》是借旅行这一疏离的形式,向旧道德抗争,追求自我情爱的实现。洪灵菲的《流亡三部曲》"深层的动机是书中深埋着的儿子对父亲的攻击欲望"。① 巴金更是直接呼喊:"我要写一部《家》来作为这一代青年的呼吁。我要为那些过去无数的无名的牺牲者喊'冤'!我要从恶魔的爪牙下救出那些失掉了青春的青年。"② 此外,蒋光慈、萧军、鲁迅、曹禺等人的作品对此现象亦有所关注。《斯人独憔悴》中二少爷颖石被刘贵接回来的火车上,"猛然将手中拿着的一张印刷品,撕的粉碎,扬在窗外,口中微吟道'安邦治国平天下,自有周公孔圣人'"。时代青年的青春受到压抑不能肆意张扬。及至到家,被父亲一番训斥,连求学的学费父亲都不再给了,"忍不住哭倒在床上"。在追寻自由的路途上,"家"与个体之间的冲突没有缓解的办法,似乎是非此即彼的二难选择,要么回到旧文化中像颖铭一样留在家中吟哦"冠盖满京华,斯人独憔悴",要么迈出大步走出家门奔向美好的未来。"娜拉"出走在中国有着特殊的意义,相当长的时期内是中国青年的偶像也是他们自身的映射,寄寓着新旧文化中不同个体的选择。对当时的青年来说,走出家门是摆脱旧文化拥抱新文化的象征,不论是走向社会寻求个体自由还是投向革命的怀抱,都是与旧我断裂的标志。新文学中"出走"模式受关注有多种原因,重要的支撑之一是文学期刊和出版者的合谋。新文化运动早期,通过这种书写形式,确立和宣传了新文化,在众多出走现象书写的背后是新文化运动者满意的笑容。众多新文学作品中父亲的形象大多是

---

① 陈少华:《论中国现代文学父子关系中的"篡弑"主题》,《文学评论》2005年第3期。
② 巴金:《关于〈家〉(十版代序)——给我的一个表哥》,载巴金《家》,人民文学出版社2000年版,第385页。

不堪的,他们不仅自私冷漠而且专横无理,对子女的婚姻和人生选择大加干涉。《斯人独憔悴》中颖石向父亲解释青年人不是胡闹,而是光明正大的爱国运动时,"忽然一声桌子响,茶杯花瓶都摔在地下,跌得粉碎。化卿先生脸都气黄了,站了起来,喝道:'好!好!率性和我辩驳起来了!这样小小的年纪,便眼里没有父亲了,这还了得!'"①父亲的形象是多面的。传统文化中的父亲是道德楷模与权威的集合,同时也是亲情的体现者,但在五四时期出走书写的文学作品中,父亲丧失了温情更多是专制的体现。前文曾提及中国文化的核心是家族文化,在家族文化中父亲是一个特殊的存在,在传递代际关系的同时更是家族伦理的守护和体现。

在社会关系的建构上,传统的中国社会建立在家族伦理的基础之上,由家族伦理守护和维护着社会的稳定,青年离家出走的实质是对家族伦理的背叛。在新文化运动者看来,打倒旧道德重构新思想是运动的重要追求,而打倒旧道德的重要行动就是要推翻以家族伦理为基础的伦理关系。新文学作品的出走描写中,青春少年走出家门寻梦的举动本身就是对家族伦理的漠视,吻合新文化运动的期待,和新文化运动形成相互支撑的关系。青春少年借新文化的新理念和新主张得以理直气壮地向家庭或家族"宣战",占有离家出走的理论和道德优势。同时,新文化凭借青春少年的出走在现实层面获得强大支撑,影响更多人,扩大了自己的影响力。由此,将新文学中的出走书写看作新文化运动者的一项合谋推动亦未尝不可。娜拉之所以受到《新青年》的重视,成为当时人们热议的话题,是因为她出走的身影寄托着五四时期人们的太多期望。"'中国知识分子20世纪初对西方无政府主义发生兴趣',完全是出于一种'为我所用'的实用目的;他们以'去政府'和'毁家'为时尚口号,无非是要'与当时中国的革命问题建立起联系'。"②新文学中的出走现象与革命的关系下文再做探讨,但借

---

① 冰心:《冰心小说》,乐齐、郁华选编,浙江文艺出版社2000年版,第12页。
② 宋剑华:《新文学对传统文化的批判与承续》,《中国社会科学》2014年第11期。

青年的寻梦而消解家族伦理则是青春热情破坏性的体现。家族伦理并不仅仅是冷冰冰的父权制还有慈母严父默默守候中的温情。新文学作品中青春出走的书写在摧枯拉朽的行动中矫枉过正地冲击了家族伦理。"五四新文学运动是先锋文学运动，青春主题正表达了某些先锋文学的特质。青春主题夸大了老年与青年（少年）、旧与新、过去与未来、腐朽与新鲜等二元对立，青春主题的世界观是进化论，强调青年必定胜过老年，未来必定比现在进步，于是，青年就天然地占据了居高临下的话语权。'老年'的文化包括所谓传统专制、保守退隐、闭关锁国、封建落后、虚伪无聊，等等，被界定为必然淘汰的文化。"① 尽管过激和偏激地攻击和打击了旧文化与旧传统，但青春力量得以冲撞出文学新质，以先锋的姿态开拓了文学发展的新格局也是事实。不论是进化论映照下"新"对"旧"的洗礼与冲击还是革命话语下"出走"现象的新观照，不可否认的是新文学中的出走书写在主人公寻梦的同时确实造出了新文学突进发展变革的新空间，极大地拓展了书写的题材与取向等。

21世纪新文学的青春书写伴随着网络的发展出现了新的变化，文学的构成质素又一次发生了重组，网络小说已取代传统的经典作品成为更受青年读者追捧的阅读选择。其中，穿越类和具有穿越特征的玄幻类小说分别受到女性和男性读者的追捧，重构了图书市场。穿越小说较之于新文学作品中的出走书写有较大的不同，主人公尤其是女主的行为从表面看与"出走"书写具有相似性，都是对现有生活的逃离。在深层特质上，穿越小说是在以极端的形式展现人物平面化的生活，缺少新文学传统中的深度追求。从缘起层面看，这些穿越者的现实生活大多存在无法或很难解决的危机，于是在偶然的情形下穿越到历史时空或架空的时空中完成现实中无法实现的梦。《步步惊心》的女主"有一堆的财务报告等着自己"，身份应是都市

---

① 陈思和：《从"少年情怀"到"中年危机"——20世纪中国文学研究的一个视角》，《探索与争鸣》2009年第5期。

白领;①《木槿花西月锦绣》里，孟颖撞见丈夫长安偷情，强烈的刺激使她在大街上被车撞后穿越；《代嫁弃妃》的方媛媛深爱着自己的丈夫萧绝，因娘家家族势力衰落被丈夫逼迫离婚，拖着怀孕的身子在萧绝再婚现场炸死萧绝同归于尽后穿越；《无限群芳谱》里胡飞刚刚考入重点高中，每天的生活枯燥无味乏善可陈，在无限神殿中追求自我的释放和张扬；《炮灰攻略》里的百合因被强奸不停地穿越在不同的时空内，在"父女文""潘金莲""泾河龙王""鲤鱼姑娘""总裁的未婚妻"等众多的角色中穿梭不停，演绎着荒诞无稽的故事。穿越小说中，鲜见穿越者穿越前如意的现实生活。他们有的为工作所累，辛苦劳碌地在职场中卖力打拼，却还是不断地被老板责骂；有的因为感情问题被心爱的人抛弃或婚姻不谐，爱人出轨，年长色衰，前景堪忧；有的因为学业繁重，尽管努力拼搏却无法改变现状，在父母的责骂催促中浑浑噩噩；有的虽终日辛劳却无法在社会中找到属于自己的落脚点，形单影只地任凭青春流逝，只能空自嗟叹。

　　新文学作品中的"出走"书写，出走者有着明确的文化归属和身份认同。他们一般出生在较好的家庭和家族，生活上衣食无忧具备追求主体价值实现的能力。他们有自己的"梦想"并愿意为梦想的实现与旧文化断裂，强化自我主体的归属。到了网络穿越小说，穿越者与出走者形成了强烈的反差。他们大多生活"困顿"，在现实生活中无法找到立足点，主体缺少文化认同和价值追求，在身份认同上是迷失的。如果说，新文学作品中的出走者具备"寻梦"的资本，可以通过自己的努力追寻自我理想的实现，那么穿越小说中的穿越者则根本不具备追逐梦想的能力，蝇营狗苟的生活已使他们焦头烂额。在当前的生活中，现实生活和工作的繁重使生存环境对个体造成了强烈的挤压。

---

① 在海洋出版社和民族出版社2006年出版的《步步惊心》中，女主穿越前都叫张小文，突出了她的职业；在湖南文艺出版社2011年新版的《步步惊心》中，女主穿越前是张晓，强调了她的年龄未提职业，但结合文中帮助成为皇帝的胤禛讲解复式记账法看，穿越前她有会计或财经类的专业知识。

高房价、高物价、高医疗等各种生活的高成本使一代青年无法找到主体认同。"人类生存的主要矛盾，已经不是传统的人与自然界的矛盾，而是转移到人同自己的活动及其产物的矛盾。"① 生存的艰难是一个时代性的话题，指向异化。人们创造的客体与对象异变成主宰人们的力量。个体尤其是年轻人在其间无法找到自我价值实现的途径，更没有自我存在的感觉。"到了今天，日趋惨烈的现实早已告诉青年人：集体世袭，贫富悬殊，上升通道壅塞，整个社会结构已经闭合，自力更生打拼出一片天地的几率微乎其微，这反过来强化了那种不假外求、自我归因的年轻人的失败感。"② 现实生活的严酷压抑着生存在其间的个体。此时的青年已不可能像五四时期的青年那样还有可以出走的空间，他们更多是走出家庭后发现外面的世界已经无处容身的"觉醒者"。现实的时空中无处逃遁，全球化时代的到来使家庭和家族不再是维系社会运行的主要支撑。个体已无法像旧文化中的人们那样可以通过家庭获得社会认可。现实中也没有可行的理想能支撑个体对未来美好的期许。一个月的辛苦换来的微薄薪水在付过房租后已很难支撑下个月的生活。生活如此艰难，理想更是空谈。在此情形下，穿越到不同的时空中展现自身的力量获得更大的认可，与伟人们比肩也是一件非常惬意的事。《步步惊心》中，康熙众多的皇子拜倒在马尔泰·若曦的石榴裙下，不再是男性玩弄女性，而是女性借爱之名玩弄男性。众多手握重权的男性匍匐在自己眼前，对于战战兢兢讨生活的小职员、白领们来说是何等的畅快。现实中无法实现，就靠穿越的梦幻变相慰藉自己无奈的心灵吧。穿越小说中的女主一般穿越后年龄会大幅度地缩水，《步步惊心》中的张晓从25岁穿越到13岁，《独步天下》的阿布从23岁穿越到10岁，其间还有不少胎穿及女穿男、男穿女等形式的出现。年龄可以选择，性别也不再是个体困惑的焦点，只要一次穿

---

① 杨魁森：《生活世界转向与现代哲学革命》，《吉林大学学报》（社会科学版）2007年第5期。

② 金理：《"宅女"或离家出走——当下青春写作的两幅肖像》，《文艺研究》2014年第4期。

越，一切都可以任意搭配组合。如此，年长色衰、容颜不再也不会成为女性的困惑。经历再一次的成长，再一次体会青春的萌动，享受青春的美好是唾手可得的事。此种现象的背后透露出现实青年男女心理的脆弱，问题与危机的解决方式竟然与现实生活毫无关系，注定它只能是心智未成熟者的一场梦幻，是青春成长中的癔症。

### 三  干革命与过日子

1915年9月15日《青年杂志》在上海创办以来，新文化运动在中国走过的历程已逾百年，启蒙理念也得以影响众多青年和社会发展。五四新文化运动时期，青年在追求个性解放走出家门的同时随着时代潮流的发展投入"革命"洪流中，期望将个体和群体结合起来，在群体中实现个体价值，解决了离家出走后的个体归属问题。此类情形在新文学的书写中受到了较强的重视，是左翼革命文学的重要书写内容。"在一定意义上可以说，现代文学的形象世界，主要是青年的世界。"[①]青年的选择和决定在影响和改变自我生存的同时，也改变着文学构成和文学史书写。

蒋光慈是五四文学离家书写后从青年出走的角度关注革命叙事的重要作家。《少年漂泊者》以和文学家维嘉通信的形式讲述了汪中父母双亡后，个体的漂泊经历，述说了青年在当时时代中找不到出路的迷惘和孤苦；《咆哮了的土地》中李杰因为父母干预自己的婚姻离家出走，在革命思想的引领下走向革命道路，以生命的付出捍卫自己的革命理想；《冲出云围的月亮》中王曼英勇敢地走出家门参加革命，革命低潮时迷茫无助，找不到出路，在主体觉醒个性自由的遮盖下卖淫谋生，遇到李尚志重新唤起了自己走向新生活的勇气，借革命运动实现自我的新生。在蒋光慈等创作者离家出走和参加革命的叙事模式中，五四时期青年追求的个性解放不再拘囿于个体，与时代潮流结合

---

[①] 赵园：《艰难的选择》，上海文艺出版社1986年版，第220页。

了起来。"在一年以前,当他和家庭决裂了而离开这个乡间,那时他绝没有想到会有再回到故乡的机会。他决心和家庭永远地脱离关系,这就是说他已不需要家庭了,因此,他也就没有再回到故乡的必要。"① 由于父亲对自己婚姻的干涉导致爱人兰姑的死亡,李杰从家中出走。这个出走是五四启蒙理念下个体追求独立的结果,指向个体意识的觉醒。出走后再一次回到故乡是革命的需要,此时的被启蒙者已变身为启蒙者和革命者,借革命话语完成了自身的转变。"在一年以后的今日,他具着回来改造乡间生活的决心,他已经知道了'要怎样做',而且他更深深地明白了,就是这问题不在于将作恶的父亲杀死,而是在于促起农民自身的觉悟。"② 如果说五四时期个人本位主义下的出走者,在离开家后无法找到自身的归宿,最后不得已向家族代表的旧文化妥协求生,那么此时的青年在革命话语的指导下已经有了安身之地。就此,五四时期个体出走更多是精神层面的,关注的是个体的精神成长,但在革命文学及其后的书写,当个体出走和革命联系在一起时,关注点就转移到了普通民众的权利、生存及民族大义等层面。这样,个体精神层面的成长就转换为现实中的成长,在现实中个体可以找到同志,找到了同路人,意味着青年已经有了"结盟"的条件,成长中的青春也不再局限于个体,有了群体特征。《冲出云围的月亮》中王曼英站上了演说台,号召工人起来抗争,从"一个穿着漂亮的衣服的时髦的女学生","变成和李尚志同等的人"。

个体对家庭或家族不满,离家出走更多是一种自我认同,当建立在区分和差异基础上的自我认同得以践行时,需要作为客体被确认,即通过与社会认同的结合才可完成个体的最终认同。新文学中的出走书写如果仅仅停留在主观认同之上,不可能得到读者长久的认可,因为它不符合个体重塑自我的要求和需求。这种情形下,革命文学的出

---

① 蒋光慈:《咆哮了的土地》,《蒋光慈文集》,上海文艺出版社1983年版,第175页。
② 蒋光慈:《咆哮了的土地》,《蒋光慈文集》,上海文艺出版社1983年版,第176页。

现及时地化解了新文学早期出走模式叙写背后潜藏的危机，拓展了新文学出走书写的新空间。革命文学的这种书写模式在新文学创作中沿袭长久，直到中华人民共和国成立后当代文学的发展中仍有它的身影。《青春之歌》中林道静走出家门的第一步是反抗包办婚姻，追求婚姻自主，是五四新文学出走模式的翻版，是个体自主意识的体现。林道静走出家门后是迷茫的，所以才会有投海自杀情节的出现。由于余永泽的及时出现，林道静获得了新生，但与余永泽相爱同居依旧沿袭的是启蒙理念中个性独立和个体奋斗的模式。对于出走者林道静来说，出走后的认同依旧停留在主观层面，缺少外界客观层面的确认，是残缺的认同。此种情形下，林道静大年三十的夜晚参加了青年团圆聚会，听到卢嘉川对革命形势的判断和对大家共同闹革命前景的分析。"这些话，不知怎的，好像甘雨落在干枯的禾苗上，她空虚的、窒息的心田立刻把它们吸收了。她心里开始激荡起一股从未有过的热情。她渴望和这些人融合在一起，她想参加到人群里面谈一谈。但是，由于习惯——她孤独惯了，加上自尊，因此，她一直不为人注意地坐在人们的背后不发一言。"[①] 林道静渴望和他们融为一体，是主观自我认同之外追求外在客观认同的表现。出走者只有在主客观都获得认同才能实现对个体的认同建构。当卢嘉川和她谈"把个人命运和广大群众的命运联结在一起的时候"，林道静在感慨自己是个糊涂虫的同时获得了面对余永泽的心理优势。"孤独""自尊"强调的是自我认同，在守护个体尊严的同时摒弃了外在。当外在认同出现在林道静身上，完成主客观两方面的统一，实现了个体出走后真正意义上的被认可，她就像换了一个人，告别了和余永泽的同居生活，走向了更宽广的天地。新文学中的出走书写与革命的结合不仅是五四个性启蒙的深化，更是个人叙事向民族、家国叙事的转化。"中国五四时期的文化叛逆者利用另外一种策略把妇女纳入现代民族国家之中，这些激进分子试图把妇

---

[①] 杨沫：《青春之歌》，人民文学出版社1962年版，第113页。

女直接吸收为国民，从而使之拒绝家庭中建立在亲属关系基础上的性别角色。"① 将青年塑造为叛逆者和反叛者，书写他们与家庭的断裂，凸显青春力量的国民特征，以青春与革命同构预示革命的合法与合理是民族国家宏大叙事的需要，也是政治革命斗争的需要。在这种同构关系中，出走后的个体不再迷惘，离家的他们不是一个人奋斗，在革命群体中完成了从家族的人到国族的人的转变，实现了个体命运和家国命运的捆绑，将火热的青春与伟大的革命结盟，实现了青春的不朽。

当新文学作品中的出走书写与革命话语交织在一起，完成对出走者主观和客观两方面的认同，将个人叙事和历史民族的宏大叙事结合起来时，21世纪以来的网络穿越小说重新将目光停留于日常生活，消解了个体的公共生活。《步步惊心》中，四阿哥胤禛登基做了皇帝，马尔泰·若曦得以走出洗衣房，不是入住后宫得到封号，而是直接住进了皇帝的办公场所东暖阁。"胤禛坐于桌前查阅文件，我随手抽了本书，靠在躺椅上随意翻看。寂静的屋中，只有他和我翻阅纸张的声音，熏炉缭缭青烟上浮，淡淡香气中，我不禁轻扯嘴角笑起来，觉得这就是幸福。我们彼此做伴，彼此相守。"② 刚做皇帝的胤禛面对混乱的局面，有众多的公共事务要处理。东暖阁是皇帝办公的重要场所，是公共空间的象征，对应着公共权力。马尔泰·若曦和胤禛一同走进东暖阁并不是和皇帝一起分享公共空间，她随意地翻着书，想的是"彼此做伴""彼此相守"，这就把公共空间消解为私人空间。当公共空间只能以私人空间的形式出现时，随之而来的就是宏大叙事的消逝，只剩下日常生活的蝇营狗苟。"我至今没有册封你，就是想时时能看到你。一旦有了封号，你就要住到自己宫中，我若想见你，还得翻牌子，派太监传召，如今这样你我却可以日日相对。"③ 不仅马尔泰·若

---

① ［美］杜赞奇：《从民族国家拯救历史：民族主义话语与中国现代史研究》，王宪明译，社会科学文献出版社2003年版，第10页。
② 桐华：《步步惊心（下）》，湖南文艺出版社2011年版，第135页。
③ 桐华：《步步惊心（下）》，湖南文艺出版社2011年版，第171页。

曦混淆了私人空间和公共空间，做了皇帝的胤禛也是如此。文学作品中，当皇帝为了一己私欲置礼法传统于不顾，不仅是对日常生活的推崇更是对规则和传统的放弃。这里，权力、等级、规则等秩序的构成都不存在，剩下的是个体的鲜活感受和体悟，是典型的日常生活叙事。

在新文学传统的出走叙事中，个体的出走背后承载着形而上的指涉。尽管出走的举动是日常生活中的一种行为，但出走一定要与"启蒙""革命""弑父""反抗"等内容相联系。到了21世纪的网络小说中，"穿越"已很难再与"启蒙""革命"等发生关系。穿越后的个体虽然也参与宫廷政变、治国理政等重大的事件或历史进程，但穿越者的根本目的不是书写历史或推动历史，而是以重大事件作为自我享受日常生活的背景，更看重个体日常生活的经历和日常经验的累积，是把日常生活作为核心关注的叙事方式。"日常生活本位的叙事观把日常生活当成是第一性的、根本性的审美表现对象，强调从日常生活出发，回到日常生活，而活动在日常生活中的是人，这就意味着从人出发，回到人自身；日常生活领域同时又是一个人性存在的领域，回到日常生活也就意味着回到人性的领域。"[①] 穿越小说中关注过日子的日常生活叙事沿袭的是文学史叙事的"小传统"，即从张爱玲到王安忆等人创作中俗世的日常生活追求。这种俗世的日常生活追求由于家国情结更多地被遮蔽在文学史的叙述之外，不论是白流苏、曹七巧、葛薇龙，还是王琦瑶、蒋莉莉，都是"躲进小楼成一统"，不问世事的日常经验的守护者。"也许就因为要成全她，一个大都市倾覆了。"《倾城之恋》中的这句话是此类书写的典型体现，即便是重大的历史事件在他们笔下也只是个体讲述故事的背景。个体追求"理想""革命"实现个体抱负式的离家出走与坐在办公桌前穿越到不同时空中过日子的情景形成了不同的书写想象。穿越小说这种书写倾向的形成与当前太平盛世的时代氛围密不可分。社会的稳定与时代的繁荣发展使

---

① 董文桃：《论日常生活叙事》，《江汉论坛》2007年第11期。

生活在其间的个体受到严密规则的"监视"。如果说动荡的年代中个体可以凭借革命热情和理想精神一展身手实现自我价值，那么当下的语境下做好本职工作艰难地活下去可能是更多青年的最佳选择。"现实当中我连房都买不起，所以我想在精神世界里富甲天下；现实当中做了二十年单身狗，精神世界里我要抱得美人归；现实当中我是弱鸟，连个小城管都能踹了我的摊子，精神世界里我得把城管队长虐成渣；现实当中姐买个衣服都抠抠扭扭、看看支付宝里是否还有二两散碎银子，精神世界里本宫得让皇帝宠着、王爷惯着、三公九卿跪在地上哆嗦着……"[①] 网络作家青狐妖的这段话切中穿越类小说的特点和受欢迎的玄机。当稳固的社会结构对个人形成强大的制约时，个体的生存焦虑就会被放大。在生存压倒一切的条件下，个人对规则的突破几乎是不可能的，选择回到日常生活和日常经验可能是个体最好的归宿。于是，女性在穿越的时空中成为公主、格格、贵府小姐、名妓美人，受到众人的追捧，锦衣玉食，恩宠备至；男性则在修仙升级的道路上努力拼搏，通过个人的努力完成"玉清、上清、太清"[②] 不同的境界或体验"初境、感知、不惑、洞玄、知命"[③] 的不同经历或感受"童生、秀才、举人、进士、翰林、大学士、大儒、半圣、亚圣和圣人"[④] 等不同的层次，最终实现个体的超越。网络小说中这种情节设置关注的是个体，凸显的是个体追求，是个人奋斗价值观的体现。这种个人奋斗式的价值观与新文学出走书写背后的支撑价值是不同的，它只指向个体，不再与个体以外的群体发生关联。"过去的好人通常是指关心别人的人，与之相对的则是那些只关心自己的人；而现代的好人却是指知道如何关心自己的人，与之相对的则是不知道怎样关心自己的人。"[⑤]

---

① 周志雄等：《大神的肖像：网络作家访谈录》，山东人民出版社2015年版，第366页。
② 萧鼎的长篇仙侠小说《诛仙》中个体修行的阶段。
③ 猫腻的网络小说《将夜》中个体修行经历的阶段。
④ 永恒之火的网络小说《儒道至圣》中个体修行层次的设置。
⑤ [美] 艾伦·布卢姆：《美国精神的封闭》，战旭英译，译林出版社2007年版，第134页。

消费时代的语境转变后,个体现世的幸福成为每个人的核心关注点,与此以外的追求多被看作生命的浪费。基于此,新文学创作中的青春书写从出走干革命到穿越过日子的转型当在情理之中。

## 四 余论

不论是出走书写还是穿越想象对应的都是新文学的青春叙事,展现出的是文学书写内容的变革。青春一直是文学关注的常态,是文学创作的母题。从"关关雎鸠,在河之洲"青春期的骚动到穿越到异域时空谈场情投意合的恋爱是不同时空中面对同一问题个体人的不同解答。青春是一股力量,具有冲决一切的勇气,在事物发展的新陈代谢中常被作为"新质"看待,是美好未来的象征。塞缪尔·厄尔曼曾言,"青春气贯长虹,勇锐盖过怯懦,进取压倒苟安"。基于此点,青春被看作变革的重要推动力量,事实上,在新文学的发展中也确实如此。

新文化运动之初,青年成为关注的对象,是启蒙文化改造社会理想传播的重要载体。《新青年》《每周评论》《国民》《新潮》《湘江评论》《少年中国》《少年世界》《少年社会》《新生活》《新社会》《曙光》《觉悟》《解放与改造》等无不是以青年、学生作为杂志的潜在阅读者。刊物的众多文章中将青春与"革命"结合起来,寄青春以希望。《青年杂志社告》中说:"国势凌夷,道衰学弊。后来责任,端在青年";《国民杂志序》直言"'国民杂志'者,北京学生所印行也";《新潮发刊旨趣书》说:"'新潮'者,北京大学学生集合同好撰辑之月刊杂志也";《少年社会出版宣言》指出"少年社会有两个意思:(一)少年的社会;(二)社会的少年……怎样使现在的少年变成社会的少年,现在的社会变成少年的社会,这就是我们的宗旨"[①]。青春是重要的文化想象,更是新文化向旧文化冲击的重要武器,唤醒青春的

---

① 此处所列内容出自《五四时期期刊介绍(第一集)》,中共中央马克思恩格斯列宁斯大林著作编译局研究室编,生活·读书·新知三联书店1978年版。

力量召唤青年勇猛前行似乎就看到了黎明的曙光。这不仅表现在刊物的发刊词中,更表现在众多的文学作品中。"愿中国青年都摆脱冷气,只是向上走,不必听自暴自弃者流的话。能做事的做事,能发声的发声。"① "青年的灵魂屹立在我眼前,他们已经粗暴了,或者将要粗暴了,然而我爱这些流血和隐痛的灵魂"。② "青年们先可以将中国变成一个有声的中国。大胆地说话,勇敢地进行,忘掉了一切利害,推开了古人,将自己的真心的话发表出来。"③ "青年又何须寻那挂着金字招牌的导师呢?不如寻朋友,联合起来,同向着似乎可以生存的方向走。你们所多的是生力,遇见森林,可以劈成平地的,遇见旷野,可以栽种树木的,遇见沙漠,可以开掘井泉的。"④ 单就鲁迅文章的部分内容看,关于青年的叙述占有较大的篇幅,其间对中国未来的殷切期望已经与对青年的期望合二为一。

在中国新文学的发展中青年一直是破旧立新角色的扮演者。每当新文学变革处于困顿期,青年的出现总能打破沉滞,催生出新的生命。五四时期,《家》等一批作品的出现催生了启蒙理念下个体对家族的反思;稍后的大革命及战争中,青年的选择在惊醒沉睡国民的同时,以自己的行动号召大众走向革命,开创出"革命+恋爱""救亡"等文学主题;中华人民共和国成立后,"十七年文学"和"文革文学"中,青年形象成为青春激情和革命激情的体现,不仅是革命历史的传承者更是革命的代名词,催生出众多的"红色经典"的创作;新时期以来,创作中的青年在感知时代变化的同时也以自己的记忆推动了"新历史主义""70后""80后"等众多文学现象的出现。可以说,新文学的每一次变革几乎都少不了青年的身影和青春荷尔蒙的气息。

---

① 鲁迅:《热风·随感录四十一》,见《鲁迅全集》(第3卷),人民文学出版社2005年版,第341页。

② 鲁迅:《野草·一觉》,见《鲁迅全集》(第3卷),人民文学出版社2005年版,第229页。

③ 鲁迅:《三闲集·无声的中国》,见《鲁迅全集》(第4卷),人民文学出版社2005年版,第15页。

④ 鲁迅:《华盖集·导师》,见《鲁迅全集》(第3卷),人民文学出版社2005年版,第59页。

"'五四'一代的新文学,1930年代的左翼文学,1942年以后的工农兵文学,'文革'中的'无产阶级革命路线'的文学,不管它们在文学史上呈现的面貌有多大的不同,性质有多大的距离,在对待历史传统与前人的态度是相一致的,都是通过激烈否定前人的文化积累来完成自我的确立。这是一种先锋姿态,因为先锋文学观念认为文学是可以引导社会变革风气的,是可以通过调整文学艺术与社会生活的关系,指导人们怎样生活的。"① 如果仔细推敲,陈思和所言的新文学中后起文学形态对先前文学形态的超越或断裂更多是青年创作者基于不同时代的青春塑造完成的,似乎和"进化论"中"新"对"旧"超越有着内在理路上的一致性。当时光走入21世纪,网络穿越类小说受到广大青年读者的追捧时,在它们书写青年和青春的背后似乎又孕育着文学的新转型。较之于以往新文学作品中的青年,穿越小说中的青年似乎没有精神层面的追求,更缺少信仰的支撑。

20世纪20—60年代文学作品中的青年都有自己的理想追求,大多有为理想奋斗拼搏甚至献身的信念和行动。穿越小说中的青年书写往往更沉溺于日常生活,沉溺于个人情怀,较之以往文学作品中的青年形象显得更为单薄,缺少多元文化的支撑。文学作品中,从宗教与哲学的层面思考关注人物形象的塑造是作品魅力形成的重要支撑,网络穿越类小说却没有这个层面的开掘。虽然有些玄幻小说也写到宗教,但那完全是与现实无关的存在,只是写作者的主观臆想与构思。"在当下的世俗社会,人不仅在精神世界中与过往的有生机、有意义的价值世界割裂,而且在现实世界中也与各种公共生活和文化社群割裂,在外部一个以利益为核心的市场世界面前被暴露为孤零零的个人。"② 市场经济在中国繁荣发展之后,整个社会的道德、伦理与法律等都面对着新的重大冲击,在转型过程中并没有产生对社会成员有影响和约束力的新体系和新信仰。个体在商品经济的冲击下更多形成以利益为

---

① 陈思和:《对新世纪十年文学的一点理解》,《文艺争鸣》2010年第4期。
② 金理:《青年构形:一项文学史写作计划的提纲》,《东吴学术》2013年第5期。

核心的拜金风潮，金钱至上、是非混淆、唯利是图等成为社会的新常态。网络穿越类的小说创作关注了这种新常态下的个体，以"荒诞"的笔墨记录下了这个时代的青春样态。如果说众多的青春书写推动了新文学的发展和变革，推动了新文学的审美转型，那么如何认识和评判这类青春书写及其背后的审美转型是需要开掘的重要课题，关系到美学转向和文学审美转向的合理认知与评判等。网络小说尤其是网络穿越类小说不是在消费文学，而是在"荒诞"的面具下展现着时代青春的思与痛。21世纪网络文学作品中的青春想象与过往相比，有了太多的新变，断裂的姿态似乎遮蔽了它们所具有的价值。

# 第三章 "70后"作家群的青春书写
## ——以卫慧为中心

就网络文学青春书写而言,其对传统文学的承续显而易见。"70后"作家群的创作是网络文学写作紧密连接的对象。从时间发展上看,网络文学的青春书写距离"80后"作家群更近,与"80后"文学创作的连接更紧密。然而,事实并非如此。以代际划分看,"50后""60后"的中国作家经历过大规模的社会运动,在宏大叙事中成长,其创作带有鲜明的历史意识和"家国—民族"情怀。对于政治运动中长大的"50后""60后"而言,个体日常生活并没有太多值得书写的价值。在他们的成长中,个体价值与社会或集体价值的实现是同一硬币的两面。这种价值观认为展现历史的宏大才是创作应关注探析的核心内容。"70后"的成长环境与前辈不同。火热的斗争生活消失后,中国社会进入平稳的发展期,经济的发展和人们生活水平的提升成为全社会追求的目标。"70后"成长过程中,中国社会经济发展取得了极大的成就,个体的物质生活水平得到了突飞猛进的变革,融入世界的追求得以落实。这些成就的取得为"70后"展现自我和关注自我提供了巨大的支撑,个体生活幸福的书写不再受排挤,是正常的令人愉悦的事。在中国当代文学的发展中,"70后"是个体化写作的开创者。"80后"青春写作的一些特征在"70后"的创作中已有明显的呈现。在追溯网络文学创作的源头活水时,"70后"的创作更值得关注和探索。

## 第一节 "70后"作家群：个体化写作的源头

"70后"作家群的概念内核并不统一。"从历时性发展来看，'70后写作'被认为可分为两个阶段，分别发生在1996年和2007年，有研究者称为'两次崛起'。"[①]"作为一个代群，'70后'作家被命名至今已经二十余年，其间创作日趋丰厚，对其代群的共性研究与具体作家作品的研究也在逐步发展。20世纪末，文坛对'70后'作家的认识并不全面，彼时'70后'作家中引人瞩目的大多是女作家。1998年《作家》第7期推出了'70年代出生的女作家小说专号'，此举在文坛产生的影响较大。1999年，卫慧小说《上海宝贝》出版，'70后'作家影响进一步扩大，但当时也产生了一种'70后'作家等同于身体写作的错觉。新世纪以来，更多的'70后'作家登上文坛，他们的创作姿态各异，日趋成为文坛的中坚力量。有关'70后'作家的研究也越来越多，饶有意味的是，虽然代群称谓和学术观点不尽相同，一开始论及'70后'作家时，对其代群困境的论证成为其共同性研究的一个重要命题，'70后'作家被看作是夹在'50后'传统精英写作的高峰和'80后'网络时代时尚写作的高峰之间的低谷的一代，是被遮蔽的一代，'如果说遮蔽，所有他们之前的好作家都构成对他们的遮蔽，脱颖而出的唯一办法就是用作品说话，用作品完成个性的超越'。甚至是'落荒而走的一代'，'他们在夹缝中求生，这是他们的宿命，但未尝不是机遇'。"[②] 从学界的研究看，对于"70后"作家群概念的使用，有较大的分歧。有认为"70后"作家在2007年出现概念裂变，有认为是21世纪以来创作风格出现较大变化，产生裂变。综

---

① 曹霞、陆立伟：《"70后写作"：命名的辩诘与批评的形塑》，《文艺争鸣》2022年第12期。

② 张晓琴：《在历史中溯源——"70后"小说创作的隐秘路径》，《中国现代文学研究丛刊》2019年第8期。

观相关研究,在"70后"作家群创作出现变化的时间节点上学者判断不一,但在其作为概念出现的命名和指向层面则相对一致。具体说来,1996年《小说界》第3期辟出"70年代以后"的栏目,刊发《全部的爱》《红闲碧静》等作品,《钟山》《长城》《花城》《大家》《山花》等刊物先后推出以"70后"命名的栏目,引发了较大的关注,推动"70后"作家群概念的产生。"70后"面临的文学创作环境与网络文学具有相似性。文坛上已经形成的创作模式对"70后"形成遮蔽,主要是"60后"优秀作家已经形成了话语权,不论是对历史的溯源和书写还是对性别的发掘,都取得了一定的成就。宏大叙事是当时文坛创作的主流,个体感受并未受到应有的重视。"70后"作家想要突围,需要形成创作主题和思考视角,更好地呈现时代的变化。世纪之交,网络文学面临着相似的文化语境。

"细致梳理'70后'作家的文学创作历程,其最早出场就是借助文学期刊实现的。1996年,《小说界》第3期开设了'七十年代以后'专栏;同年,《作家》杂志第7期推出'70年代出生的女作家小说专号';《芙蓉》杂志在1997年第1期推出'70年代人'。此后,在诸多文学期刊的联合助推之下,'70后'作家很快就引起了学界的关注和讨论,并正式成为具有明确界定的作家群。"[①] 对于"70后"作家群概念的产生,众多的研究认为是20世纪末一些期刊的有意推动。1998年7月,《作家》杂志推出卫慧、周洁茹、棉棉、朱文颖、金仁顺、戴来、魏微等七位女作家的创作集,命名为"70年代出生的女作家小说专号",配有她们的照片与点评。随后,"美女作家"的噱头引起读者和文坛的关注。1999年卫慧的《上海宝贝》出版,在当时的文坛掀起了一阵"妖风",引发监管部门的注意,被禁。与监管部门禁售《上海宝贝》一书形成强烈反差的是,"美女作家""身体写作"引发起一股写作风尚,受到了更大的追捧。《上海宝贝》在海外多家图书

---

① 杨博:《"70后"作家与文学期刊——"70后"作家文学生产的媒介因素考察》,《小说评论》2019年第4期。

销售排行榜上取得了很好的排名,没有太多名气的写作者也摇身一变成为名人。"在世纪之交,'70后'女作家沿袭陈染、林白的'个人化写作'路数,进入'身体写作'领域,以'身体私语'作为女性叙事模式,突出身体话语在物欲表达和情欲主宰中的作用。因此,身体私语成为卫慧、棉棉、朱文颖、盛可以、魏微、杨映川等'70后'女作家文学创作中的叙事途径与表意符号。"①"70后"创作群最初是期刊有意推动形成的文学现象,最初并未与性别挂钩,更没有明确的创作主张。其后续的发展超出最初倡导者的预判,与性别写作建立了密切的关联。"最早提出'70后(写作)'这一概念的是陈卫主编的《黑蓝》'一九九六年春季卷创刊号',他在发刊词中明确宣称这是'1970年以后出生的中国写作人(简称70后)的聚集地'。"②从陈卫的构想看,"70后"就是年龄上的分类方法,其明确说明的是"1970年以后出生的中国写作人",并没有做性别等层面的区分。《作家》杂志有意集结七位女作家推出"专号",有潜在用创作者的性别做文章的意图,也没有明确地将"70后"作家与性别建立等同联系,强调的是"70年代出生的女作家"。当"70年代出生的女作家"作为命名出现,意味着还有70年代出生男作家的存在,没有把"70后"写作等同为女性写作。"1999年,陈卫再度发出代际宣言,批判'时尚女性写作',提出'重塑七十年代以后',号召同代人以'集中而健康'的写作进行抵抗。魏微则鲜明地反对几个女作家以'酷,作秀,糜烂'做派成为'代言人',指出更多的七十年代作家'被掩埋在这面旗帜底下','名/实'的裂缝绽露无遗。"③如果说1996年"70后"写作的提出是一种具有冲击力的文学行为,那么1999年《上海宝贝》出

---

① 王纯菲、崔桂武:《"70后"作家文学承上启下的历史意义》,《沈阳师范大学学报》2021年第3期。
② 曹霞、陆立伟:《"70后写作":命名的辩诘与批评的形塑》,《文艺争鸣》2022年第12期。
③ 曹霞、陆立伟:《"70后写作":命名的辩诘与批评的形塑》,《文艺争鸣》2022年第12期。

版后,这一命名方式的内涵已经超越了最早命名的构想。"70后"作家越来越与卫慧等女性写作建立同构关系。人们提起"70后"作家一般将其作为美女作家的指称。被《作家》杂志集中推出的七位作家之一魏微也不满"70后"作家群概念内涵的变化,想扭转加之于自身的不当形象。此时,"70后"已与美女作家等建立密切联系,谈起"70后"人们首先想到的是女作家的创作,偏离了概念最初提出时具有的内涵。

"'50后'和'60后'作家及其文学都已经名正言顺地走进了当代文学史,甚至'80后'作家及其文学也已堂而皇之地进入了当代文学史版图,唯独'70后'作家及其文学被中国当代文学史所遗忘,至多也就是在涉及1990年代末文学商业化和世俗化浪潮时顺带提及'美女作家'卫慧、棉棉,但她们的文学创作是很难代表'70后'作家的整体文学实绩的,而真正的'70后'作家及其文学在中国当代文学史书写中其实几乎全部处于被遮蔽的状态。"[①] 对于"70后"作家群存在的问题,相关研究在不同的层面有所关注。谈到"70后"创作的入史问题时,有研究者注意到"50后""60后""80后"的被认可,独独"70后"的创作被忽略了。"70后"的被忽略并不是整体受到忽视,卫慧、棉棉等美女作家群的身体写作却受到了相应的重视。这种现象的出现,在侧面佐证了"70后"作家群概念使用存在的问题。"美女作家"本是"70后"作家群的子系统,是被统摄的对象,但却跃升为父系统,成为"70后"作家的所指。这种现象的出现带来了较大的问题,窄化了"70后"作家概念的内涵。21世纪以来,"70后"创作出现了大的繁荣,更多优秀的男作家创作出优秀的作品。葛亮、徐则臣等获得茅盾文学奖等从一个侧面展现了"70后"创作的实力。"70后"作家概念也得以延展和深化。"从20世纪90年代末至今,从'美女作家'到文坛'中间代',陈家桥、魏微、金仁顺、朱文颖、鲁敏、徐则臣、张学东、刘玉栋、弋舟、李师江、付秀莹、乔叶、盛可

---

① 李遇春:《"70后":文学史的可能性及其限度》,《小说评论》2018年第3期。

以、路内、李骏虎、梁鸿、周煊璞、常芳、朱山坡、房伟、叶炜、石一枫等众多'70后'作家,开始了长达多年的这一代人从乡村、城市、工厂、族群、根脉到生命与灵魂等角度的多元探索。"①梁鸿、朱山坡等在延展"70后"作家概念内涵的同时,拓展出新的写作空间,取得了较大的收获,是不争的事实。近年来,"70后"作家所指的具体对象发生了变化,从最初性别意义上的女性创作拓展到男性视域,探析点也从身体等拓展到历史、文化等。选材范围的扩大和关注视域的拓展,深化了对"70后"创作的思考,但并没有减少"70后"作家概念在使用中产生的争议。

无论"70后"作家队伍后来如何壮大,取得成就如何,都不妨碍这个概念的指称与美女作家、身体写作发生密切关联,更不可能忽视或否认此概念的明确所指等。"'70后'作家不断涌现,能够作为批评和研究对象的成员将近50人。出道有先后,成熟有早晚,10年年龄差,20多年发展时间,足供几茬同代际作家起落沉浮,这就使'70后'代表性作家不断发生变化。近年来,徐则臣、鲁敏、乔叶、盛可以、李师江、东君、李浩、弋舟、阿乙、葛亮、路内、哲贵、石一枫、付秀莹等人,慢慢进入主力阵容,甚至成为绝对主力。这样,我们不禁要提出这样的问题:当我们谈论'70后'时我们究竟在谈论什么?这一问题所揭示的尴尬,不仅属于研究者、批评家,也属于'70后'每一位作家本人。"②郭洪雷提出的问题至今未有明确回答,将来也不可能有统一的答案。作为一个概念,"70后作家"有其所指,尽管这个所指是不妥帖的,窄化了"70后作家",但后续作家的不断加入在复原其最初含义的同时是否又泛化了"70后"作家群呢?如果一个概念的内涵是可以被不断放大或改变的,这个概念本身就是不确定的,也是不严密的。基于此,"70后"作家群在不断萌生出新的文学特质,但已经走向空洞和泛化。作家创作风格的不断丰富,关注领域的广泛

---

① 张丽军:《当代中国故事的书写与审美主体的确立》,《文学评论》2023年第2期。
② 郭洪雷:《"70后"作家的命数及其他》,《小说评论》2018年第3期。

开拓,"70后"作家的内涵在无限地拓展,也渐渐变成一个无所不包的"容器",针对性和有效指向面目模糊。在"70后作家"概念指称渐渐空虚时,保持概念的有效性,回到其本来意旨或许会更有助于恢复其内在的活力。本书所探讨的"70后"作家群将继续围绕美女作家、身体写作等层面展开。这样更可见出"70后"创作的价值,也更有助于发掘网络文学青春写作的根源。

"2000年前后,卫慧、棉棉等作家以一种另类青春写作打破固化的文坛。就在这一另类青春叙事里,我们在批评其作品欲望化书写的同时,依然读到了作家所塑造的主人公内在的善良、纯真、对爱情的追求以及无可释放的青春焦虑。"[1]"'70后'女作家的成长叙事大多从两个方面体现:关注个人的成长与社会的关系;关注成长者内在的生命体验。"[2]"70后"作家在中国当代文学中是一个独特的存在,有学者认为其连接起"50后""60后"和"80后"之间的断裂,弥补了不同代作家创作的裂痕。笔者认为,"70后"创作的价值在于对中国当代文坛既有创作模式的突破。不论是"50后"还是"60后",他们的创作即便有个体意识的觉醒,也基本不属于个人。当时的社会意识是个人服从集体,个体只有在社会生活和革命事业中才能实现自我价值。这种创作情形的出现与"50后""60后"的成长环境有关。在他们的成长经历中,公权对私人生活造成了极大的侵蚀和挤压,个人的工作、生活都是被统一安排好的,很难挣脱。这种经历导致的认知,成为他们创作的特色,也是局限。"70后"的成长记忆中,私人生活受到更大的尊重,独立个体得以产生。社会经济的发展,商品流通的便捷,人们的生活不再被全面掌控,不需要凭票购买粮油,也不用整天被各种计划安排。生产力发展给人们生存带来了更大的便利空间。今天网络文学中关注个体发展,集中展现个体能力的写作方式在"70

---

[1] 张丽军:《当代中国故事的书写与审美主体的确立》,《文学评论》2023年第2期。
[2] 周文慧:《"70后"女作家新世纪以来创作的诗化特点》,《江汉师范学院学报》2018年第1期。

后"创作中有所凸显。青春期的焦虑、无奈和选择是不同时代人们需要面对和解决的难题。在"50后""60后"的创作中，他们解决青春成长遇到难题的方式更多是交出自己依靠集体等。不论是"十七年"文学还是"文革"文学，甚或是新时期出现的伤痕文学、改革文学等，其间有果敢坚毅的人物形象，但很难看到他们回到个体。《乔厂长上任记》中乔光朴是厂长，所作所为围绕改革进行，个人的爱情选择也以是否有利于改革的推行为出发点。诸如此类现象的反复出现体现出"个体"意识的缺失。个体的成长无法脱离外在环境的制约，但个体感受等却在相当长的时期内成为中国文学创作的缺失。人具有较强的社会属性，但在社会生活之外更有私人生活空间的追求。文学创作忽视个体感受，有利于强调其社会属性，但在日常生活渐趋丰盈的时代，会丧失对读者的吸引力。世纪之交，美女作家不再关注宏大叙事，转向注目个体的日常生活，改变了中国当代文学写作的方式，也开启了新的写作空间。这种追求具有深刻的变革价值。从表面看，它是文学创作关注方式的变化，但深层考量下会发现时代精神的变化。如果追溯网络文学青春写作的源头，笔者认为绕不开美女作家群的创作。它开启了对个体的注目和关怀。关注身体，深入日常，拓展个体的世俗生活是书写自我价值的重要构成。这些在美女作家群的创作中已有较多呈现，是网络文学创作的精神源头之一。结合美女作家群创作，通过卫慧小说的深入分析有助于我们发现网络文学青春写作的建构基石等。

## 第二节 卫慧现象与青春写作

卫慧的青春型写作是世纪之交中国文坛上出现的一个引人注目、惹人争议的文学现象，更是一种文化现象。现象蕴藏着较大的能量。一个作家如果能在中国文坛上造成"现象"（phenomenon），他（她）一定有着惊世骇俗或让人震惊的表现。引领风气之先并不是容易的事，还需要有多种机缘。翻开历史记录可以看到，具有此种能力的中国作家并不多。卫慧的出现是个体的选择更是时代的必然。她较早洞悉了中国文学发展的趋势，感知到变革的气息，以自己的创作推开了新时代的大门。

卫慧1973年出生于浙江余姚，1991年考入上海复旦大学中文系，1995年毕业后留居上海，从事过记者、电台主持、咖啡店女店员、二三流小报编辑、广告文案等多种职业。卫慧真正意义上的文学创作开始于1995年。此年4月，卫慧在《芙蓉》杂志上发表了她的处女作《梦无痕》，没有什么影响。1996年，《爱情幻觉》和《纸戒指》两篇小说问世，分别载于《小说界》的第1期和第4期。1997年，卫慧的文学创作没有大的起色，仅在《小说界》第1期发表了一个中篇小说《艾夏》。1998年是卫慧文学创作生涯大的转折点。她在多家文学杂志发表了多篇作品，较受注目的有《爱人的房间》（载《上海文学》第6期）、《水中的处女》（载《山花》第7期）、《甜蜜蜜》（载《人民文学》第8期）、《像卫慧那样疯狂》（载《钟山》第2期）、《蝴蝶的尖叫》和创作谈《我还想什么呢？》（载《作家》第7期）、《欲望手枪》（载《芙蓉》第5期）、《葵花盛开》（载《小说界》第6期）等。如果说1998年是卫慧文学创作生涯的转折点，1999年则是铭刻进卫慧创作生命的年份。这一年，卫慧真正成为中国文坛关注的焦点人物，走进许多大媒体的长镜头。从数量上看，1999年卫慧的文学作品并不多，只有1部长篇和3个中短篇小说，分别是长篇小说《上海宝贝》和《跟踪》（载《山花》第1期）、《神采飞扬》（载《钟山》第1期）、《愈夜愈美丽》。《上海宝贝》的出版是卫慧献给21世纪的一份礼物，在世纪之交中国文坛有些灰暗的天空中炸开了一束礼花。尽管这束礼花较为怪异，但它却不折不扣地将卫慧推向当红作家的行列，引发世界范围的关注。这种现象是人们难以想象的，在中国文坛上较为少见。

《上海宝贝》出版之前，卫慧已经创作出了一些作品。尽管卫慧曾采用不少现代的宣传方式为自己的作品造势，但并没有得到太多关注。为了扩大影响，引起读者和评论家注意，卫慧大搞"行为艺术"。在为新书《蝴蝶的尖叫》做宣传时，卫慧曾邀请一些评论家、书商和朋友在家中开"PARTY"，身上画满蝴蝶，举止怪异。1998年，卫慧曾自编、自导、自演张爱玲的《红玫瑰和白玫瑰》，对之做前卫的处理，但都没有引起大的关注。1999年，沈阳春风文艺出版社出版了卫慧的《上海宝贝》。此书出版后的一段时间没有太大影响。为了使此书获得更好的经济效益，卫慧曾到许多城市举行签名售书活动。在与读者见面、签名售书的活动中卫慧表现怪异，举止令人惊诧。但，这些都没能使《上海宝贝》成为畅销书。2000年年初，由于《上海宝贝》中的淫秽色情描写和不恰当的宣传指向等问题，此书引起了主管部门的注意，被禁止销售。《上海宝贝》的全国被禁事件成了世纪之交许多读者、评论家关注的焦点。人们开始注意到卫慧，注意到她的文学创作。本是一桩"丑事"，结果因"丑"造成了流量。那时，网络还不发达，大部分人还没有注意到"流量"，甚至不知流量为何物，卫慧却在制造流量并试图用流量变现了。在这个意义上，卫慧较早洞悉到网络时代眼球经济的重要。《上海宝贝》的被禁，导致"卫慧现象"的产生。

《上海宝贝》的出版与被禁是卫慧青春型写作受关注的原因之一。20世纪90年代，一批与卫慧有相近创作追求的年轻女作家的创作对"卫慧现象"的形成起着推动作用。总体来看，她们的创作表现出惊人的相似性，大都是写都市中某类人的生活及他们对传统道德规范和社会公认原则的反叛挑战。不论是卫慧还是棉棉，她们注目于个体情欲和日常生活，在创作中以自我为中心展现个体的欲望。由于这些女作家大都出生于20世纪70年代，当代中国文坛习惯上将她们称为"70后作家""美女作家"。这样一批作家的同时出现，在当时的中国文坛上掀起了一阵波澜。不论是从才气还是从受教育程度方面看，卫慧在其中都是佼佼者。卫慧青春型写作成为一个具有群体性创作特征的标志。时过境迁，今天再回头审视卫慧的青春型写作，其具有较强的个体特征，开启了当代中国文学个体化写作的先河。

## 一　卫慧现象

对卫慧现象的认识不能只停留在对一个概念的定义上。卫慧的青春型写作作为当今文坛上的复杂存在，不是几句话的定义能概括的。它至少应包含商业操作、身体写作等几个方面的内涵。卫慧改写了以往的写作模式，将目光集中于自我身体、女性身体，发掘身体蕴藏的"反抗"能量，在欲望的审视下拓展出个体生存的价值。这些特点与网络文学创作的底色紧密相关。网络文学中个体可以在多重宇宙或不同时空中穿越生存，是个体突破外在束缚的呈现。卫慧的创作中早有此类写作现象的出现。

### （一）身体写作

身体写作在中国文坛有不少争议。"身体写作"这个词是从国外引进的，它最主要的理论倡导者是法国的女性主义批评家埃莱娜·西苏。"通过写她自己，妇女将返回到自己的身体，这身体曾经被从她身上收缴去，而且更糟的是这身体曾经被变成供陈列的神秘怪异的病态或死亡的陌生形象，这身体常常成了她讨厌的同伴，成了她被压抑的原因和场所。身体被压抑的同时，呼吸和言论也就被压抑了。写你自己。必须让人们听到你的身体。只有到那时，潜意识的巨大源泉才会喷涌。……她不是在'讲话'，她将自己颤抖的身体抛向前去；她毫不约束自己；她在飞翔；她的一切都汇入她的声音，……她通过身体将自己的想法物质化了；她用自己的肉体表达自己的思想。"[1] 就其原初意义看，身体写作是用来对抗女性历史上失语的一种写作方式。女权主义者认为由于语言、文学中的能写和所写都是由男权话语创造，女性要想发出自己的声音就必须采用或创造出一套不同于即存的表达

---

[1] ［法］埃莱娜·西苏：《美杜莎的笑声》，张京媛主编《当代女性主义文学批评》，北京大学出版社1992年版，第193—195页。

方式。她们发现了"身体"。埃莱娜·西苏认为"男人们受引诱去追求世俗功名,妇女们则只有身体,她们是身体,因而更多的写作。长期以来,妇女们都是用身体来回答迫害、姻亲组织的驯化和一次次阉割她们的企图的"[①]。由于可供妇女们选择的反抗手段是有限的,加之女性的身体在历史的发展中是男权社会更为集中的关注点,女权主义者更多倾向于唤起身体表达欲望对抗男权话语,进而改写女性一再失语的状态,是身体写作的最初由来。历史发展中,身体是被规训的存在,是受男权文化影响最为深入的聚合体,交织着男权文化的多种诉求和要求。中国文化中女性裹小脚等习俗都是男权文化物化女性的表现。如果要突破男权的桎梏,走向个体解放,女性可以利用身体作为反抗的武器。埃莱娜·西苏同时也指出"肉体(肉体?很多肉体?)不比上帝、灵魂或他人更容易描写"。女性的身体是女性有效的反抗手段。由于身体同时是男性关注的中心,如果表现不当不但反抗意义难以凸现反而会成为对男性猎奇目光的一种迎合。身体并不是屡试不爽的可以随处使用的武器,其具有两面性。身体写作在中国的最初应用者虽不是卫慧,但它却是伴随卫慧等一批"70后"作家的作品和写作方式才引起广泛注意的。虽然一部分评论家认为在陈染、林白等人的作品中已出现了身体写作,甚至有少数的评论家认为早在20世纪三四十年代的丁玲的作品就有了身体写作的影子,但身体写作真正走入公众视野与"卫慧"两个字分不开。卫慧的创作在凸显女性意识的同时又对其进行了误读和借用,导致身体写作在中国必须承担许多不应有的指责。展现女性身体的目的是什么决定着身体写作的最终效用。如果说展现女性的身体是为了突出女性的自主和自立,有关身体的书写应该服务于女性解放的大主题,而不是仅仅沉溺于自我快感。同样,如果仅仅是关注女性身体的快感,那么这种探索方式很难不被男权文化利用。女性的"物化"境地也很难得到改善。卫慧的身体写作具有复杂的内涵。

---

① [法]埃莱娜·西苏:《美杜莎的笑声》,张京媛主编《当代女性主义文学批评》,北京大学出版社1992年版,第193—195页。

## (二)"另类"文学

"另类"是与"主流"相对应的一个词。另类写作是就一种写作姿态和写作方式来说的。如果文坛上突然出某种写作方式,而它与当时的写作方式迥然有异,又没有形成具有主导性的潮流,可能已经具有了另类的特质。20世纪90年代的中国文坛虽然处于一种众声喧哗的状态。主流的写作方式并不十分突出。但,似卫慧这样大胆地暴露自己的生理感受,描写城市中边缘一代的颓废生活的作品还不多见。当时的文坛关注历史,以自我成长历程注目历史发展的创作有较大的影响。"60后"的创作是主流。其创作有个体创伤的记忆,也有时代变化带来的喜悦性讴歌。卫慧等"70后"作家的登场,直接将目光集中于自我感受。生活中的神圣和宏大不再是创作的主要关注点,反而是何样的男性引发了自己的欲望,怎样的酒让自己喝得更亢奋成为作品中反复强调的追求点。一些研究者曾撰文探讨"另类"写作问题。"说起'另类文学'问题,说法不一。有的称之为'新新人类'文学,有的称之为'新人类'文学、'突围'文学。不论怎么说,我们在这里讨论的'另类文学',主要是指20世纪70年代出生的以卫慧、棉棉为代表的一些作家的作品以及他们在作品中所体现的前卫倾向。……从历史上看,这一文学现象的出现并不是现在才有的。'新新人类'一词最早出自台湾地区和日本。美国60年代出现的是'垮掉的一代',其思想倾向、创作倾向与'另类文学'基本上是一致的,都是一群青年人对传统道德规范、对社会公认原则的反叛和挑战。他们的生活与酒吧、酗酒、毒品,与性爱联系在一起,他们追求的是及时行乐,是虚无与幻灭。应当说,这一文学现象的产生并非偶然,它既是社会转型、文学转型中的产物,也是现代化进程中的必然产物。"[①]谈到中国的另类写作,研究者注意到其渊源的开掘,认为与20世纪

---

① 王庆生、樊星等:《对"另类文学"的写作批评》,《理论月刊》2001年第6期。

60年代美国"垮掉的一代"有相似特征，都是对社会原则的反叛和挑战。此类认知拔高了卫慧和"70后"美女作家创作的高度。美国垮掉一代的出现有强力的社会背景和文化背景作支撑，聚集着反战、无望等多种情绪。其时的美国，年轻人看不到希望，无意义的战争带来了个体生存的绝望和幻灭。他们选择纵情声色。世纪之交，中国的文化语境与其并不具有相似性。社会在转型，是积极层面的转型。当时中国经济的发展突飞猛进，正是黄金时期。这种情形下，卫慧等创作的另类更多是长期压抑语境下突然释放时的迷茫。纵观卫慧的作品，很难用道德伦理等传统的要求去概括它，表现了消费主义时代都市青年非传统的生活方式。在卫慧的作品中你很难看到传统价值观的体现。它抛弃了写作者应固守的人文情怀和终极关怀。在这个意义上，其创作在世纪之交的中国文坛以至于世界文学圈中表现出一定的特异性。如王庆生所言，不管是将这种写作特点概括为"另类"文学还是其他什么类型，就其实质看，它是卫慧和美女作家创作得以成型的重要组成部分。

（三）文学的商业化操作

传统文学观认为文学是一种高雅的艺术活动，从其诞生起就一直远离商业利益。到了近代，随着报纸杂志发行，大众的文化消费需求越来越大，文学也沾染了功利的印迹。20世纪90年代，文学作品受商业操作的痕迹越来越重。许多书的畅销不是以内容质量取胜，更多是商业炒作的结果。只有采用多种手段，引起较大关注，才能导致书的畅销。一本书还未出炉，轰轰烈烈的广告宣传已铺天盖地，各种标新立异的手段也被竞相采用。卫慧在此方面表现得尤为明显。她对商业炒作表现出的姿态不仅是迎合，而且是主动积极的甚至是部分损害自我形象为代价的迎合。这从《上海宝贝》封面上作者半隐半裸的照片可以看出。作者浓妆艳抹照片的左臂上印着"卫慧"两个字，春光大泄的胸前赫然印着书名"上海宝贝"。凡此种种均是将自己放在被审视位置，靠变相的色相诱惑引起读者注意以期获得商业利益。市场经济中，大众的需求不可漠视。随着生产机制的变革，不可避免地出现工业化生产复制文学作品的情形。今天，ChatGPT 的不断更新换代，已经创造出不逊于人类写作的网络文学作品。不少网络文学创作者感慨，用人工智能创作出的作品构思奇特，文字表达流畅，已经具备部分取代人工的能力。创作原本被认为是最不会被取代的职业，在工业化和商业化变革面前也难逃受冲击的命运。卫慧青春型写作所体现出的文学商业化操作特点，实际上含有大众文化的两个主要特征。一方面，我们看到的是大众文化的生产机制在当今社会中的运作特点。以文学为例，它主要由书商、出版商、印刷厂、评论家及各种途径的媒体（如互联网、报纸等）构成。另一方面，我们看到的是大众的需求以及需求的满足和这种需求被培养出来的过程。在这个过程中我们同时看到的是大众文化和消费文化中的一些本质现象，即生产者对消费者的迎合和迎合过程中以品味、趣味、潮流、情调等对消费者（大众）消费与需求的规范和引导，是如何制造大众需求的问题。此问题的实质是大众在实现自己主体性需求，展现自己主体性和能动性过程中对生产环节、生产制品和生产者的依赖。卫慧的青春型写作体现出文学的商业化操作为我们展现了大众文化研究中常被研究者忽略的生产方面的问题，即大众消费品、大众趣味、大众需求的生产问题。卫慧的商业运作意识有一定的超前性。在人们的认知中，文学是形而上的存在，具有神圣性。长久以来，文学家是自带光环的职业群体。卫慧和"70后"美女作家改变了这种认知。在她们看来，文学与商业利益的实现不可分割。卫慧更是直言写作让她在上海买了房。大众文化语境中，商品价值的大小取决于它们能否被消费。文学作品也不例外。网络文学的出现，文化语境发生了变化，可以靠"IP"等实现商业变现。20 世纪末期，文学作品的商业化运作途径还不成熟，图书销售是其中最为主要的构成。卫慧为自己新书采用的宣传方式本质上是为了商业变现。作品应具有的高尚品质在她看来并不是首先要考虑的，只有大众的需求才是值得认真考虑的。

卫慧的青春型写作有复杂的内涵，是一种文学现象，更是一种文化现象。它是由卫慧特殊的写作方式、写作特点造成的，在当代中国文坛尤其是世纪之交的中国文坛产生较大争议的文学现象。这一现象的出现是当代中国都市文化不同特质深层碰撞的结果。卫慧的青春型写作不是卫慧一个人形成的，是当代部分青年问题的构成。从某种意义上可以说它是当代青年问题的一部分。将其放在人类发展过程中看，它是人类文明发展过程中出现的一种具有人类学价值的现象。为了客观、深入、全面地认识卫慧的青春型写作，有必要对其产生加以详尽论述。卫慧等"70后作家"生长、成长及成名时代特点的探析，有助于将卫慧的青春型写作放在一个更大时空背景下考察。同时，在从宏观上对卫慧等"70后作家"进行论析时从个案角度对"卫慧现象"进行微观解读，可以探讨其青春写作的微观内涵。

## 二 卫慧创作的社会影响

卫慧曾经是"70后"作家群中最受瞩目的作家，以身体写作产生了较大的影响。"卫慧被认为是'70后'女性写作的领军人物，她对'另类'的性事书写，可谓体现了'新新人类'女作家们创作的精神品格。"[1] 通过卫慧可以更好地认知"70后"作家群的写作。

### （一）生长、成长的时代对卫慧等"70后"作家的影响

要真正认识卫慧青春写作就必须从卫慧出生、成长的时代特点谈起。只有当我们看清楚时代对她的影响，才能更好地分析卫慧及其青春写作。由于卫慧在很多情况下是作为"70后"作家的主要代表出现的，如此便要结合"70后"作家来认识卫慧的青春写作。需要强调的是"70后"作家并不是一个有固定内涵的概念。关于这一概念的所指，学界主要有两种不同的看法。一种观点认为"70后"作家是指卫

---

[1] 王璐、王更月：《文明的沦丧："70后"女作家的性写作——以卫慧为例》，《文艺争鸣》2018年第2期。

慧、棉棉等一批女作家，她们均出生在1970年以后，创作上有着相近的追求；一种观点认为这一概念还应包括出生于1970年以后的一些男作家，如北京的丁天、云南的陈家桥等。"70后"作家这一概念是由卫慧、棉棉等一批女作家的创作、作品引发出来的，总体上呈现的是"阴盛阳衰"。不少研究者更愿意将这一称呼送给1970年以后出生的女作家，作为她们的特指。

卫慧是70年代早期出生的。轰轰烈烈的"文化大革命"于1976年结束，接踵而至的是自上而下的拨乱反正。当时光在卫慧等"70后"作家脑海中留下印痕的时候，中国历史已悄然掀过那最令人刻骨铭心、永志难忘的一页。在卫慧等"70后"作家的脑海中是没有"革命"两个字的，即便有一些模糊的记忆也不是来自个人的体悟，更多是媒体的影响。对于卫慧等"70后"作家的祖辈们而言，他们经历了战争。战场上的硝烟和妻离子别时离乱的情景可以成为他们一生回忆和值得骄傲的资本。个体经历融入伟大的事业中，实现了成功意义上的同构。这些经历同样也会累积在他们心头，成为一生都摆脱不掉的阴影，促使他们以昂扬的姿态投入生活，也促使其在心灵深处认同甚至向往牺牲。就卫慧等美女作家的父辈们来说，他们经历了10年的动乱生活，"文革"的创伤刻进骨髓。那种狂热、迷乱、献身精神和歇斯底里的许多疯狂行为会成为一生抹不去的疤痕。时代荒谬并未消解个体的存在，反而以一种不可承受之重加之于个体生命。卫慧等"70后"作家的祖父辈和父辈们的生命经历了不能承受的重压。这些重压是他们生命中最为重要的一笔财富。压力重负融入个体生命，当苦痛随着时代的变化消逝，这些曾经的重负变成了他们生命的底色，制约着个体认知不走偏。

卫慧等"70后"作家的成长中没有经历过太多伤痛。她们"没有父辈们的艰辛，理想主义，自我牺牲和忍辱负重，也没有知青红卫兵一代人的苦难，失落和戏剧化"[①]。社会转型，个体的幸福生活成为全

---

① 王蕤：《出国、母语、文化回归与70年代生人——〈哈佛情人〉前言：体验虚拟》，杨晖、彭国梁《70年代人》，湖南人民出版社2002年版。

社会努力奋斗的方向。当人们更多注目日常生活，宏大叙事的无力感就显现出来。伴随卫慧等美女作家青春成长的是传统价值观的日益沦丧和经济的快速发展。这导致人们生活的日益精致化，享乐化的追求也开始出现。出生于中国的70年代，意味着他在少年时期就已经进入享乐生活的氛围中。"50后""60后"的中国人，成长过程中，物质条件太差，吃饱饭已是奢望，不可能有精致化的追求。"70后"的成长则不然，他们的成长恰好是中国经济快速发展的时期。经济上的快速发展带来的是物质生活水平的极大提高。卫慧等"70后"作家在成长过程中较早地享受了中国经济改革的成果。与前辈们比起来，卫慧等"70后"作家的生命中一直没有太多的苦难经历。她们生来就是为了享乐。社会生产力得到解放，日子一天比一天好，卫慧等"70后"的成长记忆中很难再有吃不饱饭穿不暖衣的印象，留下的会是越来越舒服的回忆。不论是"70后"祖辈或父辈，他们都经历过一段激情燃烧的时光。热血和激情在他们生命中刻上了"政治乌托邦"印痕，也为他们的生命找到了栖居地，就是将个体小我融入集体大我中。这表现在他们对政治神话的崇拜和对国家集体的顶礼膜拜上。与他们相比，卫慧等美女作家的成长中是没有这些记忆的。属于卫慧这一代人共同的东西较少。个体有了更多的选择，不再全国整齐划一。她们没有被狂热政治神话召唤的经历，也没有体验过集体精神的伟大和神圣，更不用说为它们"献身""牺牲"的感受了。集体在卫慧等美女作家成长中的记忆是模糊的。人们获得了更大的自由。走向个体的美女作家大多是从自我出发谈追求，从自己的体悟谈感受，更愿意相信自己对生活的私人理解而不是别人的教诲。当然，她们也不愿意接受别人的教诲。70年代人的这些特点正如卫慧自己所说："他们没有上一辈的重负，没有历史的阴影，对生活有着惊人的直觉，对自己有着强烈的自恋，对快乐毫不迟疑的照单全收。"[①] 谈论卫慧等"70后"作家出

---

[①] 卫慧：《像卫慧那样疯狂》，珠海出版社2000年版，第6页。

生成长的时代是为了更好地看清她们出生成长时的时代特点对她们的影响,更确切的说是对她们创作的影响。

宗仁发等的论文中有句话值得注意。"相对于上几个年代出生的作家,70年代作家遭遇到的拒绝和折磨是最短的,过于顺利地抢滩成功,隐含着前行的危机。"① 这句话暗含着两层意思,其一是指卫慧等"70后"作家在生活中"遭遇到的拒绝和折磨是最短的";其二是指卫慧等"70后"作家在创作道路上"遭遇到的拒绝和折磨是最短的"。这段话还隐藏着另外两层更为重要的含义,其一是指由于卫慧等"70后"作家成长时的生活相对顺利,导致她们在独自面对生活时隐含着危机;其二是指由于卫慧等"70后"作家的创作没有遭遇足够的"拒绝和折磨",她们的创作不可避免地隐藏着危机。对于第一个危机,前文已有所探讨,归结到一点也就是生命中不能承受之轻造成的;第二个危机正是下文要探讨的,指的是卫慧等"70后"作家创作的特点和隐患。

关于卫慧等"70后"作家的创作及她们的创作隐患,洪治纲《灵魂的自我放逐与失位——我看七十年代出生的作家群》一文有很好的论述。"从创作的总体态势上看,他们几乎一开始就体现出某种惊人的自足性与浮泛性,即,在现代都市生活肢解下灵魂的自我放逐状态、理性价值大面积失位情形以及由此而自觉形成的情绪化、表象化的叙述特征。……虽然以'七十年代出生'来进行派别性地概括并不十分科学,但他们在创作上的确表现出了许多惊人的一致性。譬如他们对共同成长的文化背景和童年记忆并不十分在意,对历史的苦难与现实的沉重也不表示出任何承担的姿态;他们沉溺于现代都市文明极端物质化的现实之中,对各种新异的、充满个性的时尚生活方式有一种天然的'亲和力';他们常常乐于以一种惊世骇俗的方式来对抗当下传统的价值秩序和市侩文化,追求极端的个性自由;在创作中试图全面抵制理性主义的支配,让所有的叙事只对自己的情绪、自己的感受说

---

① 宗仁发、施战军、李敬泽:《关于"七十年代人"的对话》,《南方文坛》1998年第6期。

话，义无反顾地遵循着想象的最初冲动，强调对肉体与灵魂的彻底袒露；而在这种意识潮流的背后，我们又难以找到他们所共同恪守的某种价值观念和伦理操守，无法判断他们在创作上的审美追求。"① 这些话语是从整体上论述70年代作家创作情况的，也可以适用在对卫慧创作的评价上。纵观卫慧的作品，你很难发现有主流意识形态的影子。单从作品名称上就可看出她的作品是远离主流意识形态的，比如《欲望手枪》《蝴蝶的尖叫》《黑夜温柔》《愈夜愈美丽》等。"欲望""尖叫""温柔""美丽"等均是与个体相关，采取的是个人化的写作视角。这一现象无疑与卫慧等"70后"作家成长过程中没有经历过政治运动及主流意识形态的感召有关。由于生长、成长的经历更多与"自我"有关，导致卫慧等"70后"作家只擅长写自己、写自己的生活、写自己生活圈子的生活，宣传自己仅有的一点生活观念，没能力进行大题材的写作。卫慧等美女作家基本不关注集体生活，对宏大叙事也提不起兴趣。酒吧、夜店、约会等成了她们作品书写的全部内容，鲜见个体的奉献精神和牺牲情怀等。"他们的写作几乎无一例外的都是面对自己，面对当下的自己或者被现实不断地驱赶着的自己，除展示自己那颗无所归依的灵魂以及在纷繁的现实中极为纷繁的情绪，便无法抵达更为深远的境界。纵观他们的创作，我们几乎不可能找到作为虚构艺术在人物形象和故事时空上的丰繁性。他们的所有小说都只有一个人物，即，与创作主体存在着共同生存背景的一群刚刚踏入社会不久的青年，这个青年只是在性别或身份上不时地有所变化，性格逻辑和精神状态都有着惊人的相似；在叙事时空上，所有的话语都指陈着与创作主体紧密相连的现代大都市，区别只是都市名字的不同，其生活背景和生活方式均完全一致。"② 结合卫慧等"70后"作家的生

---

① 洪治纲：《灵魂的自我放逐与失位——我看七十年代出生的作家群》，《南方文坛》1998年第6期。

② 洪治纲：《灵魂的自我放逐与失位——我看七十年代出生的作家群》，《南方文坛》1998年第6期。

长成长经历看这些评价，才能更好地理解卫慧等"70后"作家的创作为什么只能面对自己而不能面对更为丰繁复杂的社会生活。不同时代的人有着不同生长、成长的记忆。生长、成长的经历是个人一生无法抹去的印痕。这些印痕虽然很少直接呈现，但它会以一种隐性存在的方式潜藏于一个人的观念和行为中，会不可避免地影响作家创作。卫慧等"70后作家"没有太多复杂的经历。她们的成长是非常单面和简单的，接触不到更广阔的社会生活。卫慧等美女作家更多与都市或城市发生关联。她们成长的年代正是中国城市化进程快速发展的时期。城市文明和工业文明的转变，使人们的欲望被加倍放大。卫慧等美女作家的创作更多指向自我生活和自我感受的这些特点是她们成长记忆的体现。

**（二）成名期的时代特点对卫慧等"70后"作家的影响**

对于个体而言，成长环境会帮助形成自我认知等。不同环境中人们的价值观不相同。不同的社会制度和发展模式也会对个体认知造成影响。如果说一个作家出生成长的经历会对这个作家的创作造成潜在影响，那么，作家出道成名的时代特点会直接影响作家创作。作家写作与个体相关也与外在环境密切相关。如果社会环境较为宽松，新作家会有更好的发展空间，更容易得到认可。社会的包容度影响作家的写作。卫慧等"70后"作家成名的时期就是中国社会较为宽容的阶段，帮助卫慧等更好地实现了自我价值。

1995年，卫慧在《芙蓉》杂志上发表了她的处女作《梦无痕》。世纪之交，她在中国文坛上造成一些影响。当时是中国改革开放深化的时期，也是中国与国际社会全面接轨的关键时期。这一时期的中国人感受到前所未有的由"全球化"带来的压力，有技术的压力、经济的压力，还有文化的压力等。全球化带来的国际压力摆在了普通中国人面前。中国人在这种压力面前产生的浮躁、焦虑和伤感的情绪更多是渴望融入却未能更好融入发达物质文明等产生的。当时我们的社会发展刚刚走出穷困，物质不发达。西方优越的生产力在国人心理上造成了挤压，导致对西方发达物质和文化的艳羡。此类情形表现在卫慧等"70后"作家的创作中是她们作品人物对西方工业文明带来的工业文化和生活消费方式的向往以及文本中的西化追求。当时中国的工业体系还不完备，生产出的产品与发达国家还有一定的差距。人们潜在地将西方等同为优越。卫慧作品中的人物多带有西化的追求。这一点单从作品人物的取名上就可以看出来。"另类小说最令人反感的就是字里行间流露的西化心态，写作者以崇拜西方文化的心态写作。小说中的中国人，男的叫马格，叫彼得，叫dick（应为'Dick'——笔者注，下同）。女的叫米妮，叫马当娜，叫judi（Judi），叫coco（CoCo）"① 卫慧的创作是在中国文化语境中开展的。外文名字常在作品中出现，一定程度上显示出外国文化的优越。这种写作倾向是特殊时代语境下的产物，也与上海这座国际化大都市有关。生活在大都市中的中国人较早感知到国际文化，也较早认知接触西方先进的器物文明，认同和接受也早于封闭地区。不仅卫慧生活在都市，她作品中的人物大多也生活在都市，展现的生活方式具有明显的国际化倾向。就卫慧等"70后"作家成名时期的时代特点对她们创作的影响看，一个最为显著的标识是促使她们具有了更大视野。卫慧的创作有显而易见的国际视野，不是封闭文化的呈现，更多有西方发达国家作为显在或潜在的参照。

　　将卫慧的创作放在世纪之交全球化的语境中进行讨论，是在一个较大的层面上探讨时代对卫慧创作的影响。卫慧青春写作的产生与上海这个国际性大都市有着更为直接的关系。把卫慧青春写作与上海联系起来，可以从微观角度看出成名时期的时代特点对卫慧创作的影响。上海这座城市从19世纪开始就已经在中国乃至世界舞台上扮演重要角色了。由于其沿海的地理环境和鸦片战争时成为"贸易通商无碍"港口之一的特殊历史渊源，导致上海在中国城市的发展中是开放程度较

---

① 王庆生、樊星等：《对"另类文学"的写作批评》，《理论月刊》2001年第6期。

高的城市之一。鲁迅先生在谈论"京派"和"海派"时对"海派"的评价之一是"没海者近商"。近海地理环境导致上海的城市文化更多地带上商业利益。文学也不例外。文学创作者会更多地考虑利益问题。苏汶（杜衡）的《文人在上海》一文曾概括过上海文人的一些特征："文人在上海，上海社会的支持生活的困难，自然不得不影响到文人，于是在上海的文人，也像其他各种人一样，要钱。再一层，在上海的文人不容易找副业（也许应该说'正业'），不但教授没份，甚至再起码的事情都不容易找，于是在上海的文人便更迫的要钱。这结果自然是多产，迅速的著书，一完稿便急于送出，没有闲暇在抽斗里横一遍竖一遍的修改。"[1] 上海文人的这些传统习气在当代海派作家中有更为明显的表现。卫慧追求商业利益的创作特点与上海的文化特点是分不开的。由于要追求利益，书的畅销与否成为能否获利的一个关键因素，于是在卫慧作品中出现了一些迎合读者猎奇目光的描写和过激的、不当的渲染。

世纪之交，在中国许多地方还为温饱发愁时，上海已悄然进入了消费主义城市的行列。"九十年代她们开始面对社会时，刚刚崛起的'社会成功人士'已经在'国际接轨'的旗帜下引进了一整套以西方现代享乐主义为核心的新道德诠释，重新规定了财富、荣誉、体面、上流、甚至是享乐的内涵与定义，当人们兴高采烈的夸张享乐主义和消费主义至上时，享乐的欲望也已经转换成特定诠释下的某种场景、形式、游戏内容及其规则。……小说所描写的那些从小城镇来到大都市或者从大都市到小城镇的女孩子们不可能对生活中被制造出来的物质享受符号没有虚荣的欲望。"[2] 陈思和长期生活在上海，对城市的变化有直观的感触。以享乐为中心的社会生活反映在卫慧的创作中便滋生出了一种颓废情调。

---

[1] 苏汶：《文人在上海》，载杨义《京派海派综论》，中国社会科学出版社2003年版，第59页。

[2] 陈思和：《现代都市社会的"欲望"文本——以卫慧和棉棉的创作为例》，《小说界》2000年第3期。

她作品中人物的生活方式永远是泡吧、吸毒、参加PARTY聚会、性交等。这也是许多评论家在谈到卫慧创作时总不忘批驳的一点："她们的生存状态和精神状态相当可疑，她们基本上不直接参加社会的物质生产活动，因为她们是超市巧克力和酒精的消费者，没有任何积极建设社会主义的表现。"① 上海有过被殖民的历史，租界的存在类似一个个小殖民地。上海文化有开放的一面，主要体现在它较早或较为便利地接触外国文化。如果将卫慧的创作与世纪之交的上海联系起来，对卫慧的评价可能会出现变化。"尽管总的说来中国目前还居于前现代社会，但就卫慧及其笔下人物的生存之地——上海这一远东大都市而言，显然已达到了西方标准的现代性甚至后现代性。……我们正是从这个意义上来评论卫慧写作中存在的享乐主义旨趣的合理性，而这种合理性却又建立在局部的后现代超前于中国整体的前现代这一实际的不合理性的基础之上。"② 且不谈卫慧写作的合理性与否，从这些论述中不难看出，世纪之交的上海对卫慧的创作产生了难以衡量的影响。它为卫慧的"另类"书写提供了现实生活基础，使卫慧得以以余裕的笔勾画出世纪之交另类人群的另类生活，书写出不同于大众的生活理念。上海是中国财富最为集中的地区之一，生活方式与内地也有较大的不同。当中国不少地区的人们还在为温饱努力时，上海已经进入发达地区的行列了。卫慧生活在上海，较早感受到富裕生活方式，在作品中加以呈现，有其存在基础。时代特点对卫慧的影响还表现在其他方面，如新富阶层的生活理念及生活方式的诱惑和商业出版文化的影响等。

## 第三节 卫慧青春写作的文化成因

探析卫慧等美女作家成长和成名时代带来的影响，有助于从语境

---

① 王金城、黄丽惠：《感性欲望的张扬与理性精神的沉落——解构"都市新人类"》，《闽江学院学报》2002年第5期。

② 孙长军：《论大众文化语境中的卫慧写作》，《商丘师范学院学报》2002年第6期。

层面感知作家创作的代际特征。网络文学的出现不是偶然，尽管有科技变革推动，如果未能与网络使用者形成共鸣，也很难获得认可。网络文学的这些特征与"70后"美女作家的创作特点相近。无论是卫慧等美女作家的创作还是网络作家的创作，都需要对时代变化和时代文化有感知，才能传达出时代特点，引起受众阅读。卫慧对时代文化有自己的认识和思考，其青春写作受海派文化等影响较大。

## 一 海派文化

据现存的资料看，"海派"一词可能最早出现在戏曲界，即京剧中的京、海之争。随后这个词的所指扩展到绘画等艺术领域。文学中的"海派""京派"是由沈从文1933年10月天津《大公报·文艺副刊》的文章《文学者的态度》引发的。沈从文提到一类作家稍知道一些事，就把它写出来，自以为稀奇。"这类人在上海寄生于书店、报馆、官办的杂志，在北京则寄生于大学、中学以及种种教育机关中。这类人虽附庸风雅，实际上却与平庸为缘。从这类人成绩上有所期待，教授们的埋怨，便也只好永远成为市声之一，这一代的埋怨，留给后一代教授学习去了。已经成了名的文学者，或在北京教书，或在上海赋闲，教书的大约每月皆有三百至五百元的固定收入，赋闲的则每礼拜必有三五次谈话会之类列席。"沈从文对北京和上海文人的生存状态做了区分。上海文学工作者寄身于书店、报馆、杂志，是对其文学活动商业特征的概括。报纸杂志都是直接参与文学生产的。关于海派文化，学术界近年多有所探讨。"作为近代'海禁大开'的结果的海派文化，一开始就负载着正负两面的价值。其正面是面向世界、视野开阔、气魄宏大、善于吸收、灵活多变、讲求实效等；其负面是投机取巧、急功好利、崇洋媚外、寡廉鲜耻。"[①] 这里是从两个向度对海派文化加以鸟瞰。正面价值在于积极的态度，愿意向世界学习，负面

---

① 陈继会：《二十世纪中国小说文化精神》，东方出版社2000年版，第301页。

价值是崇洋媚外。不论是灵活多变、讲求时效还是急功近利、投机取巧，本意都是一个意思。用正面和负面做区分只是用词感情色彩不相同，看问题的角度不同而已。于是，善变、视野开阔、投机取巧、讲求实效、崇洋媚外就成了海派文化的内在构成。真正理解海派文化须结合上海这座城市来谈。

今天的上海在中国和世界都占据着举足轻重的地位。1830年前后，上海还只是一个带有滨海渔村性质的小县城。上海真正开始发展与繁荣是在近代。1842年，第一次鸦片战争签订的《中英南京条约》将上海列为"贸易通商无碍"的五处港口之一。上海开始快速繁荣发展。1930年，上海已迅速发展成为能与东京、纽约、巴黎、伦敦并列的世界著名的五大国际性都市之一。上海的繁荣发展与其他城市相比缺少渐进的过程，不是中国经济自身发展的结果，更多是由外国资本所催生出的"怪胎"，上海的发展速度在世界城市史中也是少有的。由于上海是年轻的新兴城市，它的历史重负较之传统的由农耕时代发展起来的城市要小得多。上海的城市文化更多是逐新趋异，能够迅速地接纳新生事物。海派文学创作更是追求新奇的刺激，缺少对中国传统文化神髓的吸收。这在现代文学新感觉派等不同的社团中都有反映。过多地在都市文化体验和表现技巧上刻意求新是他们创作的一贯追求。由于上海与西方的特殊渊源导致上海城市文化受西方文化影响较大。"上海社会上层的洋化，下层对洋化的倾慕，上下层之间的广大中间地带对接受洋化的明智心态，有力的支持了先进知识者对西方文化学术的弘扬。……在上海所有不同层次的文化，都程度不同的粘带洋气和洋味，内在地具备着对外来文化的亲和力。"[1] 上海的发展与外国资本的侵蚀有密切关系。大量资本的涌入推动了上海的城市建设。外国资本曾帮助上海较好地发展，也带来城市文化仰慕洋化、崇尚洋化的现象。海派文化有畸形发展的特点。

---

[1] 许道明：《海派文学论》，复旦大学出版社1999年版，第43页。

《上海宝贝》被禁后，卫慧遭到了严厉的批判。批评家指责卫慧丧失了生活资源、精神资源，沦为跨国资本的宣传工具和代言人。"大众传媒（报纸、电台、网站）们亦对此事投入了极大的热情：报纸纷纷发表'名'作家、'名'批评家痛心疾首的'把脉'、规劝直至骂语；网站的讨论区里，有关畅销作家其人其文成为最热门的话题，经月不衰。"① 与之相对照的是被禁事件在国外的影响，国外的许多人对此事虽有着较强的反应，但他们对此事的关注点却有所不同："The ban has only increased the novel's popularity, and its raging commercial success testifies to its importance as one cultural lens on the political, aesthetic or moral sensibilities of young Shanghai citizens at the turn of the century."② （被禁导致了小说的更加流行，商业上获得成功的《上海宝贝》是世纪之交上海青年人一面重要的文化镜子，反映了他们的政治审美和道德观念）

　　在这段叙述中，Deirdre Sabina Knight 将卫慧的作品放在上海这个背景下讨论，关注的是禁书带来的销售的火热。从商业的角度探析《上海宝贝》的被禁与国内的主流视点不同，直接将卫慧的写作与上海的城市文化放置在一起讨论，拓展了研究视野。之所以说《上海宝贝》是上海年轻人生活的一面镜子，主要是因为其过多地带上了海派文化特征。作品中的倪可、马当娜、阿Dick 等无一不是以西方物质文明和观念为时尚追求，他们的消费观念、生活观念、推崇的价值体系与西方发达国家都市文化相似，这是海派城市文化的一个重要构成。崇尚、模仿西方，是海派文化的痼疾之一。卫慧采用的写作方式和出版运行方式都有对西方成熟写作模式的借鉴。

　　卫慧的创作与上海分不开。她是中华人民共和国成立后较具有海派创作特色的作家之一。她作品中的殖民主义意识、情爱模式都是中

---

① 陆彦：《尘埃落定后的思省——再谈卫慧写作与中国当下的大众文化》，《文艺争鸣》2001 年第 5 期。

② Deirdre Sabina Knight, "Shanghai Cosmopolitan: class, gender and cultural citizenship in Weihui's Shanghai Baby", *Journal of Contemporary China*, Vol. 12, No. 37, November 2003, p. 640.

华人民共和国成立后的作品中很少出现的。所有这些并不是新生事物，在20世纪"新感觉派"的创作中早就出现过相似的内容，如性爱分离的情爱模式在刘呐鸥等人的作品中早就有体现。所有这些在中华人民共和国成立后都被批倒了。卫慧一定程度上复活了海派文化的文学记忆。这是她受到批判的重要原因。"在各大文化系统的交汇中，我们看到，……海派采取躁进逐新的心态，立足于畸形生长中的属于人类更年期的异化人性，尤其是性心理，急于与外国先锋性文学思潮和技巧探索，前后脚地或同步地驱进，追求艺术上的式样翻新和簸荡骚动的刺激，创造了不少现代主义的声色景观和心理游戏。"① 这段话有助于我们理解海派文化，同时更有助于我们认识卫慧的青春写作。性与性心理的渲染与描绘和工业文明的发展相关。传统伦理视域下，文学创作回避性书写，认为不雅。少数的作品写到了性，一般含蓄处理。《金瓶梅》用较多的笔墨写了市井人情，牵涉到性，引起了较大的争议。《金瓶梅》等作品中的性是情感或欲望。卫慧作品中的性更多是消费，是工业时代西方发达国家消费文化塑造出的。卫慧在中国引起广泛的争议和批判，实质之一是关于海派文化的争议和批判。海派文化是伴随西方殖民枪炮的淫威发展起来的，它在接受西方文明时更多的是以一个屈辱者的身份承受的，导致它虽然带有包容的开放性，但这种开放性更多的是一种畸形的开放，即面向西方发达文明的单向崇拜和吸收。卫慧作品一再表现出对西方物质生活的崇拜是海派陈旧记忆的复活，正是海派文化或者说是卫慧作品中所表现出的暂时还不能被大多数国人接受的海派文化引起了世纪之交有关卫慧及其创作的论争。同时，也正是由于这场论争使卫慧得以走到前台，卫慧的青春写作得以浮出水面。海派文化促成了卫慧的青春写作，随着时光流逝和历史变迁，海派文化已不再仅仅以地域为局限了。它超越狭隘的地域界限成为艺术风格的一种代表。杨义认为"京海文化趣味的区分，愈

---

① 杨义：《京派海派综论》，中国社会科学出版社2003年版，第197页。

来愈从地域上的区分转化为文化心理上的选择、区分和交融了。"由于都市生活的快节奏,加之传统精神依托的缺失导致海派文化更多给人一种精神无依的悬置失重感,对西方文化的仿效成为海派文化寻找归属的表现,卫慧的作品在逐新趋异的刺激下一再表现出对西化的向往是海派文化的本质体现之一。

## 二 城市小说及其文化内涵

从海派文化探讨卫慧青春写作是将其放在一个较大的文化背景中认识。如果具体地考察卫慧的青春写作,它的产生与新感觉派和中国当代城市小说的繁荣分不开。从这个角度做关注,是在海派文化探析的基础上继续向前深化论析。从文化到文学,在细化探析研究对象的同时,将关注点集中到文学作品,以城市文学串联起文化的蕴藏,可更好地认知卫慧等美女作家的青春写作。

城市小说是随着城市的发展繁荣出现的。虽然中国很早就有了自己的都城,如商代的南阳、唐代的长安、明清时期的北京等,但并没有诞生现代意义上的城市,因为那时的城市只具有战争学和政治学的意义,不具有"以科技工业文明为物质形态,以工商金融信息文化为轴心,以人与人、人与'物'为关系结构,以规范的社会分工,人的自由意志与法理意识和欲望释放为社区规则的现代都市的特征"[①]。城市文学是随着现代城市的发展出现的。城市的繁荣发展带来新型的人际关系与生活模式,在生产力获得释放的前提下,推生出新的文学类型。"在二十至四十年代,由于外国资本随着殖民主义的大量涌进,继而有规模较大的民族资本主义生成,在上海已经具有了发达的工商金融业和消费性文化构成的城市空间。此时'浸海者近商'的上海出现了海派小说,这是现代文学真正意义上的城市小说。"[②] 海派小说更大程度上是我们所说的新感觉派小说。将它作为中国城市小说的开端,

---

[①] 李俊国:《中国现代都市小说研究》,中国社会科学出版社2004年版,第2页。
[②] 刘建彬:《中国当代城市小说论》,硕士学位论文,山东师范大学,2000年,第8页。

有一定的道理。中华人民共和国成立后作为社会主体的人被分成"工、农、商、学、兵"五类。市民阶层消失，意味着城市小说的阅读主体消失了。在当时的社会条件下，阅读是教育的构成。市民阶层的阅读更多是娱乐。一天的工作或一周工作结束后，拿起文学书籍，释放身心。很长时间内，中国的劳动生产率很低，人们拼尽全力只能勉强得到温饱。文学作品的一个重要功能是教化民众，传达出集体认同而不是个体享乐。直至"文革"结束后的一段时间，也就是80年代中期，随着中国社会发展的进程才逐渐出现一些城市小说，标志是1985年刘索拉的《你别无选择》和徐星的《无主题变奏曲》。刘索拉以敏锐的觉察力较早地感知到了一代城市青年的心态与追求。"李鸣已经不止一次想过退学这件事了。"开篇的这句话看起来非常平凡，却为全书定下了一个反传统、带有颓废色彩的调子了。这丝具有颓废色彩的调子放在此书所写的生活中，在当时的文坛引起了一阵不小的波澜。人有了个体意识，开始向往个人价值的发掘。随后许多作家从不同的角度建构了自己的城市文学作品，较有影响力的有王朔、何顿、邱华栋等。其中，王朔以反主流意识形态，解构精英文化的形象出现。他在自己的作品（如《顽主》《编辑部的故事》《一半是火焰，一半是海水》等）中消解了主流话语的神圣与不可侵犯。在消解的同时建构了市民阶层话语，受到了当时许多读者的欢迎。中华人民共和国成立后革命传统教育的需要，文学更多展现的是我们的革命历程和现实火热的生活与斗争，是意识形态建构的需要。个体在其间没有受到关注。王朔等消解了主流叙事，将目光集中于个体，书写了个人丰富多彩的生活。何顿的出名是在20世纪90年代中期。他从新兴的个体户和暴发户身上看到了中国社会中出现的新变化，将笔触伸向世俗社会，用市民的价值需求，将市民阶层的日常生活用惊人的坦率描述了出来。

20世纪90年代后半期，美女作家以无所顾忌的书写姿态书写出城市另类人群的另类生活。与前辈们比起来，这些城市小说的内容早已超出了市民阶层的文化取向。她们的作品中过多地出现了酒吧、

PARTY、高级宾馆、高级餐馆等词语。这些看似新鲜的书写方式同样在新感觉派的作品中出现过。"音乐正以绞肉机般的速度占领整个酒吧，人们开始跟着这一对旋转、摇摆起来。灯光不错，音乐更有劲，跳舞的人群在酒精的余香中把自己充分地肢解开来，任由激情把身体碾成肉糜。血脉贲张，乳白色的精液流过无数的烟蒂、高跟鞋和残枝败叶，枯壳烂果。酒吧总是这个城市的深夜时分最有噱头的去处，特别是对那些心绪不宁、忧愁伤感或者背信弃义、无情无义的人来说，酒吧就是属于他们的舞台、咖啡、下水道、栖居生存之地。"① "红的街，绿的街，蓝的街，紫的街……强烈的色调化妆着的都市啊！霓虹灯跳跃着——五色的光潮，变化着的光潮，没有色的光潮——泛滥着光潮的天空，天空中有了酒，有了灯，有了高跟鞋，也有了钟……"②在这里，我们看到的夜是丰富的，是作家关注的中心。夜晚的丰富与城市相关联。农业文明下，日出而作，日落而息，顺天应时是生活理念。之所以顺天时是生活准则，一个重要的原因是能源供给不足。城市的兴起，现代工业文明的发展改变了人们的生活方式，黑夜才有机会变成白天，人类的活动范围才能有所扩展。类似的叙写一再出现在作家的文本中，从一个侧面表现出作家的审美趣味与追求。对照这两段描写，会发现二者在感觉上是如此的相近，甚至在文风上也有相似。这两段文字分别出自卫慧的《像卫慧那样疯狂》和穆时英的《夜总会里的五个人》。卫慧的小说写的是上海酒吧，穆时英写的是上海舞厅。虽然酒吧和舞厅在叫法上不同，但它们都是不同时期上海城市文化的重要组成部分。舞厅是工业文明早期的产物。进入后工业时代酒吧等满足城市普通人群的休闲空间就出现了。前文中曾提及，卫慧的作品在一定的程度上复活海派文化。正是由于中国当代城市小说的发展使人们对城市、城市文化和城市人的认识加深了，才使卫慧在前人探索的基础上对城市有了新的感受，才有了卫慧诸多书写城市的作品。由

---

① 卫慧：《像卫慧那样疯狂》，《钟山》1998年第2期。
② 穆时英：《墨绿衫的小姐》，中国华侨出版社1997年版，第7页。

于新感觉派提供了一个认识城市的独特角度，使卫慧在把握这一问题时显得得心应手，游刃有余。正是中国当代城市小说发展和新感觉派的写作模式为卫慧提供了一个深厚的基础，使卫慧能够从新的角度认识城市，才有了卫慧的诸多有争议的作品，才有了卫慧的青春写作。

### 三 商业文化的文学运用

前文从海派文化和中国城市小说的发展两方面对卫慧青春写作的产生做了探讨。实际上，卫慧青春写作产生较大影响与"炒作"密不可分。讲到炒作，人们可能会想到商业。炒作往往与追求商业利益联系在一起。与卫慧青春写作有关的炒作却颇为复杂，可以分为"作家的自我炒作""出版过程中的炒作"和"评论家、媒体的炒作"等。

#### （一）作家的自我炒作

将作家与"炒作"这个字眼联系在一起似乎有玷污作家身份的嫌疑，但当代文坛一个不争的事实是许多作家已有意无意地参与到炒作的过程中。卫慧是这方面表现较为突出的作家。许多论者认为，《上海宝贝》是由于不恰当的黄色、淫秽、色情描写而被逐出文化市场的。一些国外媒体也有相似的看法："*Shanghai Baby* is perhaps best known, both inside and outside China, for its banning by the mainland authorities in the Summer of 2000, when the official Chinese propaganda machine denounced it as 'vampish' pornography and vilified its author as 'a decadent and debauched exhibitionist, a slave to foreign culture, an outlandish creature of the night, a writer of bad-taste trash.'"[1]（2000年夏，大陆的宣传主管部门认为《上海宝贝》色情描写过多，作者颓废放荡，是一个趣味低下的垃圾作家，决定禁售《上海宝贝》。不论在国内还是在国外，《上海宝贝》为人们所知很大程度上是由于此次被禁）除了书中过多的不

---

[1] Shen Yuanfang, "Sexuality in East-West Encounters: Shanghai Baby and Mistaken Love", *HECATE: An Interdisciplinary Journal of Women's Liberation*, Vol. 27, February 1999, pp. 97–105, 97.

恰当描写，《上海宝贝》的被禁与卫慧在宣传时的过火的炒作有着更为直接的联系。"That month（指'March 2000'——笔者注）Chengdu's rival tabloids published front page photographs of Weihui wearing a revealing sheer blouse and misquoted, she claims, her comment about allowing readers to see 'the breasts of the *Shanghai Babe*'. The incident led to complaints by Party officials, state media denunciations of Weihui as 'decadent, debauched and a slave of foreign culture' and a ban on her novel."① (2003年3月，成都已颇具影响力的小报在头版的位置刊登了卫慧穿着极薄的透明的衬衫的照片，并配以卫慧的话语"让他们看看'上海宝贝'的乳房吧。"此事件导致官方不满。国家媒体公开谴责卫慧是一个颓废的堕落的外国文化奴隶，禁售她的小说）这段话语提到了卫慧的成都之行，提到了卫慧穿着较为暴露的服饰和"让他们看看'上海宝贝'的乳房吧！"这些较为过激的话语。此文的作者将《上海宝贝》的被禁与这件事联系起来，从一个侧面分析了卫慧的炒作行为。卫慧真正意义上的自我炒作是有意识进行的，而且很用心。"卫慧并不讳言《上海宝贝》是一本'比较商业'的书。……封面上是一位青春玉女，长发垂肩，裸露着的肩膀和胸前写着'卫慧'、'上海宝贝'的字样。卫慧骄傲地宣称，封面上的照片正是她自己：'我请北京的化妆师李奇潞在我的皮肤上写下书名和作者名。'封面上的3句广告词（'一部女性写给女性的身心体验小说'、'一部半自传体小说'、'一部发生在上海秘密花园的另类情爱小说'）也是她自己设计的。"② 传统认知中，作家隐于幕后，一般不抛头露面。钱钟书写出《围城》后，有读者想认识他。他的回应是如果吃了鸡蛋觉得不错，没必要认识那个下蛋的母鸡。世纪之交，中国文坛已经发生了较大的变化，签

---

① Deirdre Sabina Knight, "Shanghai Cosmopolitan: class, gender and cultural citizenship in Weihui's Shanghai Baby", *Journal of Contemporary China*, Vol. 37, November 2003, p. 640.

② 大卫：《卫慧：封面就是我》，原载《南方都市报》2000年2月11日，转引自邵燕君《"美女文学"现象研究：从"70后"到"80后"》，广西师范大学出版社2005年版，第19—20页。

名售书等活动也被作家接纳。似卫慧这般以自己的照片作为封面、在皮肤上写下书名和作者名、衣着暴露的宣传并不多见。卫慧较早感知到商业气息，更愿意以自己的文学创作实现经济利益。"半自传体小说""另类情爱小说""上海"等宣传词放在一起组合出有力的卖点，赤裸裸地传达着一种商业行为。这种行为，在传统的文学创作中是很少出现的。优秀作家更是不屑为之。

诸多事件可以看出卫慧为获得某种利益进行的自我炒作超出了社会允许的范围，突破了社会道德底线。《上海宝贝》的被禁在一定程度上是由于作者过火的自我炒作造成的。卫慧青春写作的形成也与卫慧的自我炒作分不开。当然，卫慧所选择的炒作方式还有很多种，比如在《我的禅》出版的同时，做客新浪现场宣传等。作者之所以要选择自我炒作，除对商业利益追求外，还有渴望成名的因素作祟。卫慧反复引用过张爱玲的一句话"成名要趁早，晚了就来不及了"。商业社会中，要想出名首先要引起大众的关注。引起关注最为便捷的方法是采用新奇的、耀人眼球的举动吸引人们的注意。卫慧采取的是将自我放在一个被审视的地位供别人"观赏"，引起大众的注意以达到自己的目的。不论是封面上的美女照还是个人较为暴露的服饰和放浪的举止无一不是以女色造势追求利益的表现。在卫慧的观念中，作家只是一个普通的职业，写作是其谋生的一种手段。她自己在较为贫困的时候曾以发表小说维持生存。生活和生存是每个人都要面对并解决的问题，但对作家而言写作却不能仅仅是为了生活和生存。一个作家在写作时过多想着金钱等物质利益，决定她更多关注的不是创作的使命和社会责任，而是商业交易。文学可以为稻粱谋，但不能仅仅只为经济利益而存在。文学创作有自身的社会责任。以金钱为出发点去写作，缺乏创作必要的社会责任感和使命意识，很难创作出经得起检验的作品。抛弃了罩在作家身上的神圣光环，为经济效益而写作，采用炒作的手段达成自我目标，对卫慧等美女作家来说是正常的事。这点恰恰是文学创作要避免的。因为无论在成长还是成名过程，个体都未能以积极价值观抵抗时代转型中的躁气和虚浮，丢掉了文学的责任和使命意识。

(二) 出版过程中的炒作

要在竞争激烈的图书市场获利，单靠作家的自我炒作是不够的，出版商的介入解决了问题。出版过程中的炒作，卫慧在作品中有详细的描述。"他（指'出版商'——笔者注）接下去说，如果我可以再大胆的扩充些章节，他指的是那些激情场景，如果激情可以再刻划的火爆一点，有种让人大汗淋漓、血脉贲张、大做白日梦的效果，那么出版商在此书的包装、发行、出售过程中会更容易炒作。……怎么样？卫小姐，你的处女作必将成为炙手可热的一本畅销书，你的读者群将主要分布在14到40岁的年龄段，你还可以在主要的几个城市搞签名售书，面带动人的微笑，你本人的巨幅照片将张贴在书市最显眼的地方，像一个真正的美女作家，天才作家。"①"激情场景""血脉贲张"等在书商看来是文学作品必须具有的内容。传统意义上，文学是教化民众的重要载体，有神圣高雅的品质。如果把文学看作一种商品，必然是能吸引读者购买的内容才有价值，这就形成了认知上的差异。出版商看重的是作品吸引读者购买的娱乐内容，是文学带来的经济效益。商业经济中，作家逃不脱市场化。卫慧此处的描述具有真实的说服力，从一个侧面为我们揭示了出版过程中炒作的方式。签名售书、巨幅海报、美女作家和读者群的定位——14—40岁的年龄段，透露出较为成熟的商业运行操作模式。有关内容在《上海宝贝》和《我的禅》中多次出现。操作过程中出版商的炒作远比卫慧提到的更为全面，助推"卫慧现象"的形成。

2004年8月，卫慧出版了她的新作《我的禅》。这是《上海宝贝》被禁后她第一次出版新作。出版商对于此书的炒作具有一定的代表性。此书的内容提要不仅以充满诱惑的词语诠释内容，还特别提出"本书

---

① 卫慧：《像卫慧那样疯狂》，《钟山》1998年第2期。

作者是'七十年代以后'创作潮流的代表作家，其创作指向引人注目。"这里，出版者是在利用《上海宝贝》被禁的影响吸引读者。随后的宣传更是轰轰烈烈，先是出版人魏心宏频繁接受媒体采访，大造声势，接着是统一英文、日文、德文、西班牙文的出版时间，全球同步发行。在全球沟通日益紧密的今天，出版商在不断用各种能想出的办法为作家、作品造势，炒作作家作品，追求获得最大化的利润。以商业运作机制进行图书出版运作，是多方共赢的一个局面。作家可以受到更大的关注，书商可以将利润最大化，出版社也得以更好地生存。出版过程中的炒作成为出版机制中重要的一环。改制前，出版由国家控制。出版社只负责出书，至于销售、发行等问题是由国家出面解决。当时几乎不存在竞争的环境中，这种生产销售方式带有强烈的计划经济色彩。计划之下，文学创作者的书籍不能自由出版。作者能不能享受出版作品的权力由组织审查决定。表现优秀、值得信赖的创作者才享有出版作品的待遇。出版社是国家供养，人员工资是财政拨款。这种情形下，文学图书出版采用的宣传手段有限，甚至不需要宣传。出版人有财政工资兜底，推动图书实现更高销售额的积极性并不高。改革开放后，出版走向市场，竞争加剧。出版社不仅要负责出书还要考虑发行等诸多问题。利益的角逐决定出版商必然会采用市场操作的方法求生存。计划时代，一本优秀的书会给出版社带来良好的声誉，推动其形成品牌价值。市场经济下，一本畅销书获得足够的商业利润才能救活一家出版机构，避免其陷入破产的境况。市场经济条件下，消费者已成为主体。消费者的需要成为出版者竭力奉送和奋斗的方向。当出版者看准了消费者的需要后，首先选择适合的图书创作者，接着是对推出作品的大肆炒作，只有这样才能引起消费者的注意，获得较好的经济效益。卫慧的出道和成名与出版过程的炒作密不可分。没有《小说界》"七十年代以后"的栏目，没有《山花》《芙蓉》《作家》《长城》等杂志的相关栏目，何以会有作家卫慧，更不用说卫慧的青春写作了。

## （三）评论家、媒体的炒作

除了作家的自我炒作和出版发行中的炒作外，卫慧青春写作取得的收获还与评论家、媒体的炒作分不开。成为一种现象，必然是引起了多方注意。卫慧青春写作作为一种文学现象，评论家的看法起着推动作用。《上海宝贝》被禁前，卫慧并没有引起评论家太多的关注。论者谈及卫慧是将其作为"70后"作家或"美女作家群"一员来论述的。2000年年初，全国禁售《上海宝贝》，有关卫慧的评论文章和研讨会突然多起来，而且大多来者不善。其中，较有影响的研讨会有武汉大学於可训组织的"70年代人看70年代作家——70年代人的一次批评行动"华中师范大学王庆生组织的"对'另类文学'的写作批评"吴义勤组织的"关于'70年代生'作家"等。学术论文方面，在"中国知网"这个数据库中输入"卫慧"两个字，搜索出来的文章多是2000年以后的。《上海宝贝》被禁事件，引发举国上下的震动，使这件事戴上了非常规的面纱。这些现象，评论家已有探讨。"学术意义上的文学批评家或曰'精英'知识分子对卫慧小说的态度变化亦耐人寻味。卫慧作品出现之初，引起了文学批评界的一片惊叹。……葛红兵用'用旧道德的眼光来看诗人，诗人都将被当作异教徒来烧死'来为卫慧辩护。同时在这几篇文论中，葛红兵对卫慧等人的创作并非完全肯定，相反，却包含着且慢定位，继续观望的态度。而葛红兵发表于2000年第3期《山花》中的《跨国资本、中产阶级趣味与当下中国文学》中，对卫慧的小说作了言辞激烈的指责，由此阐发了当下中国文学与跨国资本的关系。"① 评论者在看待卫慧时，从开始鼓励支持和积极层面的肯定到跨国资本等视角否定的定性，使卫慧等美女作家的写作引发更大的争议。评论家不断变化的评论作风虽没有直接的炒作意愿，但间接起到了炒作的作用。这种大起大落式的肯定与

---

① 陆彦：《尘埃落定后的思省——再谈卫慧写作与中国当下的大众文化》，《文艺争鸣》2001年第5期。

否定短期内集中于卫慧等美女作家的创作，使她们的写作越发显得扑朔迷离。价值层面无法明确定性引发了读者更大的关注兴趣。与今天广受争议的网络文学创作一样，流量的出现让卫慧等受到了更多的关注。谈到评论家、媒体的炒作，施战军、宗仁发、李敬泽三人"关于'七十年代人'的对话"以及魏心宏和其他杂志上的一些文章亦有参考价值。限于篇幅，本书不详细展开。

"炒作"是受经济利益驱动的商业行为，也是一种文化现象。"炒作"是21世纪新出现的词，是伴随消费主义在中国蔓延和大众文化扩张出现的。它是大众文化对宣传的一种重新界定，丢弃了宣传的政治意识形态保留了宣传的广告效用。这种变化决定炒作很难具有宏大叙事的能力，在内核上缺少紧密的束缚和规制。严肃的话题很难与炒作建立关联。从某种程度看，炒作的实质是大众文化生产的问题。以卫慧青春写作为例，我们看到的是作家、出版者、评论家等不同的角色共同参与生产的过程。这个生产过程的产品不仅是卫慧及相关作家的作品，更包含大众的阅读兴趣和品类等。它更多关注的是如何生产大众的消费需求。计划时代，因为生产难以满足需求，消费受控制，是被节制的。市场时代，物品丰富，生产极度繁荣，很多产品过度繁荣。产品的过度化生产导致其无法有效地被消化，处于积压状态。如何将积压的产品推销出去是各个行业面临的问题。文学领域也是如此。大量作家的创作，文学作品极度繁荣；科技的发展，网络兴起，各种图像资源和影像资源与文学作品相互竞争，读者的消费能力受到了挤压。计划时代，人们找不到书阅读，需求被压缩；市场时代，各种各样的文学作品层出不穷，读者不知该如何选择。各种替代产品和更新产品大量涌现，文学图书市场被各类产品瓜分。这种情形下，广告宣传或反复的刺激形成需求就成了图书市场常用的手法。笔者不是说大众在文化消费过程中是完全被动的，更不会否认大众主体性的存在，只是在展现市场机制运作下生产和消费方式的变革。大众的主体性主要体现为一种选择的主体性而不是生产的主体性，即大众可以选择自己喜爱的消费品却不能生产某类消费品，虽然他可以间接地影响生产，但实际的生产过程还是操纵在生产者手中。卫慧青春写作中出现的炒作一定程度上可以看作生产者对大众阅读趣味操纵的体现。作家、出版商等不同的生产角色共同构成强大的力量对大众的阅读兴趣产生冲击，改写了大众的阅读追求。喜爱读某本（种）书是你的事，但书商可以让你不能不读某本（种）书，因为它在一个时期高频率地出现在你的生活中，很难被忽视。消费主义时代大众文化空前繁荣，商业利益的获得需要大众的参与。炒作成为消费时代一个不可缺少的运作方式。随着方式、规则、氛围等一系列机制的产生，炒作已成为大众文化不可缺少的组成部分，它的存在如同饮食文化、广告文化一样成为消费主义时代重要的文化现象。从这个意义上看，围绕卫慧青春写作出现的各种炒作是当今文化的一个构成，是具有必然特征的存在。卫慧的创作引起了较大的关注，产生了影响，与她适应时代环境并有效地利用环境成就自我密不可分。

## 第四节　卫慧青春写作的文化审视

了解卫慧成长环境和发表作品的文化语境，是从外围对卫慧青春写作做粗略的探析。卫慧青春写作造成了较大影响，不是凭空出现的，是其创作与时代文化相契合的收获。时代成就了她，这种成就并不能单独看作外在对卫慧的施压导致了其成就的取得，而是卫慧较好地积累和感知，写出受欢迎的作品，推动名作家的产生和出现。卫慧的青春写作有一定的文化蕴藏。在了解卫慧青春写作得以产生的外在因素后，有必要对卫慧作品内蕴的文化加以探讨。这样会有助于我们从内在质理上更好地认识卫慧的创作。

### 一　消费文化

#### （一）卫慧作品中的消费文化气息

"消费"是随着中国改革开放逐步被国人接受的一个词。此处的消费是就消费社会谈的，消费社会是指西方现代工业社会进入中晚期时出现的一种社会形态，与福特式大工业生产模式一起出现。只有制造模式发生变化，工厂流水线得以应用，才能生产出用之不竭的物品。物品的极度繁荣，可以让个人充分享受到便利。其购买价值被充分释放，全民消费的情景才能形成。在消费社会中，"物"空前的繁荣，消费的意义被空前凸现出来。中国是有悠久历史和文化的国度，有意识地进行文化研究却是20世纪八九十年代在西方文化研究的影响下开始的，消费与文化联系在一起探讨是研究视野的新开拓。消费是一种文化现象，由于我们很少注意消费和文化之间的关系，导致这种联系很多时候是隐性存在。"从根本上说，文化乃是一种社会生活方式，我们的需要、包括上述基本需要（指'衣食住行的需要'——笔者按），都是在文化中产生的，我们很难脱离开文化谈论一种前文化的、抽象的基本需要。伯夷、叔齐不食周粟，并不是他们没有饮食的基本需要，而是因为他们宁肯饿死，也不愿吃与他们文化价值观念不符的食物。由此可以推知，既然所有的消费都是文化的，那么所有被消费的物便都具有文化意义，没有物只具有功能，更重要的是，甚至物的功能也是由文化决定的。"[1] 这段话直观明了地揭示出消费和文化之间的内在的联系。物品具有使用价值，但并不仅仅只是使用价值。使用何样的物品蕴藏着使用者的文化修养、经济状况和生活态度等。物品的使用与使用者的文化认同相关联。食物的选择，衣着的规范等最基本的日常应用都是如此。穆斯林不食猪肉，不是猪肉不好吃也不是个体口味的原因，而是文化的禁锢。这方面，许多研究者都有较深入的探讨。玛丽·道格拉斯和贝伦·伊舍伍德在《物品的用途》一文中提到"物品是可见的文化，它们被安置在不同的界域和等级系统内，可以在人类智力所能企及的整个范围内发生作用。"[2] 这里主要是将物品

---

[1] 罗钢、王中忱：《消费文化读本》，中国社会科学出版社2003年版，第28页。
[2] [英]玛丽·道格拉斯、贝伦·伊舍伍德：《物品的用途》，罗钢、王中忱主编《消费文化读本》，中国社会科学出版社2003年版，第62页。

消费与人在社会中的等级联系起来考察。不同消费品的选择，不同消费模式的选择是特定社会身份的指标，构成人们的身份认同，内在地具有文化内涵。对于普通民众而言，奢侈品是没有必要生产的。十多元购物袋的装载能力比数万元的 LV 等好很多。从使用价值看，奢侈品的功用作用严重不足，但并不影响人们对奢侈品的追求，这是文化价值左右物品使用价值的体现，物品的使用价值在很多场合是服从于其文化价值的。

消费在中国都市社会呈现突出，与发达国家的接轨意识更强，对中国文学创作的影响更明显。即便是在当前的农村，消费已成为日常行为，但消费文化并不突出。小卖部、超市提供的更多是日常生活补给。生活在其间的人们依旧享受着自然的馈赠，是农业文明下的生活方式。农业文明下的生存很难有消费文化，它是建立在自然伦理基础上的发展模式，强调人与大自然的沟通。消费文化则不然，更多关注的是人与人的价值沟通。物不仅是为人们所消费，更是个人形象的构成。20 世纪 90 年代文学作品中大多有消费文化的影子。"物"在创作中被空前重视。作家笔下的故事多与物欲、性爱、商海沉浮有关，故事的背景大都离不开酒吧、夜总会、歌舞厅以及各式各样的"PARTY"。在卫慧的作品中，这些表现得尤为明显。《上海宝贝》中，主人公不停地去斑尼餐馆、澳洲餐馆、大江户日本菜馆进餐，无聊时去各种各样的娱乐场所逛逛，悠闲时出去旅游。他们抽"七星烟"，喝"苏格兰威士忌"，郁闷的时候就吸大麻。卫慧的作品中一再出现这些消费景观，表明作品人物在标榜自己的社会等级和在社会等级中所处的位置。此时，消费本身所具有的原初意义——物质需要的满足已被精神或心理层次的满足所取代。通过向别人传达信息来定位自己，这种信息的传达是通过所选择的消费品和消费模式实现的，这是卫慧在作品中对作品人物进行包装的手段之一，也是消费文化的体现。在中国人的传统认知中，一日三餐不过饱腹，在哪里吃并不重要，只要是可以食用的食物就好了，这是长久吃不饱的生活中留下的生存智慧。

在吃饱的基础上,如果还有能力可以选择美味的食物。从吃饱到吃好是消费能力的体现,也是个体身份的呈现。"我们不能认为,物品只要有使用价值就可以,而完全不需要有象征性的价值、符号性的价值。"① 卫慧在意的是餐馆的品牌,至于食物好吃与否并不是主要关注。在卫慧等美女作家成长过程中,经济的快速发展推动物品生产渐渐繁荣,吃饭也不仅仅是果腹,而成为身份的象征。通过用餐地点的选择可以有效突出个体的文化、身份与经济实力等。除了通过消费品和消费模式进行身份认同和社会地位标榜外,卫慧作品中的人物还通过受教育层次开展身份建构。卫慧的创作更多突出的是物品象征性价值。通过物的象征价值和符号价值,卫慧试图强调突出人物的身份。皮埃尔·布尔迪厄在《〈区分〉导言》中指出,"被社会公认的人文学科（arts）的等级体系,以及在每一种人文学科内部,在各种风格、流派或时期内部的等级体系都与消费者的社会等级体系相对应。这使鉴赏预先具备了标志'等级'的功能"②。卫慧的作品中多次出现一个写作者或畅销书作者的形象。《上海宝贝》中的倪可,《像卫慧那样疯狂》《我的禅》中的"我"等都是受欢迎的美女作家。她的作品几乎不关注工人、农民,也很少见到体力劳动者生活的艰辛。细读卫慧的作品还会发现,所有书中出现的这些作家的写作与亨利·米勒、艾伦·金斯堡、杜拉斯等人的写作非常相像,都是衣食无忧的文化人。他们有对生活和生命的思考,也有对文化的评判,更有强烈的优越感,就是没有普通劳动者的生活感知。艾伦·金斯堡、亨利·米勒式的生活方式是知识者生活优渥的呈现,作者透露的是受过良好教育,潜在表明优越感。在消费社会中,教育本身就是一种消费,要有某种欣赏能力必须接受某方面的教育,就要有教育投资,就需要经济的支撑,

---

① [日]三浦展:《孤独社会:即将到来的第五消费时代》,谢文博译,人民邮电出版社2023年版,第61页。

② [法]皮埃尔·布尔迪厄:《〈区分〉导言》,载罗钢、王中忱主编《消费文化读本》,中国社会科学出版社2003年版,第42页。

那些处于相对贫困阶层的人们无力支付这些费用，难免"趣味低下"。在这个意义上，我们讲教育是一种消费，接受某种类型的教育是消费能力的呈现。卫慧作品中的人物大都受过良好的教育，不仅是中式教育，更是系统的西式教育。卫慧的作品一再出现这些特点潜在体现出消费文化等级性的特点。

　　卫慧作品中的消费文化不仅在人物形象、消费模式、故事情节、故事场景上有所体现，更深入地影响到作者处理作品的无意识。卫慧的叙事有一种强烈变化的感觉，有一种速度感，同时包含着唯美主义的格调和狂欢的追求与时尚化的趣味，这种新的风格趣味和审美机制本身是消费文化的体现。"卫慧是处在世纪末的国际大都市上海……（这里）人们都在及时行乐，体验着后现代社会带给人们的吸毒般的迷乱感受，于是卫慧的作品就有一种语不惊人死不休的疯狂。"[①] 卫慧是复旦大学中国语言文学专业的毕业生，对文学理论有一定的掌握。文体风格的快节奏和语不惊人死不休的特点对应的是紧张的状态，这种紧张的状态不是每个作家都可以达到的，需要写作者感受到了紧张和快节奏才能在创作中加以呈现。卫慧毕业后留在上海，很长一段时间内为了生存而奔波，对城市快节奏的生活有较多的体验。如果一个作家生活在宁静祥和的庄园，不曾体会世事多变或商业文化的残酷，那他就很难想象出生活紧张。消费文化下，个体看似有很大的自由，实质却是被操控的自由。个体更多情形下被商业消费操控，自己也是消费的构成或成为消费品。这种情形下，人们很难做长远的规划，单单是生活已经让个体难以挣脱，更愿意选择及时行乐。卫慧的作品内蕴含浓郁的消费文化内涵，不论在内容还是细节层面的探讨都有强烈的呈现。

### （二）身体：最美的消费

　　"最美的消费：身体"原是法国著名学者让·波德里亚的论著

---

[①] 赵梦颖：《从飞升到坠落：陈染与卫慧创作比较》，《中州大学学报》2004年第1期。

《消费社会》中的一节。"在消费的全套装备中，有一种比其他一切都更美丽、更珍贵、更光彩夺目的物品——它比负载了全部内涵的汽车还要负载了更沉重的内涵。这便是身体。在经历了一千年的清教传统之后，对它作为身体和性解放符号'重新发现'。它在广告、时尚、大众文化中完全出场——人们给它套上的卫生保健学、营养学、医疗学的光环，时时萦绕心头的青春、美貌、阳刚/阴柔之气的追求，以及附带的护理、饮食制度、健身实践和包裹着它的快感神话——今天的一切都证明身体变成了救赎物品。"[①] "消费时代，身体不是智慧，也不是劳动，而是欲望，而欲望的积累和消除都是通过消费这个中介来实现的。身体直接成了是消费和被消费物，启蒙时代曾经高喊'我是属于我自己的'的身体、革命时代'劳动和牺牲'着的身体，被'消费的身体'所取代。"[②] 对照这两段论述，再看看卫慧作品中大量有关身体的叙述，会发现卫慧作品中身体所具有的消费特征。在《像卫慧那样疯狂》中，卫慧对性快感的描述是："那一刻除了快乐就是快乐，所谓的幸福不也就是对痛苦烦恼的遗忘？""趁我还年少时的激情，我愿意！"《上海宝贝》中倪可与马克之间是"一瞬间，性的感觉如此地排山倒海，以至于我像跟天底下所有的男人做了爱"[③]。在卫慧笔下，我们可以看到，性已经不是一种生理需要了，它更多的是一种本能的娱乐方式，是一种享乐，服从"快乐原则"。当男女之间的性爱屈从于享乐性的"快乐原则"时，身体的消费特征便被较强地凸显出来了。对于性爱对象及地点的选择，卫慧笔下的人物多有自己的要求。她作品中的女性更愿意在星级宾馆，与多金男士共度美好的夜晚，这个男士往往是外国人或中年成功人士，这些在卫慧作品中有较多的体现。《上海宝贝》中的一段叙写颇具代表。"他狂热而沉默地注视着

---

① [法]让·波德里亚：《消费社会》，刘成富、全志钢译，南京大学出版社2000年版，第139页。
② 葛红兵：《身体写作——启蒙叙事、革命叙事之后："身体"的当下处境》，《当代文坛》2005年第3期。
③ 卫慧：《上海宝贝》，春风文艺出版社1999年版，第212页。

我，我们换姿势，他坐在抽水马桶上，我坐在他身上，取女位姿势，并且自己来掌握性敏感方向。有人在敲门，而厕所里一对变态男女还没完事。"① 享乐是动物的本能，也是动物性的呈现。人类有别其他动物的特点之一是人性和社会性。虽然是动物，人类长久的发展形成了属于自己的独特文化。人不仅是像动物一样依靠本能生存，更有文化的制约。"不管人类如何追求生物性的肉欲与满足，不管人格如何的变态和扭曲，也不管心灵如何的虚弱与贫瘠，人和动物的区别之一就在于人有一个善于思辨的大脑，总免不了追寻生命的价值与意义身体……'写作'成为'新新人类'或'美女作家'笔下的主人公唯一接通肉体与灵魂的通道，是她们进行形而上思考的途径与方式，也是她们对自我生命本质的确认过程。这种放纵自我、打破一切文明禁忌后的生命反思，获得的无疑是一种'纯粹的快乐'之后的困惑与迷茫。"② 卫慧笔下的性基本是生物状态的存在，没有文化规约也没有伦理禁忌，遵循快乐原则。如果自我本质的确认是通过这种方式进行，注定这种方式下的主体建构只是一厢情愿的臆想。它丧失了对人类发展过程中传统与文化的重视，忽略了个体的社会价值与责任。主体的建立要有"系统"作支撑。这个系统可以是文化传统或政治体系等较为宏大存在，有深广度，能支撑起个体的无助和迷惘。卫慧等美女作家的写作更多注目的是自我，对个体以外的世界关注不多。沉溺自我试图以个体实现对个体的救赎是不可能的，因为缺少外在能量的注入，其本质是忽略了人的社会属性，社会属性恰恰是人类得以发展的本质特征。

有论者谈到卫慧作品的身体描写时指出，"正是由于消费主义文化的兴起，才使得女性有了真正意义上的身体自觉，才使得女性发现了自己的身体美，有了自主的性意识"③。消费时代，节奏加快，导致

---

① 卫慧：《上海宝贝》，春风文艺出版社1999年版，第212页。
② 王璐、王更月：《文明的沦丧："70后"女作家的性写作——以卫慧为例》，《文艺争鸣》2018年第2期。
③ 程箐：《20世纪90年代女性都市小说与消费主义文化研究》，博士学位论文，华东师范大学，2004年，第36页。

都市男女的快速聚散，很难再有古典诗意的爱情产生。物的充溢导致实用感官的价值凸显。身体不再承受历史的、文化的、形而上的重负，只是一个享乐的载体。身体抛却它所承载的重负，被享乐主义驱使，降格为单纯生物性的存在是被消费时代异化的表现，一切以消费享乐为中心的追求不可避免地会产生这些现象。生命的沉稳拓展需要重负。长期以来，过度的重负挤压了人们日常生活的轻盈，导致卫慧等美女作家单向度地追求自我释放。选择要承受相应的代价。对自我身体快感的单向度推崇并不能释放焦虑的精神与心理。可以说消费文化的繁荣造成了卫慧作品中大量的身体描写，也可以说卫慧作品中大量的身体描写一定程度上体现出消费文化特征，助推消费向更极端化的方向发展。"身体的被消费"是身体成了消费对象。消费社会中的身体不仅仅具有"被消费"的特征，同时更具有"是消费"的特征。身体的"是消费"指身体也可以成为消费的主体。在当今的都市社会中，身体已成为人们的主要关注点，成为个人身份的标志之一。越来越多的人注意到了体型、姿态、举止、穿着对个体形象的影响。对身体的关注不仅着眼于健康，更进入审美层面。不仅都市社会，就是在宗法制影响下的农村，人们也开始注意自己身体状态，如健康、形象等层面，愿意花费一定的精力和金钱保持身体的良好状态，用于身体的开销在当今经济中占有很大的比重，使身体成为一个主要的"消费者"。卫慧的作品对此有细微的展现。《上海宝贝》《我的禅》等作品中反复出现的"CK"牌香水、"Chanel"长裙、"EIJI"美发沙龙等都是身体消费性的体现。《像卫慧那样疯狂》中，作者写道："我突然请求他不要散步了，带我去一个房间。……我向他提出也许有那种房间，房间里有舒适阔气的席梦思，有柔软漂亮的织花地毯，有厚窗帘，暗暗的灯，热水浴。我指的是一个上星级宾馆。我想在那种地方和他过一夜。"[①]这里，作者透露出的是身体消费特征的另一面。表面看，作者表现的

---

① 卫慧：《像卫慧那样疯狂》，《钟山》1998年第2期。

是"我"的需要，但究其实质是身体的需要。消费文化中，不同的身体对享乐有着不同的要求标准。卫慧一方面突出身体的需要，又不自觉地强调了身体需求的层次，强调了身体的档次和消费的层次。身体的需要转换为个体的需要。由此产生的消费实质是身体在消费。只有在消费社会和消费文化的笼罩下，身体才可能具有此类特征，才可以充分地成为"是消费"和"被消费"，卫慧的作品中多次表现出此类叙述是强烈消费文化的体现。

## 二 后殖民文化

"后殖民文化"批评出现于20世纪下半叶，是1978年后兴起的一种有较大影响力的批评理论。这一批评理论起源于西方。不同的学者对其有不同的关注。福柯的"权力话语"是这一理论得以形成的重要基石。赛义德、亨廷顿、汤林森、杰姆逊分别从"东方主义""文明冲突论""文化帝国主义""后现代主义与第三世界"等不同角度对其做各自不同的阐述。斯皮瓦克、霍米·巴巴与莫汉蒂则将后殖民理论与女权主义结合起来论述。"后殖民主义理论是一种多元的文化理论，主要研究殖民时期之'后'，宗主国与殖民地之间的文化话语权力关系，以及有关种族主义、文化帝国主义、国家民族文化、文化权利身份等新问题。……如果说，殖民主义主要是对经济、政治、军事和国家主权上进行侵略、控制和干涉的话，那么，后殖民则是强调对文化、知识、语言和文化霸权方面的控制。如何在经济、政治、文化方面摆脱帝国主义的殖民统治，而获得自身的独立和发展，成为后殖民理论必须面对的问题。"① 殖民在世界上有过不同的发展阶段，从直接侵略占领到后来的文化侵略是最明显的变化。直接殖民是一种暴力扩张，往往伴随大规模的流血冲突，早期广为殖民者所使用。随着殖民地人民的觉醒，被殖民的人们越来越强烈地投入反抗殖民中，殖民统治无

---

① 王岳川：《后殖民主义与新历史主义文论》，山东教育出版社1999年版，2005年第三次印刷，第9—10页。

法维持下去。那种粗暴的、直接的剥削和统治带来的是激烈的冲突和对抗，造成的后果是殖民宗主国和殖民地人民无法承受的。大量暴力事件的出现，对当地的生产力是一种严重的破坏。"后殖民文化"是在殖民的基础上引申出来的概念，侧重于文化侵略和渗透。卫慧的创作有浓厚的后殖民文化倾向，《上海宝贝》《我的禅》等表现得尤为明显。"《上海宝贝》中，……（主人公）倪可不断向读者展示她的'品位'。她坐的是别克车、喝的是朗姆酒、抽的是七星烟，与马克在女厕所做爱时，她还不失时机的告诉读者她穿的是'CK'牌内裤。《我的禅》与之相比又有哪些变化呢？综观全文，我们会发现文中不时出现 Ferragamo 靴子、PORTISHEAD 的歌曲、时髦的 Barneys、Marc Jacobs 牛仔装、PUMN 牌球鞋、Bowery Bar、Cafe Carlyle、EIJI 美发沙龙等所有作者认为是时尚和品位标志的物件，当然，别克已换成了 Mercedes—Benz。从这一切细节的叙写中，我们不难看出'我'享受'品位'的癖好依然如故，纵情生活的追求依旧没变，文中的拜物教气息依旧浓郁。透过这种生活方式和生活追求的表现，我们看到的是作者的文化殖民意识。品牌追求是发达国家在经济发展到一定阶段后出现的一种消费现象，随着资本的流动这种消费观念也在向世界各地渗透，此种现象被有些评论者概括为'文化殖民'。卫慧的作品一再体现出品位和品牌意识，透露了卫慧的思想中有摆脱不掉的迎合殖民化的倾向。"[1] 文学作品展现主公的生活状态，会牵连起日用品。日用品品牌的强调展现的是人物的生活阶层。卫慧在创作中提到的各种物件的品牌名称，从表面看是作品人物使用的消费品，但实际上凸显的是这些物件的品牌。作者花费了大量的笔墨叙述这些物件的品牌，实质是这些品牌控制了人物，控制了写作者。物品的本质是使用，当人们生活中只选择某个品牌的物品，是品牌控制人们心智的体现。卫慧等美女作家在作品中反复叙述这些细节，没有半点反思和思考，是心

---

[1] 王瑜：《艰难的超越——从〈我的禅〉看卫慧近期的小说创作》，《当代文坛》2005年第6期。

智被控制的体现。这些品牌无一例外地全都来自西方发达国家,佐证了它们文化宣传强大的渗透力。文学创作的主要价值在于其社会影响力,而不是经济价值。卫慧的文学创作更多地注意到商业价值,忽视了作品应有的社会价值。

在谈卫慧作品中的后殖民文化之前,须引入两个用语,即"民族主义"和西方的"后殖民理论"。西方后殖民理论的核心阐释者是赛义德。他的理论是建立在消解西方/东方、压迫/被压迫二元对立基础上的理论。赛义德在阐释他的后殖民文化理论时不是站在反对西方强势文化的基础上。他根本就不承认有这样一个反对西方文化的基础存在。"存在这样一些地域空间,那里生活着土生土长的、本质上与我们不同的居民,可以根据与这一地域间相契合的某种宗教、文化和种族本质对这些居民进行界定,这一看法同样应该受到强烈的质疑。"[①] 这种看法有其合理的一面,但如果一味地取消差别和立场很可能会走向一种新的殖民主义。在全球化的过程中如果抹杀民族的不同立场,其结果无疑会导致一种西方化或美国化。戴锦华在与张颐武、陈晓明等人的对话《东方主义与后殖民文化》一文中曾指出"当我们讨论这种西方的反叛和颠覆性的理论时,首先必须界定它是在西方的一个学术机构和学术体制之中。与其说它是一种反叛,还不如说它是另一种成功的入门券"[②]。戴锦华指出了赛义德的后殖民理论有对西方迎合的倾向,不是一种真正的解构。谈到这一问题,张宽在《关于后殖民主义的再思考》中亦有论述。"赛义德所注意的所谓抵抗话语,全是具有第三世界背景的作家用西文写下的著作……由于他们被放置到前台,将他们当成第三世界唯一可找到的呐喊,那些第三世界原生的真正意义上的第三世界抵抗话语反而被淹没和忽视了。"[③] 在审视东西方文化

---

① [美] 爱德华·W. 萨义德:《东方学》,王宇根译,生活·读书·新知三联书店1999年版,第414页。
② 陈晓明、张颐武、戴锦华等:《东方主义与后殖民文化》,《钟山》1994年第1期。
③ 张宽:《关于后殖民主义的再思考》,陈明主编《原道(第三辑)》,中国广播电视出版社1996年版,第406—424页。

关系时，虽有必要有一种超越于民族主义之上的文化价值取向，摆脱狭隘的民族主义的局限，但也不能完全不加选择地引入西方理论来审视我们当前的文学作品，否则便会因矫枉过正走向另一个极端。每个民族都有自己的选择和声音，既不能被忽视也不能被代言。卫慧创作中的后殖民文化问题要结合民族主义来论述，单纯地引用国外理论，可能会使我们的批判走向偏颇，这是对卫慧创作相关内容做探析时需要注意的。

前文对文本中的文化符号做了探析。从这一角度对卫慧作品中的后殖民意识作了简单的论述。深究起来，卫慧作品中一再出现这种文化符号，透露出一种"消费模式"。不同经济发展阶段会产生不同的消费模式。在小农经济时代人们关注更多的是衣食住行，是与生存有关的物质消费。在西方工业文明极为发达的后现代社会，消费已渐渐走向符号化，表现为品牌消费。被消费物的价值由更重要品牌所代表的文化符号代表体现出来。卫慧的作品出现在正在走向现代的中国，而充斥其文本的却是后现代的消费方式。这一点是许多后殖民批评家经常批判的被殖民的体现。从卫慧作品所叙写的生活层次看，她笔下人物有这种生活追求有一定的合理性，向往更高层次的生活是人类发展的必然。对奢侈品的追求是可以被理解的。但，改革开放多年来中国生产的消费品难道都不值得一提吗？况且，喜好和追求是个人的事。作者笔下的人物在厕所做爱时还要抓住不多的时间迫不及待地告诉读者她穿的是"CK"牌内裤，直接说明了卫慧的作品有迎合殖民的倾向。中国的崛起和强大是越来越明显的事实。"世界工厂"的称谓是经过无数次检验才得来的。卫慧创作中西方品牌的优越性有其历史渊源，一度也是我们学习和借鉴的参照对象。随着时间的流逝，西方器物的优越地位在中国越来越缺乏实践支撑。卫慧没有注意到发展的变化，是个遗憾。"物化"是21世纪反复提起的词。人是物的占有支配者。生活中越来越多地出现一类人，他们拼命地努力是为了拥有某个物件。苹果iPhone 4问世时，曾出现卖肾买手机的案例。我们很难想象现在白送都不会有人用的 iPhone 4 曾经火到有人卖器官都要购买。手机是一种通信工具，世界上也不止苹果一家生产手机的公司。我们国家的许多产品同样优秀。这种事件的出现从一个侧面说明文化侵略的无所不在。卫慧等美女作家的创作经常透露出大量的时尚品牌，基本都是外国产品。作品中的人物看不出他们的理想信仰，也没有发现他们的奉献精神，甚至连劳动创造价值的基本理念都没有出现。这些人物反复展示的是使用某个物件品牌的名称，潜在告诉读者他（她）是某个国际品牌的使用者，突出自己的"高贵"，是非常肤浅和幼稚的。卫慧的创作一定程度上是殖民文化深入渗透的展现。这种判定体现在其作品中的消费模式，还表现在她作品中人物形象的塑造上。

除外国男性外，卫慧笔下的男性形象大都是"猥琐"的。卫慧笔下，那些能满足女性性欲，让女人体验到快感的男性形象几乎无一例外地来自他国。《梦无痕》中两个优秀的中国男人竞争不过一个日本老头，女主人公"琼"最终投入日本老人上陇健夫的怀抱。《上海宝贝》中作者干脆给中国男人天天一个性无能的角色，对马克则给予喋喋不休的赞赏。同马克做爱后，厚颜无耻地感叹"我像跟天底下所有的男人做了爱"。外国男人在卫慧笔下不仅性欲超人，而且事业均大有成就。《上海宝贝》中的马克、《梦无痕》中的日本老头上陇健夫均是如此。2004 年，号称卫慧创作转型的作品《我的禅》得以出版。此书的主人公干脆都换成了外国人，分别是事业有成的日本男人 Muju 和成功的美国商人尼克。中国男人无缘"美女作家"卫慧的青睐。在人物形象塑造方面，卫慧尤为让许多读者和评论家难以忍受的是她对外国男性的极尽奉迎之词。《上海宝贝》中，作者对马克这一形象无一贬词。"每次见到他，我就想我愿意为他而死，死在他身下"[1]。马克的狐臭都让"我"赞叹不已——"头靠在马克的肩上，嗅着来自北欧

---

[1] 卫慧：《上海宝贝》，春风文艺出版社 1999 年版，第 207 页。

大地的花香和淡淡的狐臭，这种异国的性感体味也许是他最打动我的地方。"① 从表面来看，这仅仅是卫慧作品中的一种现象，但这种现象一再出现的实质是许多后殖民研究者经常批判的殖民意识的体现。为什么西方（此处"西方"一词的含义不限于地域范围，其实质是指文明的发展程度）男人较之中国男人相比总是优秀。这实际上关涉人种问题。当西方列强瓜分世界时，他们就曾打出过这样的旗帜，即白种人在种族上优于黑种人，他们的关系应该是统治与被统治的关系。于是，黑种人被"合理"地压迫，被"合理"地奴役。这种情形在中国历史上、在亚洲也曾不同程度地出现。卫慧作品中多次出现这种描写表明在卫慧创作中存在着种族优劣的划分，不然，何以中国男人同外国男人也就是西方男人相比总是那么的不堪呢？以至于外国男人的狐臭都令"我"长久地怀念，而"我"身边的中国男人却引不起"我"的丝毫兴趣呢？"种族理论，关于原初起源和原初分类、现代堕落、文明之进展、白种（或雅利安）民族之命运、获取殖民领地之需要的观念——所有这些都是这个时代特殊的科学、政治文化聚合体构成的元素，其最终趋向几乎毫无例外地总是试图将欧洲或者欧洲民族提升到支配非欧洲民族的位置。"② 卫慧作品中所表现的这些特点一直是后殖民理论研究者所批判的。正是由于作者受殖民意识的影响，导致了卫慧作品中的外国男性形象在能力上普遍优于中国男性。

中国传统批评讲究"知人论世"，对于卫慧的评价也是这样。我们不能单看她的作品，还要将其作品与她个人结合起来考察。生活中的卫慧是很西化的。"我的生活方式是很西化的。我做过咖啡店女招待，用纯正的英语和客人们聊天。我看外国电影，读外国原版书。德语会说一些，但现在想学法语。我希望有一天可以用外语写作。……这就是他们所说的酷。我不认为我是新新人类，我是卫慧。不是我太

---

① 卫慧：《上海宝贝》，春风文艺出版社1999年版，第98页。
② ［美］爱德华·W. 萨义德：《东方学》，王宇根译，生活·读书·新知三联书店1999年版，第296页。

另类，而是因为他们太主流。"① 精神追求方面，卫慧多次坦言，她喜欢的偶像是亨利·米勒、艾伦·金斯堡等。关于写作她有着自己独特的理解。"最近我越来越喜欢用一种'COOL'味写作。你可以说我在扮酷，没关系，因为我努力要成为真正通晓城市现代浪漫和冷酷的作家。"② 结合卫慧作品可以看出，所谓的"COOL"味写作也就是类似亨利·米勒、艾伦·金斯堡的写作。当然，作家有什么样的生活方式和精神追求是作家个人的事，别人无法过问和干预，但卫慧不断地公开自己的精神追求和生活方式的目的何在呢？这里，卫慧反复渲染的实质是在利用自己的作家身份来引导或诱导读者，向读者推介一种他们日常接触不到的生活理念和精神追求——迎合西化和西化的追求。在中国快速发展融入全球的时代语境下，以全球优质资源作为参照发展自身有利于我们快速提升。对外部的学习和借鉴是必要的，但应建立在自我独立的基础上。卫慧的小说作品中呈现出对西方物质的迷失，是自我独立意识的缺失，是深层丧失民族意识的体现。

## 第五节　卫慧青春写作的特点论析

青春对于不同年代和不同地域的人们而言有不同的呈现方式。每个人成长的机遇不同，遭遇的文化语境也不相同。尽管个体的生长环境有差异，家庭条件也不同，但属于一代人的记忆是抹不去的。如果说"50后""60后"的青春伴随着火热的激情，留下了深刻的革命文化记忆，铭刻进他们记忆深处的是火热的斗争和对集体文化的深刻向往。对于"70后"和网络作家而言，成长中经历的时代不同，对外在世界的感知也不同，他们更多向往的是个体的自由舒展，是个体价值的实现。在简要论析卫慧作品的文化特点后，有必要对卫慧的写

---

① 徐虹：《"美女作家"不服气——听听卫慧棉棉怎么说》，《中国青年报》2000年3月20日第7版。

② 卫慧：《我还想什么呢?》，《作家》1998年第7期。

作方式和写作特点加以探讨，这样，才能使我们更好地把握卫慧的青春写作。

## 一 身体写作

从写作方式上看卫慧的作品，最为突出的是身体写作。"身体写作"是一个被广泛应用的批评术语。严格意义上说它是一个外来词，是在女权运动中出现的一个表达女性观念的用语。它的主要倡导者是法国的女性主义批评家埃莱娜·西苏。"妇女必须通过她们的身体来写作……妇女必须把自己写进文本——就像通过自己的奋斗嵌入世界和历史一样。""只有通过写作，通过出自妇女并且面向妇女的写作，通过接受一直由男性崇拜统治的言论的挑战，妇女才能确立自己的地位。……（写作）将归还她的能力与资格、她的欢乐、她的喉舌，以及她那一直被封闭着的巨大的身体领域。"[①] 身体是精神的承载体，女性的身体更是被视为父权压抑和管制的对象。女权运动认为，如果女性要挣脱男权的束缚，就必须用属于自己的身体去反抗。男性有自己的精神传统，这个传统为他们的成长提供支撑。女性属于自己的只有身体，要想突破男权桎梏，用身体展现女性的诉求是合理可行的路径。在中国，身体写作远远超出了女权主义者的理解。艾云在《用身体思想》一书的《前言》中讲道："'用身体思想'不独是西方女权主义在话语方面的一个提法，中国女性作家在新时期文学运动中已有创造性发挥。"这一点在卫慧的作品中亦有体现。"（卫慧的作品）缺乏理性批判能力，放任身体的生理反应与强调感官对世界的把握自然都不可能产生强有力的力量，以抗衡现代文明所造成的人性异化。更进一步说，把身体/感性的语言作为价值取向本身有两种可能的形式，一种是将自己放逐到被现代文明所遮蔽的另一种文明中去，以生命的直接经验来感受文明的多元本质，以求人性丰富多姿的存在；另一种是这

---

[①] ［法］埃莱娜·西苏：《美杜莎的笑声》，张京媛主编《当代女性主义文学批评》，北京大学出版社1992年版，第195页。

身体/感性仍然被置于现代都市文明的主流模式中，它所能感受的依然是单质的现代享乐主义的文化消费方式，这样的感性虽然在一定程度上能够对都市文化主流产生某种消解力，但从本质上说，与资本主义市场的刺激消费需求是同步的，不可能再生出新的文化生命。"[1] 中国作家女性意识的觉醒并不是从"70后"开始。20世纪80年代，陈染、林白、徐坤等一些女性作家已经将视角集中于女性自身问题的发掘。她们创作出了以女性视角审视自身和男性的写作模式，在女权运动理论倡导的影响下，展现出女性的欲望和追求等。陈染等"60后"女作家将女权理论引入中国，加以开拓，产生了不小的影响。卫慧等美女作家并没有沿袭陈染等前辈们的关注方式，她们的创作在世纪之交产生影响，对女性的处境呈现出新思考。女权运动追求女性的独立，独立需要代价，女权运动以女性的承担和牺牲作为自身独立的代价。卫慧等美女作家笔下的女性向往自由，但她们从没有劳动的意愿，也没有靠自己努力换取生活资料的想法。卫慧笔下的女性向往独立，但不愿意承担独立后的责任。她们不愿意从事生产劳动，不希望通过挥汗如雨的劳动获得生活资料养活自己。反而，她们认为这种艰苦劳动不应是女性生活的构成。这种情形下，突出女性身体就超出了女性意识所追求的目标，卫慧等美女作家关于身体写作的探讨也超出了女权主义涵盖的范围。

曾有论者提出卫慧的写作并不是身体写作而只是一种身体姿态写作，这种论调是就身体写作的最初所指——女权话语层面来谈的，也说明了在有些论者看来卫慧作品中身体写作的女权价值较小。父权文化下，女性的生存更多依托自身的身体价值，生育能力是父权文化强调的女性价值之一，这种理念受到了女权运动者的强烈反对。女性存在的价值不应是子宫，而应有自己的追求和精神、有个体的独立追求。从卫慧的写作方式上看，她笔下的人物不关心自我以外的事物。道德

---

[1] 陈思和：《现代都市社会的欲望文本——以卫慧和棉棉的创作为例》，《小说界》2000年第3期。

诉求、人格提升、精神状态的升华等所有宏大叙事所关注的命题都引不起她们的兴趣。她的作品很多时候在回避这些内容，更多采用的是自我、自我身体层面"痛并快乐"的言说。"我愿意成为这群情绪化的年轻孩子的代言人，让小说与摇滚、黑唇膏、烈酒、飙车、Credit Card、淋病、Fuck 共同描绘欲望一代形而上的表情。"① 纵观卫慧的作品，身体在她笔下出现的频率之高令人咋舌，她的每一篇作品几乎都有大量的身体叙写，作品中的这些身体大都是感性的身体、享乐的身体、没有重负的身体，更是极端自我的身体。"（卫慧作品中所写的性）与那种将'性'当作反抗压抑、反抗绝望的手段的方式是不同的，前者把快感当作工具，后者认为快感就是快感的目的，不应当控制快感以使其充当别的什么目标的工具。在她看来，身体只能由快感来书写，身体本身只能作为快感的遗迹而存在。……在卫慧笔下，对身体的精神性装潢——亨利·米勒、艾伦·金斯堡、狄兰·托马斯、米兰·昆德拉等，是摇滚、电子音乐、大麻、性等快感书写必不可少的前奏，它们是身体快感具有癫狂、迷乱、颤栗、分崩等后现代效果所不可或缺的要素。"② 卫慧作品中身体的享乐性得到了极致发挥。卫慧笔下，身体的快感只指向身体本身，与女性的被压抑没有关系，女权运动者倡导的身体反抗在她作品中很难见到。米兰·昆德拉等写到性和身体，是有历史重负的身体，在两性关系背后是个体生存的惶惑与迷失。卫慧的创作也写到迷失，更多是享乐的迷失。《上海宝贝》中，作者反复叙写的是个人身体的快感。"再一次的亲吻，舒缓而长久，这是我第一次感觉到做爱之前的亲吻也可以这般舒服、稳定、不急不躁，它使随后的欲望变得更加撩人起来。"③ "他的阴茎旋转抽升的感觉像带着小鸟的翅膀，……他仔细耐心地教我如何分别阴蒂性高

---

① 谢有顺：《奢侈的话语——"文学新人类"丛书序》，《南方文坛》1999 年第 5 期。
② 葛红兵：《身体写作——启蒙叙事、革命叙事之后："身体"的当下处境》，《当代文坛》2005 年第 3 期。
③ 卫慧：《上海宝贝》，春风文艺出版社 1999 年版，第 60 页。

潮与阴道性高潮，有好几次他总让我同时获得这两种高潮。他让我相信我是个比许多女人都幸福的女人。"① 正是由于卫慧作品中存在较多的对身体快感的书写，才受到了较多的批判。批评家、评论者和读者以各种理由对其加以痛责甚至谩骂，是对其书写方式的不认可。"她们（指'70后作家'——笔者注）不仅仅从形而上的角度反对正统道德，而且刻意从现实层面从行为意义上来颠覆它。她们持一种个体享乐道德观，作品中的'倪可'也好，'卫慧'也好，总让人想起毕希纳作品中的妓女马丽昂。"② 由于卫慧作品中过多的身体书写，许多论者从根本上否定其作品在女性书写上的价值，认为它们是中国当代女性文学发展的一个低回，将陈染、林白呈现的女性意识又重新拉入低谷中。陈染等开创的女性写作承担着女性过往的历史积压，蕴藏着女性长期以来的屈辱与无奈。对其加以呈现是为了唤起对女性价值的重视和尊重。卫慧等美女作家再次发现身体，这个身体不是被父权统摄的，而是属于自我的身体。就此，我们认为林白等的写作为女性拓展出新的关注空间，卫慧作品中女性书写的价值有复杂的内涵，体现着不同时代女性对身体的认知。

感性的身体、享乐的身体在中国文学作品中是很少出现的，中华人民共和国成立后的文学作品中更为少见。基于此点，卫慧的写作一度成为中国文坛关注的焦点。将身体作为作品的中心没有错误，但身体承载的绝不仅仅是感官的享受，感官的快乐外，身体还承载着历史的重负。中华人民共和国成立后，文学作品中的身体一度成为被抽空的符号，只具有为实现共产主义服务的象征意义，成为"灵"的存在。肉身的匮乏成为当时文学作品的一个普遍现象，即便有些作品出现了身体的影子，大多是反面人物拥有的，受到批判。这种模式在许多作品中都有体现。《红岩》《林海雪原》等作品中只有反面人物才对

---

① 卫慧：《上海宝贝》，春风文艺出版社1999年版，第68页。
② 马春花：《刀刃上的舞蹈——评卫慧〈上海宝贝〉兼及晚生代女作家创作》，《小说评论》2000年第3期。

女色充满向往和沉迷，革命战士都是钢铁意志，没有个体的情欲追求。从这个意义上看，卫慧的身体写作是对中国文学发展的一个纠偏。身体意识是人们日常生活中不可忽视的重要存在，很难回避。身体意识不仅指"性"意识，是由身体的感觉、知觉等众多的感官意识所共同构成。日常谈话中对方向你过分接近时，有时你会无意识地后退，这就是身体意识的一种体现。卫慧在自己的作品中对身体加以关注的举动是可以被接受的，但卫慧对身体的叙述走到了另一个极端。她仅仅注意到了身体的感官快乐，但仅仅注意到"性"是不够的。人的身体和低等动物的身体是不同的，负载着人类的哲思和文化历史意义，体现着思考。卫慧作品中所叙写的身体是不完整的身体，是片面存在的身体。她的身体写作未能完整表现出身体的本质，有片面性的特点。

　　女作家借用"身体写作"表达女性意识时，其原初意义一定程度上已被市场和商业操作的巨手改写了。世纪之交，编辑和出版商以集束炸弹的形式推出女作家的作品，宣传时无一例外地将作者包装成美女，配以颇具诱惑力的美女照，作品宣传以女主人公的性爱生活为主打旗帜，有些丛书干脆直接冠名以"阅读身体"等。这种误导致使"身体写作"的女性意义发生了变化，一些女作家在创作中走入了误区。她们为写性而写性，题材除了自我私人生活以外很难找到别的开掘点。过多地重复女性的身体感受将女性塑造为只剩下感性身体的动物，是迎合大众阅读尤其是男性阅读的表现。其深层意义可以看作经济收买了思想，金钱左右了身体，商业控制了作家。思考与利益之间先天地存在着矛盾。既想要思想性又想要实现利益最大化，还想要个体尽快地成名，成为畅销书作家……这些诉求之间存在很大的冲突。最后的结果大都是为了利益放弃思想。卫慧在这些方面表现得颇为突出，为了成名和获得商业利益主动地将女性的身体重新拉回到被男性审视和满足男性窥视欲的地位，这是卫慧对"身体写作"的误读和借用。张抗抗曾经说："女性文学有一个重要内涵，就是不能忽略或无视女性的性心理。假如女作家不能彻底的抛弃封建伦理观念残留于意识中的'性=丑'说,我们便永远无法走出女人在高喊解放的同时又紧闭的闺门,追求爱情却否认性爱的怪圈。"① 女作家笔下的"性""身体"只是为了满足异性或大众猎奇的需要,丝毫未体现出主体的沉思,对女性解放是没有意义的。在审视女性写作的同时,我们更需要注意的是在运用身体理论批判男权文化时,必须谨防身体被借用。当身体写作成为被操纵的对象,它同时也就成为我们需要批判的对象,卫慧的身体写作一定程度上就是被借用的表现。在表现女性意识时过多地将身体写作拉入色情文学的轨道是要受到批判的。

## 二 女性化书写——从女性文学角度看卫慧的创作

女性写作在我国有悠久的历史。如果从文学创作的发展历程看,作品的主要区分在于优秀与否的判断上,性别不应该成为文学创作或研究的主要关注对象。可能是父权制文化的影响,也可能是女性创作者的成长需要特别关注对待,"文革"结束后当代文学创作中的性别视角被凸显。20世纪90年代以后,中国女作家的创作较为活跃,既有别于古代的蔡琰、鱼玄机、班昭、李清照,也不同于张爱玲、萧红、梅娘、冰心、冯沅君。她们创作的内容、表达技巧和话语方式都很特别,更多地从女性的身心体悟看世界,将目光集中在个人体悟等层面,既有时代发展的影响也有对历史文化突破反省的思考。习惯上人们把女性文学理解为一种按性别分类的性别文学。这样,女性文学便成了一种特别标出作家性别的叙述话语。如果真是这样,女性文学就不仅失去了它的理论意义,还起到强化女人"第二性"的作用,使生而为女人者感觉到某种看不见也说不出的性别歧视。男性作家用宏大的世界观和历史知识展开创作。中国的社会发展史在某种意义上是男性话语书写的历史,很难看到女性的身影。即便有一些女性在其间留下了心声,也大多是男性话语的体现。清朝末年,秋瑾创办了《中国女

---

① 张抗抗、刘慧英:《关于"女性文学"的对话》,《文艺评论》1990年第5期。

报》，使这种话语体系出现了转折。一些妇女运动先驱，吟诗著文，有强烈的自主自立意识。女作家在某种程度上意识到自己也是一个"人"，一个与男性平等的"另一极"，应该在生活中有自己的追求，可以在创作中表达自己的话语。五四时期，一大批女作家以细腻、精致的感情描写吸引了读者。她们从女性的立场判断外界事物，用女性的眼光感知生活，用女性话语表达内心情感。她们的这种叙写方式能够对被男性作家忽略的领域做出关注，给读者带来新体验。这方面较为成功的作家有冰心、凌叔华等。到了20世纪40年代，随着女性教育的开展，女性的自我意识逐步加强，越来越多的女性知识分子登上了社会舞台，出现了丁玲、萧红、张爱玲等女性作家，她们的作品表达了女性求解放的心声。

解放后，女性话题曾一度消失。那时的女性解放是被放到社会解放的话题下谈的。中华人民共和国成立后的几十年中，男女平等被理解为在承担劳动强度等方面女性与男性的平等。这不仅摧毁了女性已经取得的解放成就，而且对女性的身心造成了巨大的影响，这一时期的文学创作中很难看到女性意识的流露。1979年以后，经历过"文革"洗礼的女作家重新对女性问题表现出关注。依照关注内容的不同，有论者把它分为三类：第一类是找回失落的女性。这类主题出现于20世纪80年代早期。当时人们依旧赋予妇女解放以简单化的理解，即男女平等，"男同志能做到的事女同志也能做到"。这时候对男女平等的理解是模糊的，未能注意到男性和女性间不同的生理差异和社会角色的差异。这种模糊性别差异的"平等"不仅使女性失落了自己，而且使女性不得不在社会认同和女性自我认同的困境中辗转。80年代中期，女性写作的第二类主题开始出现，表现为寻求女性在社会生活中的新定位，这类主题一直延续至今。80年代中期以后，随着正常社会秩序的巩固，女作家对女性的关注扩展到社会生活的方方面面。女性写作开始追求如何使女人更像女人，追求自我个性化的张扬。这方面较有代表性的作家是王安忆和张欣等，从90年代初开始，女性写作的主要关注点逐渐转移到内心主题上,这就是第三类主题——建构女性内心世界,此类创作中比较有代表性的作家是陈染、徐小斌和林白等。①这些女作家的创作开拓了女性形象的写作空间,使女性写作的思想内容得到进一步深化。她们特别注重"女"字,也就是性别意识。她们的写作是退回女性内心世界的"个人化写作"。这从她们作品的标题(如《私人生活》《一个人的战争》)上就可以看出来。对于这种写作,有论者将其概括为描述女性主体成长历程的"封闭性文本"。

20世纪90年代末期,一大批女作家登上了中国文坛。她们的出现在文学界引起了不小的震动。"美女作家""身体写作""胸口写作""下半身写作""70后作家群""妓女作家""另类写作"等称谓都是对她们关注的体现,这批新作家中的主要代表人物是卫慧、棉棉等"新新人类"。其中卫慧是以领军人物的姿态出现的。她创作中表现出对性的特别关注,不断诉说个体成长中的性经验和性经历。由于作者以敞开身体暴露自己为叙事策略,以强烈的感官刺激为写作追求,她的作品在一个时期造成了热销,其创作呈现出与上几代人明显断裂的印痕,在90年代女性写作中成为另类景观。卫慧的这种写作姿态是否体现出女性话语,产生了较大的争议。有些学者认为,现代女性的解放,不仅是指其在社会地位、权力、思想等方面的解放,更重要的是女性的身体解放,也就是作为女性对于其身体的使用和言说应享有自由的权利。第一次社会大分工以来,女性被赶回家中,很难再到社会上获得地位。由于她们不像男性那样可以更多地从社会获得认可,不可避免地要走向自我认同,即通过身体获得自我意识。身体对于男性和女性有不同的意义。女性解放的一个重要标志是女性对自我身体获得言说的权利。只有通过自己的写作、自己的声音、自己的行动摆脱为他人代言的状态,走出男性本位观下的傀儡角色,摆脱他人强加的意志,女性才能真正获得自由,实现解放。

---

① 黎雪琴:《女性文学的三类主题——从张洁、王安忆到林白》,《湖北广播电视大学学报》2009年第5期。

有论者认为在中国女性文学发展中，女性是逐步获得自我意识的。从"花木兰替父从军式"的以男性话语言说，参与和维护男性话语言说，到慢慢脱去男儿装，凸显女儿身的叙述，女性文学走过了艰难的历程。这可以从我国古代作家如蔡文姬、李清照到秋瑾、冰心再到陈染、林白等的创作中看出来。如果这种思考方式得到认可，将卫慧的创作放置在其间考察，可能会发现她创作的意义。在这个发展历程上，卫慧的创作对女性文学的发展是一个突破。她把女性被禁锢的身体抽出来，作为作品关注的中心，通过对女性身体的关注，阐释自己对女性问题的理解，是有价值的。女性身体从未逃脱被注目的境况。中国古代文人雅士的"游仙"文中阐释的是当时"精英人士"对女性身体的认知。俗人亦有赤裸裸的对女性身体的描写。传统观念认为，女性的身体是也只能是为男性服务。从性角色上看，它是一个被动的接受者。如果女性超越了被动走向主动，将不可避免地遭到众人的唾弃和社会秩序的压制，这些秩序当然是由男性话语建构起来的。从这个层面上看，卫慧的小说对以往以男性话语建构的秩序作了强有力的解构。她作品中的女性由后台走向前台，在性角色的扮演上，由被动走向主动。她的创作鲜明地表现了女性的感受，不仅是男性话语所能提供的心理感受，还有男性话语所不允许提供的生理感受。她的作品中，女性的需要不再局限于社会认可，而是身体渴望的满足。《欲望手枪》中的自由作家米妮与3个男性同时保持无爱的性关系，《像卫慧那样疯狂》《水中的处女》《蝴蝶的尖叫》《黑夜温柔》等作品无一不是或显露或隐晦地关注性话题。这种书写方式在她的长篇小说《上海宝贝》中达到了极致。作品中的"我"无时无刻不在想着性快乐，对性快感和性高潮的描写在作品中出现的频率之高，让一些评论家瞠目。卫慧作品中的这些叙写使她的创作引起了巨大的争议。将道德的眼光移开，卫慧的作品表现了让女性走向一个人——一个具有生物性和男性一样的人、一个具有身体意识的人。她作品中的两性关系颇为微妙，一方面女性离不开男性，另一方面男性形象总是有这样或那样的不足。女性同时与几个男性保持关系,试图找到理想中的男性,结果总是以痛苦的失望告终,这种失望是以女性的标准对男性审视造成的。卫慧作品中的女性发出了自己的声音,卫慧作品的价值不只这些,还表现在对传统文学观的解构上。"文以载道"是中国传统的文学观。卫慧的小说没有任何宏大叙事的痕迹。在她的作品中,很难看到社会责任、社会道义以及传统文学观赋予文学的重负。她消解了宏大叙事和传统写作观。她作品的主角是女性。这些女性是叛逆的,不认同由男性建构的社会秩序,拥有自己独特的生活方式和观念,有自己对生活和生命的理解。不仅如此,卫慧笔下的男性是苍白的。读者很难从她的作品中发现对男性讴歌的例子,有别于传统的文学作品。中国男性在她的创作中是羸弱无力的,没有可依靠的价值。她作品中的男性没有崇高的追求,没有强烈的社会参与意识和为社会献身的精神,有浓重的自恋倾向。在对传统文学观的解构中,卫慧确立了自己独特的关注点和风格。

卫慧引起争议的最大方面来自她的身体写作。身体写作在陈染笔下早就有所体现。"身体写作的最早渊源当数以《私人生活》、《与往事干杯》而蜚声文坛的陈染和在《一个人的战争》中引起争议的林白,她们的创作无畏地展示了一向以温柔敦厚面目示人的女性的真实的心灵史和成长史,读者在以血作墨的勇气里,在大胆的文字中体会到了一种歇斯底里的叛逆姿态和细腻飞翔的诗意。"① 值得注意的是当初曾引起争议的陈染、林白的创作在今天受到了人们的一致称赞。许多评论者认为她们的作品展现出女性的心声,具有女性书写的价值,是对真实女性内心的反映。在许多评论家给陈染、林白的身体写作打上女性写作的标签时,对卫慧的身体写作却做了几乎是众口一词的批判。"在传统的观念里,女性的身体被赋予了邪恶的禁忌意味,而女性写作正是通过真实描写自己的身体和自己的感受找到了唤回自我意

---

① 任南南:《宝贝物语——关于"70年代以后"作家的思考》,《文艺评论》2004年第1期。

识的起点。陈染、林白等女作家的作品中对于女性身体的大胆铺陈，成功实践了躯体写作的宣言。……与陈染、林白们身体写作的深刻性和叛逆性相对比，卫慧作品中对女性身体和欲望的叙述则更多的显示出一种消费性……身体不再是欲望的主体，甚至也与色情无关，而成了消费社会中功用性指令的变体。……我们可以清楚的看到，卫慧们的写作与前此的具有浓厚'女性主义色彩'的陈染的写作相比已发生了很大的变化。这样的一些变化，基本上附和了消费文化的大潮，而逐渐丧失着女性写作最本质的对于女性生存之痛的书写。"[1] 类似的评论有许多。陈染、林白描绘出了女性内心的真实感受，揭示了女性的生存之痛。她们从内心层面复活了女性的自我意识，为女性找到了"自己的屋子"。需要注意的是陈染、林白虽为女性找到了"自己的屋子"，但她们没能为女性找到自信。她们笔下的人物大都有着浓重的自恋倾向，有着自闭的影子，没有勇气走出"自己的屋子"与男性交往。这在《私人生活》《一个人的战争》等许多作品中都有反映。如果女性只是停留在"自己的屋子"，不能走到外面广阔的世界，那么这些女性的选择和追求就未必是健康的。女性只与女性打交道，结成同盟，不能面对男性，不可能是女性理想的生存之道。社会性是人的根本属性，不论是男性还是女性都不能忽视个体的社会角色。女性的解放停留在"自己的屋子"，不与外在发生关联，不可能是真正的自我解放。与陈染、林白作品中的女性形象相比，卫慧笔下的女性洒脱了许多。她们勇敢地走出"自己的屋子"。她们不仅仅是走出"自己的屋子"与男性交往，还在交往中窥测到了男性的软弱、卑微、猥琐与无能。《欲望手枪》中米妮身边没有一个坚强的男性，《蝴蝶的尖叫》中朱迪找不到一个能为爱负责的男人，就连《上海宝贝》和《我的禅》中的男性在书的结尾也都远离了女主人公。所有这些从表面看表现了女性对男性的不信任，从深层意义看则是女性对男性的失望。

---

[1] 张晓晶：《女性写作的两类文本——陈染与卫慧作品内涵的一种比较》，《东岳论丛》2002年第5期。

卫慧笔下的女性有两性和谐的追求，但难以实现。她笔下的中国男性几乎不能给作品中的女性提供生活上的帮助或精神层面的引导。如果再深究一步，这种失望何尝不是女性意识的体现呢?！就此，卫慧的创作是对陈染、林白女性意识书写的新拓展。

　　关于卫慧作品的真实性问题，同样有探讨价值。很多论者认为卫慧的作品缺少真实性。卫慧笔下的女性形象除了吃、喝、拉、撒、睡，除了享乐，除了找不同男人到不同的场合做爱，似乎什么都不会了，不符合生活真实。这种观点有道理，但需要注意的是卫慧笔下人物的生活层次。卫慧笔下的女性都是有钱一族。她们要么是都市生活中的白领，要么是有一大笔遗产等待挥霍，或者是虽然自己没有钱但有一个稳定的支持者，不用付出辛劳就可以获得较多的钱。结合身份看她作品中的人物会发现她作品中人物行为的合理性。薛毅在《浮出历史地表之后》中的观点或许可以给我们一些启发。"时代给予一部分女性自由与自主，给予她们一间自己的屋子，她们不再为柴米油盐而烦恼，……这是一部分提前进入'小康'的女性，这样的女性才有时间与兴趣专门研究性别问题。"① 在女性内部同样存在着阶层。不同阶层的女性会有不同的行为，对社会有不同的关注。结合人物身份看，卫慧笔下这群游离于主流生活之外的人物的行为有其合理性。她笔下人物看似怪诞的行为举止同样有合理性存在的基础。不能仅仅从她作品中所描写的性场景判断卫慧的作品是不是黄色作品，具不具有女性书写的价值。白领女性对生活的要求与下岗女工对生活的要求是不一样的，同样，白领女性的性别意识和劳动妇女的性别意识也不会相同。审视卫慧作品中的人物形象能不能体现出女性意识，有没有女性书写价值，符合不符合生活实际时，须把她作品中的人物与她们的生活层次结合起来分析。卫慧作品中的人物与社会生活中的大多数普通人迥然不同。他们没有普通人面对生活的态度，也没有普罗大众的生存困

---

① 薛毅：《浮出历史地表之后》，《文学评论》1999年第5期。

境，这决定着他们的认知与芸芸众生有较大不同。

　　探讨卫慧创作的价值必须注意其作品出现的变化。一些细节更能反映出卫慧写作的女性意识。《像卫慧那样疯狂》中"女孩"遇到吉他手傅亮，"爱"上了傅亮，在一个晚上提着旅行包敲开了他旅馆的房门。这时文中有这样一段叙写。"后来他们都不说话了。他们在床上像打架一样扭在一起，她疯疯癫癫地，又哭又笑一定要他那样做。她渴望那件事的发生，而他却浑身冒着冷汗，瘦弱的身体弯成一面弓的形状，任她怎么拉怎么推都不想碰她。她只好说他是伪君子，还说自己不够好看。他则坚持说自己不行，因为她太小是个处女，他害怕血和尖叫……她突然起身离开了他，把灯拉亮，让他看仔细了。她咬牙切齿的微笑着，拿起桌上的一只铅笔，把它塞进自己的身体。她来回动作着，脸上挂着残忍而痛苦的微笑，血淋淋的激情和暴力使她的身体在柔弱的灯光下看起来像一具引人入胜的魔鬼之躯。"① 陈思和在谈这一细节时，有一段论述值得回味。"读到这个细节时我首先想到的是五十年代革命经典《钢铁是怎样炼成的》里的一个故事：少年保尔被关进监狱，遇到一个第二天就要被大兵蹂躏的姑娘，那位姑娘用乞求的口气要求保尔结束她的处女时代，因为她不想把自己最宝贵的东西交给惨无人性的大兵。……如果用女性主义的男/女二元对立的思维来分析'初夜权'的原始文化心理，这里也许有一个野蛮而无奈的悖论：那位姑娘在监狱里无法逃避和反抗被侮辱的命运时，她挑选保尔来做她初夜的执行人仍然充满了被动和侮辱：她必须依靠一个男人，而这个男人仅仅是同监的犯人才获得这个权利，她别无选择。再回到卫慧的小说细节而言，女孩的自戕行为是为了证明她已经有了追求欲望的权利，这证明恰恰是通过自己的手和自己的血来获得的：从一开始她就摆脱了女性对男性最原始也最自然的依赖。"② 人来到世间，不

---

① 卫慧：《像卫慧那样疯狂》，《钟山》1998 年第 2 期。
② 陈思和：《现代都市社会的"欲望"文本——以卫慧和棉棉的创作为例》，《小说界》2000年第 3 期。

断成长。无论男性还是女性，其关键的一步成长是从孩子转变为成年人。在法律意义上，孩子到了一定年龄就可以承担法律责任，是成年人。就文化习俗而言，孩子变成大人的一个标志是恋爱结婚。两性之间发生性关系是个体成长的重要一步，父权文化影响下，女性的这个成长无法离开男性。卫慧笔下，女性成长的这一步已经摆脱掉男性的影响。不论是文化习俗还是当代文学创作，女孩到女人的成长过程都离不开男性。"妹妹找哥泪花流，找不到哥哥心忧愁。"一句歌词含蓄又直观地道出男女两性关系，卫慧的作品颠覆了这种认知。作品中的"女孩"不仅窥探到了男性傅亮的无能与软弱，而且用"自我肢解"的方式将他排斥在自己这一重要的成长过程之外。卫慧笔下，没有男性的帮助女性同样可以完成自我转变。女孩拿起铅笔，在男性的注视下放入自己的身体，两性关系被颠覆，人不是物。卫慧笔下的女性渴望男性的帮助，未能如愿。铅笔的出现，替代了男性，完成了物对人的取代。不少评论认为卫慧的创作有物化女性的倾向，不仅是女性，男性在她笔下也是功能性存在，是随时可以被"物"取代的，卫慧笔下的女孩以独立的形象"立"了起来。从另一个角度来看，或许从女孩到女人的转变过程在女性看来是不重要的。"初夜权"的凸显只是男性话语和男权文化的变形表现，果真如此，从女孩到女人的转变只是女性要经历的一件普通事，有无男性的参与都是无所谓的。

　　探索卫慧写作女性思考的价值，她本人的一段话有助于读者理解认知。"在纷乱的世界里，有新时代的文明。面对文明、压力、竞争，女性们用身用心体验和搏斗。我的书，初衷本来就不是写给男性的，本是写给女性的。她们在期望着，焦虑着，她们身心俱疲——是要情爱，还是要性爱？是要独立职业，还是要依附男人？是要独身的自由，还是要婚姻责任？也许半夜醒来，女孩子们只是需要一个至爱的怀抱。那么多的挣扎，其实还不如一个爱人——她们迷失，不知道自己在干什么？怎么好？我说中了女孩子们的心事。有许多女孩子喜欢我的书，她们告诉我，我说出了她们不敢说的真实感受。在上海有男孩子买书送给他的女朋友，就送《上海宝贝》。但送了又后悔，因为这是一本他们眼里教女孩子怎么叛逆、学坏的书。……在书（指《上海宝贝》——笔者注）结尾，我最后一句话说'我是谁？'多年以前很多女人就这样问自己了，但她们的提问和我面临的不是一种社会环境。"① 在卫慧的这些话语中，我们可以看出她对女性问题是有思考的。女性并不是没有诉求，只是长久以来她们的诉求被遮蔽了。父权文化不允许女性有身体上的诉求，贞节牌坊等物件的文化意蕴就是在压抑女性的身体诉求。女权运动要推翻和打倒的就是这种文化制约，让女性获得身心层面的解放。受西方文化影响的都市女性较早地感知了时代变革，在创作中做了探索和思考，引起了较大范围的关注。可能由于卫慧的思考方式较为独特，也可能由于其表述方式或提出问题的方式不够恰当，或者由于她的写作沾染了太多的商业气息，导致她作品的女性意识一直处在被漠视或被批判的状态。揭开面纱透视本质，卫慧的女性主义书写姿态是继陈染、林白之后女性叙述话语的又一次转变。如果仅仅因为女作家在作品中写了女性的身体和身体感受就被排斥在女性意识之外，同样是非女性意识的流露，我们不能拔高这一变化的意义和价值。把女性的身体抽出来作为关注中心固然是女性意识的一种体现，但女性意识绝不仅仅体现在身体层面。女性对社会的看法、对问题的思考、对人生的感悟等诸多方面都会流露出女性意识，是可以深入探析的。卫慧的创作在感性身体层面表现具有独立意识女性的思索，但仅仅停留在单一层面，缺乏深挖和开掘。身体绝不仅仅只是性，还包括女性全方位的感觉和知觉系统，身体写作的过程应该是这些感觉和知觉全方位展开的过程。卫慧在作品中对身体的感受仅仅停留在性的层面，表明卫慧的写作有迎合大众阅读和男性窥视欲获得商业利益的倾向。基于此，卫慧作品的女性意识未能得到更好表现，

---

① 徐虹：《"美女作家"不服气——听听卫慧棉棉怎么说》，《中国青年报》2000年3月20日第7版。

受到了较多的批判和非议。

## 第六节 争议卫慧青春写作

青春写作一直是人们关注的焦点。一方面，青春写作能对时代变化气息敏锐地加以捕捉；另一方面，多数人对时代的变化是较为迟钝的，青春写作也会有争议。青年人是引领时代发展的有生力量，青春是一种激昂的状态，不同的认知决定了对同一事物的不同看法，青春写作受到争议是必然会出现的。网络文学的出现、发展面临相似的问题。不同时代的青春状态在文学中有不同呈现。对卫慧青春写作做探析，结合其创作的文化特点和写作特点做分析后，有必要探讨大众对卫慧青春写作的看法。

### 一 卫慧青春写作的争议

#### （一）赞同者的看法

卫慧曾言，"我的书，初衷本来就不是写给男性的，本是写给女性的"。细分一下，会发现卫慧所期待的接受者不仅是女性，更具体地说是有一定文化修养、衣食无忧、生活优越的都市青年女性。她作品中的叙述与描写很难为普通女性劳动者所理解接受。卫慧希望自己作品的受众是女性，但她作品的接受者并没有局限于女性，受到了更多男性读者的欢迎。由于卫慧作品多是时尚生活的反映，是另类生活的呈现，导致她作品受众的层次应是思想开放、具有较强的吸收、接纳新事物能力的青年人。卫慧笔下动荡不安的生活很能让这些年轻人找到认同感。从表面上看，现在的年轻人"用大把赚钱又流水花钱来迎合这个时代的节奏，白天穿的规规矩矩西装革履俨然的白领金领，晚上却一身嬉皮雅皮驾着摩托狂飙划过马路上的人群绝尘而去，啸出一声野狼长嚎发泄着城市荒漠里年轻的无奈与无能为力，艳羡别人精彩的波折而不惜在自己尚且小小的时候去承受婚外恋等等并放纵自己的情感享受花花世界的刺激……"① 深层而言，卫慧创作对生活深度的探求所表现出的特殊感觉和情绪也会引起青年人的深度共鸣，这是卫慧作品受众中青年居多的原因之一。社会生活在迅速发生变化，传统的生活模式和认知方式已不能适应社会的变化。"以卫慧的小说为例，它们给我的一个突出印象是其中的焦虑感即便以夸张的形式表现出来，随即也会非常轻松地被稀释而后排遣，最终显现出来的精神状况是如《像卫慧那样疯狂》中主人公所认同的那种孤独：'不是天堂般的孤独，是人世间闹闹哄哄当中的孤独，是某个被遗弃的垃圾桶里那种逆来顺受、黑暗憋闷而又温暖的孤独。'"② 卫慧创作中反复出现的酒吧、宾馆，是青年人在都市释放生活焦虑经常的去处。酒精的麻醉可以暂时填满青年人空虚的心灵，但无法从根本上改变他们的焦虑，放荡、另类生活的背后是时代青年无处安放的青春。

卫慧把都市中物化生活的种种琐碎、零散的感受聚拢在内心激情的表达中，引发了当代都市青年的共鸣。卫慧的作品特别受到青年的关注，她的作品是某种情绪表达，很少说教。卫慧的作品几乎看不到说教的面孔，更多是个体对生活的感受。"50后""60后"创作中写作者的优越感很少出现在她的作品中。从评论的角度看，专业评论者对其作品也有认同之处。大多数论者对卫慧的作品保持有限度的认可，对其作品的肯定集中在另类写作上。"年轻的写作一代，本来也无太多禁忌。不像年长于她们的姐姐那样凡事总会痛苦、冲突和撕裂。在她们禁忌和节制是个陌生词，道德恪守也更可以不屑一顾。如果不道德指的是婚姻中的配偶没有遵守贞操的规则；现在我不结婚，我是自由的身体，那么我就不应在道德的评判之列了。我是彻底的，并不欺骗婚姻，只是不要秩序安定，这还不行吗？……卫慧等人，绝对是对文学

---

① 布娃娃：《70年代生人的生活原则》，杨晖、彭国梁主编《70年代人》，湖南人民出版社2002年版，第124页。

② 宋明炜：《终止焦虑与长大成人——关于七十年代出生作家的笔记》，《上海文学》1999年第9期。

做出贡献的。她们客观上起了'我不下地狱谁下地狱'的作用。……卫慧她们心口如一的大胆坦诚，与故作道貌岸然状的绝对正确的标榜者相比，显然更可爱也更真实。"① 艾云从有别于大多数评论者的角度切入谈了对卫慧作品的理解，给予另类写作以肯定，在众多批评的声音中惹人注目。无论是婚姻还是道德，可以给个体提供安全感，但同时也是束缚、限制个体的重要因素。正如硬币都有两面，我们不可能同时拥有自由独立又要得到充分的照顾。卫慧作品中的人物不做作，他们行为怪异但遵守法律规范，她作品中的人物很少以结婚为追求的出发点，更多是享受自由身带来的便利。生活需要稳定，但过于紧密的束缚又让生命失去活力。于是，不结婚或以恋爱之名不遵守贞操道德观成为一种选择。这种选择让个体价值得到更大的释放，凸显出生命的自由。艾云之外有评论家对卫慧作品做了肯定，王干在他主编的"突围丛书"之《〈水中的处女〉·序》中认为卫慧给中国当代文坛带来了混合、多元的局面，认为卫慧的写作反抗了男权话语，有女性书写的价值。郜元宝在《荒芜的悸动——谈谈卫慧的小说》中盛赞卫慧的语言才华。谢有顺提出，卫慧的创作使"未被命名的整整一代人"呈现了出来。葛红兵也曾赞誉过卫慧的创作，对她的作品有肯定。这些赞誉大都出现在《上海宝贝》被禁之前。比较之下，艾云的肯定更值得注意。她的评论出现在《上海宝贝》被禁后，意味着有评论者在以理性眼光看待卫慧的青春写作，而不是一味地骂杀或捧杀。

## （二）批评者的审视

前文曾提到卫慧《上海宝贝》被禁以来在文坛和批评界引起的争议较多。大多数评论的声音是批评甚至痛责。不少评论家板着严肃的面孔语重心长地告诫青年写作者要关注文坛秩序和规约，以卫慧为反面教材，避免相似事件再次发生等。从总体上看，评论家批评和痛责

---

① 艾云：《用身体思想》，江苏人民出版社2003年版，第271页。

的主要有以下几个方面。

1. 性爱书写与女性意识

对于卫慧作品中大量性爱场景的叙写，许多评论文章有或直接或间接的论述。《上海宝贝》被禁的主要理由是作品中过多的"黄色、淫秽、色情描写"。性问题成了讨论卫慧青春写作绕不过去的话题。卫慧作品中的性爱书写问题，很多文章都有涉及，但单独做讨论的却不多，主要有刊载于《道德与文明》2004年第5期的《自由与自律——文学与现实中的性道德》和《闽江学院学报》2002年第5期的《感性欲望的张扬与理性精神的沉落——解构"都市新人类"》等。"新时期三代女作家对性爱的书写经历了一个山坡形的发展轨迹：铁凝、王安忆在社会文化政治的历史背景下，以空前的胆识打开性意识觉醒开放之门；林白、陈染等把目光从社会生活空间转向私人生活空间，执拗的探索自身世界，寻找女性自我；在卫慧、棉棉那里，却呈现由形而上到形而下的回落姿态，性爱书写中的诗性追求和灵魂救赎彻底缺席，只有欲望在张狂高蹈。"[①] 类似的评价不一而足。万济滢从"性成为商品，人体成为消费对象""漠视或恐惧婚姻，女性以身体换取需要满足""放纵的肉欲快乐""性的迷乱，标榜另类姿态"四个方面对卫慧等美女作家的创作做了探讨，同时结合"现实中：渴求灵肉结合的真实图景"提出"性自由与性自律"，对卫慧作品中的性爱书写进行批评。由于女性文学批评在中国的蓬勃发展，越来越多的评论者举起女性主义的旗帜审视当代文学作品，特别是女作家的作品。由于"张狂"的姿态，卫慧成为许多论者关注的目标。从当代中国女性文学发展的历程对卫慧作品做探讨不仅是许多学者选择的研究视角，而且已成为不少硕士生、博士生学位论文选题的来源。华中师范大学刘文菊的硕士学位论文《突围，飞翔与低徊——当代女性主义文学的心路历程》就是将卫慧的创作放在当代中国女性文学的发展中审视

---

① 雷鸣：《从灵魂救赎到欲望高蹈——论三代女作家性爱书写的内涵及流变》，《河北建筑科技学院学报》2004年第1期。

的。类似的还有山东师范大学吴宏凯的《九十年代女性写作的征候研究》、苏州大学蒋青芳的《论90年代文化语境中的女性写作路向》、南京师范大学王敏的《当代女性文学中的另类写作研究》等。这些文章大都对卫慧的女性书写价值持否定的评判,与许多杂志文章的评述相近。"陈染的写作无疑使女性由存在的'遮蔽'变为'敞亮';而卫慧对女性思想的摒弃、对肉欲的放纵,则无疑使女性重新回到了沉沦的黑暗之渊。对陈染所执着的女权、独立、反抗,后现代的卫慧也许压根就不屑一顾。"① 类似的表述在许多评论中都可以见到。"'七十年代以后'的身体书写与陈染、林白相比,更缺乏精神深度。生活体验的贫乏和不可遏制的焦躁,使她们沉迷于对真实的或者是虚拟的所谓'另类'生活的描述,在一定程度上传达了一部分现实女性的精神状态,但这种经验的言说所取得的'成功',更多的是来自于男性视阈的不无猎奇的关注,这就使其书写角度的选择及在此维度上的发展前景,变的面目可疑。"② 女性意识并不是固定不变的,会随着时代发展有不同的呈现。在谈及不同代际女作家的创作时,不少论者在肯定陈染等人创作的同时,对卫慧等美女作家的创作加以痛责,对其女性书写做了批判。

2. 无根写作

卫慧作品中的殖民意识受到许多评论者的指责。这一问题上文有探讨,在探讨的过程中涉及一些评论者的观点,引用过相关的评论话语。卫慧作品中所流露的享乐意识也成为许多评论者批评的靶子。由于卫慧作品中的人物远离生产过程,远离有责任的物质创造和精神活动,加之她笔下人物的生活多与酒吧、高级餐厅、豪华宾馆及各种时尚品牌的消费密切关联,使其作品受到了众多读者、评论者的指责。关于卫慧的无根写作,评论者亦有关注。吴智斌的《无根的写作:卫

---

① 赵梦颖:《从飞升到坠落:陈染与卫慧创作比较》,《中州大学学报》2004年第1期。
② 吴宏凯:《自我镜像的言说——论90年代女性写作中的身体书写》,《福建论坛》(人文社会科学版)2002年第5期。

慧、棉棉作品对"父亲"的解构》在三个层面对"父亲"一词的含义做界定后,从"父亲先验地缺席或远走他乡""对婚姻、家庭的回避""对父亲生活方式的颠覆""对父亲存在意义的消解""对传统的写作意义的背离"五个方面对卫慧写作的无根性做了探讨。"她们不讲国计民生,不讲写作技巧,总是以主人公惊世骇俗的生活场景与令父辈目光黯然的生活故事表示出自己的特立独行,背离传统的写作意义与写作方式。前辈作家的血液里永远奔腾着历史的阴影,记忆的疼痛,思想的重负,而卫慧、棉棉却信守一种'消费主义'的'现在时态'的写作,只着眼于现实生活场景,着眼于自己的经验与感受,重视自己的体验与介入……她们将写作与她们的生活一起体表化,拒绝或暂时无法思考更深刻的问题,表现出与前辈作家的分野。"① 结合卫慧等美女作家出生成长的时代特点看,此种写作缺陷与其生活成长经历分不开。"70后"的成长经历与前辈相比发生了较大变化,"50后""60后"的成长是笃定的,那时的时代追求是稳定的,从出生到青春期都有相对固定的奋斗目标。"70后"则不然,他们成长中的时代变化相对较为巨大。从计划经济到商品经济再到市场化,每一个转换都是巨大的。由于中国在相当长时期内的身体禁锢,导致一部分中国人,特别是思想较为守旧的中国人不敢正视人的生物性,不敢面对人的生理需求,这个群体中以年长者占比较大。看到卫慧作品中的身体叙写,他们给予了强烈的批评。另一类批评者主要是学者等一批较为理性的读者构成,他们认为卫慧作品没能写出当今都市生活的实质,只写出了生活的一个层面,未能对这个层面进行深刻的开掘,揭示这种生活所带来的异化的痛苦等。在他们看来,卫慧的作品过多地停留在欲望等形而下的层面,缺少神性和灵性的照耀,是应该受到批判的。文学的实质是人学,对人的关注应该是多方面的和多层次的。卫慧的作品未能开掘出人圣灵性的一面,受到理性意识较强读者的批评。人类在

---

① 吴智斌:《无根的写作:卫慧、棉棉作品对"父亲"的解构》,《当代文坛》2001年第2期。

社会上繁衍发展有其传统和根基，个体来到世间也不是单独靠自我就能存活。与其他动物不同，人类的幼崽适应环境的能力非常弱，需要更长的时间，经历十余年甚至20余年才能独立生活。人的根本属性是社会性。在个体成长的过程中，父辈扮演着重要的角色，承担了养育和教育的责任。卫慧等美女作家的创作对文坛已有写作模式的借鉴较少，受"50后""60后"创作的影响也较少。过多地注目自我，忽略对文坛已有创作的学习是卫慧作品存在的弊端。卫慧曾言自己比较推崇杜拉斯等作家的创作，但中国文化语境的独特性决定着作家的创作不能仅仅向国外创作者取法，更要重视自身的传统。文化传统不同导致人们的思考方式和认知模式都有差别，青年写作者在注目世界文化潮流的同时对自己的文化传统也要有深入了解。

## 二　卫慧青春写作管窥

### （一）生活一种

卫慧的创作反映了一部分年轻人——特别是都市年轻人的生活特点。卫慧的创作反映的是中国20世纪末都市某一群体的生活。1997年，研究报告显示中国"出现了比较大的收入差距，农村贫困人口年均收入不足500元，而同时年收入达5万元以上的达500万人"[①]。这个数字与国际统计的结果相比有一定的保守性。基于对1997年中国社会收入状况的分析，三四年之后也就是世纪之交时，这个差距进一步扩大了。中国都市中会出现一群新富人，这群新富人成了卫慧创作的关注对象，他们的生活成了世纪之交卫慧写作的生活原型。从这个意义上看，卫慧的写作有现实基础。随着中国改革开放的发展，无论是在物质领域还是在精神领域出现的变化都有可能被作家捕捉，反映到创作中。卫慧比较敏感，她的作品以都市生活，尤其是以都市中产阶级的生活为透视点，捕捉到了都市人在欲望化生活中的体验。她的小

---

① 中国社会科学院科研局：《1997年经济学基础学科发展状况报告》，《中国社会科学前沿报告》，社会科学文献出版社1998年版，第7页。

说从题材和价值观念看与社会文化的转型有一定的同构性。将其放在中国当代文学的发展中看，她的作品还具有一定的探索性和前瞻性。卫慧的小说在一定程度上是对都市生活的反映。阅读她的作品不仅有助于我们认识和理解中国当代都市中的特殊群体，还有助于我们更好地思考中国都市的现实状况。

　　捕捉到时代的新气息，并不等于能在作品中很好地表现它们。文学是一种艺术活动，离不开作者的审美创造。生活中有很多美的存在，卫慧的作品未能很好地挖掘、表现出生活中的美好，更多地将笔停留在低俗的层面上。男女两性关系可供开掘的层面是多样的，卫慧却仅仅注意到两性间的性关系，缺少提炼地将之展现，反而是对美的漠视。她片面地理解了都市某类人群的生存状态，未能在创作中有效地对生活进行审美化提炼。无论是青春写作还是其他类型的创作，如实地对生活进行呈现很难创作出优秀的作品。作者的感知和生活本质有不小的距离。以创作者感知的生活进行文学创作离不开写作者利用自身的知识储备进行提纯。卫慧在这些方面的表现并不完美，存在不小的问题。未能有效地开展审美提炼，是否意味着卫慧在作品中进行了很好的"审丑"呢？虽然"丑"和"美"是一种对立的存在，但作家能够在自己的作品中通过对"丑"的解构和评价展现出"美"的价值。纵观卫慧的作品，我们看到的是作者对"丑"的津津乐道，没有批判和解构。如果作家只是将生活中的一些肮脏现象表现出来，而不能对这一现象进行批判，创作出的作品便不是文学意义上一部成功的作品，是经不起时间检验的，因为它没有体现出作家应有的社会责任意识。卫慧的作品未能做到审美提升，也没能很好地审丑，缺乏对生活必要的提炼。卫慧对都市某一群体以及这一群体的生活、思想、追求等有所把握，但她未能很好地把握这一群体的生活实质，未能从社会、道德等层面对这一群体进行审视。

### （二）大众文化中的个人化叙事

　　大众文化是一种产生于工业消费社会的文化形态，以大众传媒为载体，以青年一代为主体，以商业化操作为手段，以都市生活为中心，关注城市人群的日常生活状态，在实践上具有消解崇高神圣、解放思想提倡个性和民主化的倾向。大众文化给予个体较大的自由选择权，不再是步调一致地管理和规范个体行为，有利于人们自我价值实现和个性张扬。大众文化同现代文学中的"大众文化""大众文学"以及现在经常提到的"通俗文化""民俗文化"不是同一个概念。这里使用的大众文化对应于英文的"mass culture"或"popular culture"，有学者将其译为"流行文化"。大众文化的内涵，学术界并没有统一的看法。有关大众文化的不同概括有上百种之多，从侧面反映了人们对此概念认知的分歧。陶东风在《当代中国的文化批评》一书中梳理了学界关于大众文化的六种不同理解。尽管对此概念的认知存在较大分歧，中国学界还是有相对一致的看法。李陀发表的《"文化研究"研究谁》对"大众文化"的理解有一定的通识性。"此处所说的'大众文化'与三十年代'大众语运动'以及后来的'大众文艺'完全不是一个层次上的概念，前者主要是指为庞大的工业文化所支持，并以工业方式为广大的文化市场大批量复制、生产消费性文化商品的文化形式，畅销小说、商业电影、电视剧、通俗歌曲、休闲报刊、卡通音像复制品或杂志、赢利性的体育比赛以及时装模特表演等等，都是这一文化的主要成分。大众文化是现代工业和市场经济充分发达后的产物，完全是一种新的文化文明。"[①]大众文化对应的是工业化的生产和市场经济，并不是说多数人的文化就是大众文化。就此而言，大众文化是生产力发达到一定程度才出现的文化文明形态，与以往的各种文化形态都不相同，是某种社会文明形态的文化呈现。

大众文化引起中国学界普遍关注并加以研究始于20世纪90年代以后。这一方面与理论的引入有关，更与中国市场经济的发展同步。"大众文化产生的社会基础是市民社会和民主政治环境。市民社会是

---

① 李陀：《"文化研究"研究谁》，《读书》1997年第2期。

指在现代市场经济条件下，社会成员按照契约性规则，以自愿为前提、以自治为基础进行经济活动、社会活动、文化活动以及议政参政活动的生存生活领域，它是社会成员生活的一部分私域和非官方公域的综合……市民社会的形成和发展也是同市场经济息息相关的，市民社会主体的生成、契约性规则的确立、市民社会独立性的发生发展、市民社会各种内容的出现，都离不开市场经济，只有在市场经济存在的条件下，市民社会才能够真正的形成。"[①] 这里从侧面论述了"大众文化"同市场经济的联系。二者之间的联系还体现在其他方面，比如市场经济条件下个人生活中产生了私人时间等。私人时间的增多使人们有充裕的时间选择自身的娱乐方式，推动不同选择项的繁荣发展。文化在传统认知中是一种高雅行为，似乎普罗大众不配享受文化消费。工业文明下，不仅日常用品是流水线上批量生产出来，艺术等消费品也由于生产效率的提升得以大规模地生产。这种情形下，人们能够比较便捷地进行文化消费，文学等也不再远离民众，书写的内容也更容易为大众所接受。中国20世纪90年代的诸多文学作品都或多或少地带有大众文化的印痕。卫慧的创作作为一种现象在世纪之交出现与中国都市大众文化的发展的联系密不可分。20世纪90年代以来，社会中属于个体的私人时间大大增加，随之而来的是对公共生活的漠视。人们不再热衷于参加大规模的集体活动，更愿意享受属于自己和家人的余裕时光。闲下来的人们沉溺于自我的小家庭、健身房、美容院、洗脚屋、洗头屋，不再热衷于公共活动。这一时期的中国人普遍缺少政治参与热情，多在忙忙碌碌地为金钱奔波劳碌。卫慧创作中塑造的人物大都具有此类特征，能让读者找到认同感。她作品中人物的追求与社会中许多人的追求相似。"卫慧现象"和卫慧这种写作方式的出现与空前繁荣的大众文化分不开。没有适当文化语境的出现，一个作家很难引起大范围的关注。如果将卫慧放在中华人民共和国成立后

---

① 金民卿：《大众文化：一种新的文化生产方式》，《安徽大学学报》（哲学社会科学版）2002年第1期。

"十七年"文学或其他文学语境，会很难产生万众瞩目的"现象"。社会语境提供了土壤，生产群体工业化的操作造成了较大的影响，普通大众有阅读的渴望等多种因素共同催生出卫慧的青春写作。

大众文化的繁荣不可避免地导致自我意识的张扬。"进入90年代以后，无论在社会的一般意识中，还是文学的流行观念里，'个人'似乎都成了最重要的东西。今天的年轻人——当然远不止是年轻人——憧憬未来的时候，还有几个是真正把'社会'或者'国家'放在首位的？'个人'的发达，事实上已经成为公众最普遍也最迫切的要求。与此相应，'个人性'和'个人写作'愈益频繁的成为文学杂志上的热门话题，不但批评家以此论述作品，许多作家也以此自我论述。"① 个人化叙事的凸显在20世纪90年代的文学创作中体现为社会、人民、政治、改革、启蒙等字眼的逐步消失，私人、个人、性、欲望等词语大量涌现。从作家的创作意识看，很多90年代的作家都在有意识地追求个人化写作。这种写作现象的出现与当代社会经济发展和文学自身的变化有不可分割的联系。改革开放进一步走向深化，市场经济的快速发展导致价值观的混乱。政治环境相对宽松，文学边缘化，文化上的无名状态和多元化，大众文化、消费文化的蓬勃发展等因素共同促进了个人化叙事20世纪末在中国兴起。

此处所提的个人化叙事与中国现代文学中出现的偏重于自我书写的个人化叙事不是一回事。20世纪早期在郁达夫、沈从文、穆时英、刘呐鸥、路翎等人创作中出现过个人化叙事。他们的叙事"一方面继承、保持了五四时代的这种在叙事中抒情，在写实中着重表达自我的传统；另一方面，将自我的感受、体验、思考更多的隐藏在、熔铸在小说的独特题材、主题、内容之中和特定的艺术形式、手法、风格之内"②。世纪之交出现在中国文坛的个人化叙事将自我从社会中抽出，有将自我绝对化、孤立化、片面化的趋势。他们完全取消文学中的社

---

① 王晓明：《在创伤性记忆的环抱中》，《文学评论》1999年第5期。
② 黄书泉：《文学转型与小说嬗变》，安徽教育出版社2004年版，第159页。

会政治因素，主要书写"我"的生理欲望、身体欲望、本能欲望以及与之相适应的苦闷、困惑、焦虑等。郁达夫等的私人叙事在五四时期有特殊的价值。它突破了封建纲常等对个体的制约，发现了个体，解放了人。五四时期出现的这种书写方式开创出新的写作空间，形成了新文学书写的传统。郁达夫、刘呐鸥等的个人化叙事并不是只注目个体，更关注个体与时代文化和外在环境的关联。一定程度上，这些个人化叙事是个性解放的宣言，张扬的是个性解放。从个性解放的角度看个人化叙事，其后来发生了较大的变化。卫慧等美女作家的写作在陈染、林白等"私人写作"的基础上，对自我从身体层面做了进一步的开掘，将关注点从个人叙事的心理感受推进到身体感受，在商品经济的影响下不断地在主题、情节、题材、写作手法上进行自我复制。卫慧的个人化写作超出了个性解放的追求，或者说窄化了个人化叙事，将关注点更多集中于身体层面。不是说作家不可以写这些内容，只是卫慧在作品中不断地关注自我和身体，却缺乏对所写对象的深刻反思，缺乏将自我感受融入社会展现时代的责任感，是个人化写作片面化的呈现。在肇始之初，个人化写作就带有反抗社会制约，以个性解放拓展思考空间，有思想启蒙的特征。卫慧等美女作家更多地将目光聚焦于女性身体，反复叙说女性的身体感受，物化女性身体的同时也将个人化写作引入误区。作家不能只为商业利益写作，文学作品的社会影响力不能忽视。身体在感官享乐的同时，还承载着历史的、文化的、伦理的等诸多形而上的重负。卫慧的作品漠视了身体的这些特点，其写作是在个人化叙事的旗帜下进行的，但作者写作的实际目的却是为迎合大众文化获取经济利益。世纪之交中国文坛上的个人化写作大都或多或少具有此类特征。如此，不论是从文本内容还是写作语境看，卫慧的创作与时代文化关联密切，是被裹挟的体现。

**（三）卫慧青春写作争议之我见**

认识一种文学现象，读者的立场是不同的，不同的立场会产生不同的阅读效果。对于批评家而言，批评立场的选择尤为重要。如果批评者没有选择好批评立场或者说批评立场的选择不恰当，会导致对作者、作品的误解和误读等。这一点从对卫慧青春写作的争议中可以很好地看出来。"本来，出现卫慧、棉棉这样的作品也不过是文坛中、出版过程中的一些疵点，不足为奇。但被一些媒体特别是一些小报大肆炒作，并要成为一种时髦的文化思潮的时候，那就不能叫人坐而不视了。……同时，这也提醒我们正常的评论是多么的及时和必要。常常是一些有素养的评论家们不屑于关注的，却往往被某些不称职的或不负责任的评论者炒得火热，而炒作的本身又并不去分析作品的内容，却在用作者本人或其经历招徕读者，进而达到商业的目的……这种现象应该引起我们的注意。"① 从这些论述可以看出，评论者的论述和评说方式对作家和文学现象的形成有较大的影响。时至今日，卫慧等美女作家的创作很难再受到读者的追捧。人们渐渐忘记了卫慧的作品。卫慧的作品是"疵点"还是"时髦的文化思潮"读者早已用行动做出了选择。当卫慧淡出人们阅读的视野，她的文学价值如何已不再需要探讨。世纪之交的文学评论家并没有意识到卫慧创作储备的不足，以不负责任的态度推动了卫慧创作引发关注。由此，在认识卫慧创作时，不仅要有意识地选择和把握好批评的立场，更重要的是要坚持批评的学术意义。

立场问题是批评标准的问题。由于评论家的学养和关注层面的不同必然会在批评中自觉或不自觉地形成自己的标准，不同的批评标准会导致对卫慧青春写作的不同理解。在认识卫慧青春写作时，历史的标准和道德的标准是不可缺少的。只有把卫慧青春写作放在历史、道德等大背景下，才能有助于我们更好地认识这一现象。社会上存在一些肮脏的现象，作家在写作时不能忘记自己的社会责任感。文学作为一种特殊的职业，作家的写作不仅仅是为了自己，还要对社会负责。

---

① 王大路：《"新新人类文学"现象分析》，《中国图书评论》2000年第5期。

阅读卫慧的作品给我们的感觉是她社会责任感的缺失，致使她不可能成为一个经得起历史考验的作家。批评家肩负着相似的责任，由于批评家的意见在一定程度上会对作家、公众产生一定的影响，在评论作家作品时也不能忘记自己的社会责任。以此观之，相当多的有关卫慧青春写作的评论缺少对此现象的理性审视，不少评论者同作者一样缺少社会责任感。卫慧青春写作已慢慢淡出人们关注的视野，2004年卫慧同时以几种文字在全球同步推出新作《我的禅》，此书虽获得了较好的销售成绩，引起的反响却不大，几乎没有引起评论界的关注。卫慧青春写作引起过较大的争议，但关注点更多地不是来自文学层面。卫慧既没有像先锋作家那样勇于探讨新的艺术形式，也没有像老一辈作家那样以忘我的投入为文学的神圣性再树丰碑。她更多是以作品中表现的特殊生活方式、行为方式和思想观念冲击当时文坛和读者。不论从文学发展的历程还是从中国社会发展的趋势看，卫慧青春写作的出现都有其合理性和局限性。

从哲学意义上看，卫慧作品表现的核心是个人在当代社会生存的问题。深究起来，卫慧作品的哲学基础有"犬儒主义"的影子。犬儒主义是古希腊"犬儒学派"的学说体系。这个学派在公元前5世纪后半叶到公元5世纪一直都在活动。其主要代表人物西诺帕的第欧根尼提倡自足与无耻，形成犬儒学派的典型特征；波律斯提尼的和美尼波斯则把犬儒主义和享乐主义混合起来。总体来看，犬儒主义"主张放弃社会、家庭、国家、世俗生活、宗教，超乎一切斗争之上，导致极端个人主义"。[①] 在当今时代中，个人与国家主流意识形态的关系进一步冷漠化，人们对意识形态的效忠更多出于一种实用利益的考量。"人们只是出于利益的计算而服从意识形态。这是一种非常典型的犬儒主义态度。""以不相信、政治冷漠为主要特征的犬儒主义思潮，是全权主义和后全权主义的环境的必然结果，是意识形态的空话和假话

---

[①] 金炳华等编：《哲学大辞典》，上海辞书出版社2001年版，第1155页。

一而再、再而三地失信于人的结果,最终导致人们干脆不相信一切所谓'真理'。"① 虽然人们可以不相信,可以政治冷漠,但人们却无力改变这些现状,导致犬儒主义者普遍采用玩世不恭和放荡不羁的态度游戏世间。卫慧创作的哲学基础有犬儒主义的影子,她作品中的人物没有追求,生活是有一天算一天,但每天都要按最舒服的状态度过。《上海宝贝》中的天天没有理想,没有奋斗的欲望,读书等生活状态完全围绕自我喜好,是以个体幸福为关注核心的典型呈现。这种生活状态是享乐的与外在无关的自我享乐,与犬儒主义倡导的理念一致。需要指出的是"犬儒学派"并没有像许多哲学流派那样形成独立的派别,也没有系统的学说,由于其存在时间较长,其许多主张有自相矛盾的地方。

　　从哲学层面看,卫慧的创作与"异化"一词分不开。中国都市社会在世纪之交已发展到迥异于传统宗法社会农业文明的另一种形式。上海已经具备了国际大都市的规模和文化,融入国际大都市的行列。都市人在生活中较多感受到危机。这种危机不是物质生活上的危机,更多的是一种精神危机。随着经济的发展,人们物质生活水平迅速提高,带来的是更大的不满足。人的生存是一种不断利益实现的过程,导致都市人欲望的无限扩张,个人主体性沦丧。都市文化以其不可抗拒的影响力冲击着国人在长期思想禁闭中形成的传统道德伦理。很多以往被认为不可侵犯的观念受到了重审,如物质追求、享乐追求、伦理禁忌等。同样,都市的生活方式对国人被灌输的生活方式形成较大的冲击,致使都市人不可能像传统农业文明中的生活者一样恪守不变的思考认知模式。这种生活方式在更深层次上对传统价值形成消解,直观上我们感受到的是精神层面的颓靡与堕落,对理性的否定,对积极向上社会主流精神的排斥与反叛和对欲望的疯狂追求。所有这些的产生都与都市社会人被异化有关。在一个"物"充溢、"人"缺失的

---

① 陶东风、徐艳蕊:《当代中国的文化批评》,北京大学出版社2006年版,第268、269页。

社会里，不甘丢弃自我主体的青年通过颓靡的生活方式获得一点快感。这种行为在迎合都市价值的同时也是对都市文化异化人的反抗。从这个意义上看，卫慧青春写作的出现和引起较大的关注是中国都市社会发展的一种现象，更是中国都市文化发展的一种必然。

卫慧青春写作有其出现的合理性。中华人民共和国成立后，文学受到了特别的尊重，被抬高到神圣化的地位。那时的文学创作不是个人行为，更是受国家方针政策操纵的，是实现共产主义的有力手段。新时期以来，中国文学逐渐摆脱加在它身上的负累，回归本原，但文学的载道因素仍然浓厚。20世纪90年代，以陈染、林白为代表的作家感知到文学发展的趋势，进行"私人化写作"。她们的写作并没有真正面对个体，未能真正正视作为人性重要组成部分的生物性。周作人曾说，所谓的人性就是神性与兽性的结合。卫慧的创作是对她们"私人化写作"的进一步开拓。卫慧等美女作家的创作在发掘生物性的同时走到了另一个极端，即忽视了人性的另一面神性。随着普通大众个体性在社会生活中的被重视，文学创作不可避免地要向关注自我的层面发展，不可避免地要关注人性中的兽性。由于卫慧引起的关注与商业炒作分不开，受到商业操作影响，加之缺少对生活的提炼，过多地以形而下的描写迎合读者，注定她的作品难以经受时间的考验，卫慧青春写作的稍纵即逝难以避免，这一现象说明中国都市社会价值多元和当代文坛的包容。卫慧青春写作不仅是中国当代文坛上出现的昙花一现的文学现象，更是一种文化现象，也可能是人类文明的发展中出现的具有人类学研究价值的现象。

就卫慧青春写作本身看，这一现象虽在世纪之交的中国文坛出现，但它的影响力和波及范围却远远地超出了国界。《上海宝贝》被禁一年后，卫慧曾在《亚洲周刊》宣称，已有30多个国家的出版机构买下了该书的版权。就此而言，卫慧青春写作的影响力比一般评论者想象的要大。由于卫慧青春写作是一个波及国外的文学现象，对它探讨的视域范围当然不能仅仅局限于本国之内。改革开放的出现让中国更迅捷地感知到国际气息，对待文艺创作的态度与计划经济时期大为不同。计划经济时期，创作要服从计划安排，个体的创作自由相对有限。市场经济时期，个人获得了空前的自由，只要是在法律法规下的活动，都不会被干预。作家的创作更是如此。中华人民共和国成立后，国家成立了文联、作协等组织，作家、艺术家每月有工资可领。市场经济下，作家和艺术家的生活更多依靠自己的劳动付出，新加入的成员不再由政府供养。这种情形下，国家很难全面掌控作家的艺术创造，更多是通过出版环节的监控设置底线。卫慧等"70后"的青春写作和当前网络文学的兴盛面临的语境是相似的，都是监管相对宽松时期出现的文学现象。社会给个体留出了足够多的创作自由，不同时代的写手才得以在其间一展身手。"唐家三少""我吃西红柿"等网络作家的创作受到热议时，更容易让人们想起卫慧等美女作家造成的争议。卫慧青春写作引起的争议是超出国界和多层次的，造成了大的影响和波澜。与其相似的是今天中国网络文学的发展。网络文学的核心存在是传统文学观念中的"通俗文学"。如果认为其背后蕴藏着不可告人的政治目的，甚至想加以利用，显然是荒谬的。以卫慧青春写作为研究对象，可以通过引起波澜的"卫慧现象"作为研究的切入点，联系起"70后"作家和世纪之交的中国文学创作，再进一步探讨世纪之交的中国都市文学与文化。在对卫慧青春写作认识的基础上，研究者可以进一步探讨"大众文化""后殖民文化""消费主义文化""女性文学""网络文学"等，可以更为深入地认知中国文学的新发展……"始作俑者，其无后乎？"通过网络文学兴起之前文学现象的考察可能更有助于我们认知网络文学的发展。

# 第四章 网络文学青春书写的跨文本叙事与传播

以传统文学理念考察，文学主要是文字形态的存在。章太炎在《国故论衡》中提出"文学者，以有文字著于竹帛，故谓之文；论其法式，谓之文学"。这种对文学的看法建立在文学与文字关联的基础上。当然，也有不同意见认为文学是超越文字的存在，比如认为在文字出现以前就已经有了文学的存在，当时劳动人民在生产过程中喊的号子"吭唷，吭唷"就是一种文学创作。以今天的理念看，文学有不同形态的存在，除了文字形态之外还有口头文学形态等。到了网络时代，文学不仅有书面或口头形态还可以是图像化的。这是文学在新科技变革的基础上出现的新变化，也是不同时代人们阅读变化催生出的新的生存方式。在不同的媒介下，文学有不同的传播方式，网络文学的传播更为迅捷。以前，文学走出国门需要花费大量的人力、物力，今天则较为简单。信息载体的变革让传播变得更为迅速，推动了中国网络文学青春书写探析收获的成果更为便捷地为外国读者所感知。探析这些论题，有助于更好认知网络文学的发展和文学在网络时代的发展和新变。

## 第一节 论网络空间身体的文学、图像、视频化建构

身体作为飘浮的能指，在社会学、哲学、文学等领域的复杂意蕴

已被不断阐释,成为切入文化研究的关键钥匙。随着信息技术的发展,除了现实可感的身体,网络空间正逐渐形成更复杂、独特的身体景观。首先,网络的开发、利用离不开人对数码技术的驯化,本质上是一种具身化实践;其次,身体占据了网络界面的中心位置,成为信息传播的重要媒介;再者,如何方便身体使用、吸引身体投入成为网络应用建构的核心问题。"身体关系的组织模式都反映了事物关系的组织模式及社会关系的组织模式。"① 身体景观从未如此丰富复杂,现实可感的肉身、文学身体建构、图像身体存留、影视化身体展演、网络直播的身体实践等多种身体景观并存、互构,合力促动当代文化范式的转型。考虑到网络文化空间的生成及传播规律,从网络空间中的文学身体、图像身体和视频身体三种身体形态切入,分析其间的建构逻辑,可以有效探讨当下社会文化机制的变化。

## 一 工具性: 网络文学的身体伦理

文学中的身体是指意的身体,是写作者对物质身体的文字化转码。"在现代叙述文学中,主角通常渴望某个身体(最常见的是另一个人的,但有时候也是他或她自己的),而那个身体对于主角来说显然象征着'至善'(ultimate good),因为它似乎拥有着——或者它本身就是——通往满足、力量和意义的钥匙。"② 身体不仅是一种生理生成,更是一种文化建构。身体是文化的载体、历史的印记,也是整个社会的具身化隐喻。"特定的身体形式与展演被赋予的社会意义,往往会被内化,深刻影响个体对于自我和内在价值的感受。"③ 作为对世界的最初模仿活动之一,文学创作凝结了强烈的个人体验,也承载着极为丰富的社会文化信息。在此前提下,文学中的身体表达具有超文

---

① [法] 让·波德里亚:《消费社会》,刘成富、全志钢译,南京大学出版社2000年版,第140页。

② [美] 彼得·布鲁克斯:《身体活:现代叙述中的欲望对象》,朱生坚译,新星出版社2005年版,第1页。

③ [英] 克里斯·希林:《身体与社会理论》,李康译,北京大学出版社2010年版,第73页。

学的阐释性。在传统文学中，身体是文学叙事的象征符号，推动叙事发展，是叙事意义的凝结，但在网络文学中，身体的作用发生了显著的变化。

在传统文学作品中，叙事情节的发展依赖人物身体的行动展开。只有通过各色人物的聚集，作者才得以完成文学世界的建构。网络文学中，"人设"取代"人物"成为叙事中心，故事情节的推动不再围绕人物而是围绕人设发生。"'人设'是从独立于一切文艺作品的'萌要素数据库'中抽取'萌要素'拼贴而成的。"①"萌要素数据库"原本是一个抽象概念，但在网络小说创作中以实体存在，只要在"网络小说生成器"② 输入小说要素，系统能自动生成对应文字，不仅门派、武功招式、法宝等素材随机组合，人名、人设、衣着、头饰、外貌等亦可信手拈来，甚至情节桥段等也可一键生成。作者不必再费心描写身体或为人物行动寻求合理性，只要从"萌要素数据库"中抽取出"霸道""总裁""高干""腹黑""废柴""逆袭"等标签，读者即可根据标签及标签所代表的已有角色形象序列进行"脑补"，完成接受链角色的身体想象。"萌要素数据库"和"网络小说生成器"等本质上是欲望符号的数据库化，与网络小说的类型化发展路径形成互构。尽管开发者和使用者称"网络小说生成器"仅仅提供数据或思路上的参考，但一再出现的网络小说抄袭融梗案例在现实层面暴露出，是读者而不是作者，成为网络小说生产的内容发动机。

网络文学网站按照主题分成不同板块，一方面是对读者的引导，读者只需按兴趣点击进入主题板块，就可以浏览大量同类型作品；另一方面，网站的主题分类也潜在地为作者创作提供参考。何种主题的小说最受欢迎，谁的作品被推荐最多？网站排行榜一目了然。网络类

---

① 高寒凝：《网络文学人物塑造手法的新变革——以"清穿文"主人公的"人设化"为例》，《当代文学》2020年第6期。
② 参见许莹《网络小说生成器：以技术的名义谋一盘"抄袭"的棋》，《文艺报》2017年3月22日；针未尖《"小说生成器"，创作的终南捷径?》，《文学报》2012年11月29日；狄青《PK的是科技还是文学？（外两章）》，《文学自由谈》2014年第6期。

型小说可以划分为"类型",其根本在于同板块中的所有文本之间存在谱系关系,新创作的文本往往建立在沿袭前人文本的设定上。网络文学的门槛不是面向读者,而面向作者。"作者被要求进入一个半成品的世界,通过理解这个世界的先在限定,以写作加入世界的建造。"① 萧潜的《飘邈之旅》、忘语的《凡人修仙传》被奉为修仙小说的经典之作,其价值不在于文学水平达到何种高度,而在于为后来者提供了可供套用、沿袭、细化的某种设定。"网络文学仍然具有相当清晰的超文本特质,而在'类型'的层面上抓住这个特质,才是理解网络文学'作品'的核心和关键。"② 作者及读者多将修仙小说的"升级"、穿越\重生后的努力作为网络小说青春洋溢、励志向上的一面加以宣传。网络文学网站及其后续产业链乐见其成——人物不断升级的前提之一是内力\法力\修为的量化。主角的突破和提高是量变导致质变的过程,其结果天然符合网文"爽点"的设置,对身体威力的极致夸张描写也为游戏改编和动漫改编提供了虚拟世界构造的蓝本。至于"爽点"的设置灵感,不是作者的灵光一现,而来自读者的点击和月票。在网络空间中,读者不是网络文学的旁观者,而是深度参与网络类型小说的生产。在利益驱动面前,读者的要求和讨论成为作者和网站的首要考虑维度。换言之,网络文学作者考虑的不再是"我想表达什么",而是"读者想要什么",或者是"怎样才能吸引读者获得更多月票",网络文学的特殊生产机制打破了传统文学作者与作品之间的原初性深度关联。身体书写不再是作者个体独立意识的表达,也不再是故事发生的背景、时空、人物形象等传统文学叙事核心要素,而是如何描写身体才能吸引读者。身体不再是作者思考的凝结,成为作者的工具——唯有设置更新奇的修炼方式、更夸张的身体描写,才

---

① 储卉娟:《说书人与梦工厂:技术、法律与网络文学生产》,社会科学文献出版社2019年版,第151页。

② 储卉娟:《说书人与梦工厂:技术、法律与网络文学生产》,社会科学文献出版社2019年版,第186页。

能在无数的类型文本中脱颖而出获得关注。这种背景下，关注修仙文、穿越\重生文等网络文学，局限于文本往往会造成某种偏误，需从文学与社会关系等角度加以探讨。

　　修仙小说亦称修真小说，是玄幻、仙侠小说的"同胞兄弟"，博杂吸收中国古典文化思想、西方神魔传说、网络流行文化等多种元素，结合仙侠、玄幻、近现代武侠、古代游仙传说、神魔志怪小说甚至科幻小说等发展而来。修仙小说主角不限男女，时空亦无限定，可从古到今、从西至东，甚至在多个时空穿梭。根据题材可将修仙小说分化为现代修真小说、古代修真小说、都市修真小说、魔幻修真小说、洪荒修真小说等，内容包罗万象、天马行空，核心要素是"升级"。主角或者身份卑微或者身患残疾，机缘巧合下，借助灵药\法器\贵人得以将弱者之身修炼成强者之身。在由弱而强的修炼过程中，身体成为力量的容器，"天下虽然内功修炼方法无数，各自不同。但有一点是同的。这修炼吸收转化的内功都是存储在气海穴，也就是丹田之中。"[①] 修仙小说中的内功\法术修炼实质是"吸收天地灵气"，将天地精华之气吸纳入体内，运行于脉络，蓄积于丹田，最终化为己用。"练功"是"炼气"的过程，也是修身的过程。《星辰变》（我吃西红柿）中的秦羽天生丹田无法蓄积内力，只能修炼外功，不断突破身体的生理极限，增加肌肉对内功的吸收能力。修仙小说所展现的身体想象在中国文化系统中并不陌生。经过数千年的交融、积淀，中国古代形成了以"气"为介质理解世间万物的思想体系。"人之生，气之聚也。聚则为生，散则为死。"（庄子《知北游》）是中国古代身体观的直接表达。天地之气凝聚成人的形体，人的身体内也始终有气的流通、运行。"气"可以作用于"形体"，"形体"的活动也会对"气"的运行产生影响。心性的修炼可以使气的结构发生转变，养气到一定程度也可使身体结构发生改变，所谓"而后眼如耳，耳如鼻，鼻如口，无

---

[①] 忘语：《凡人修仙传》，起点中文网，https://book.qidian.com/info/107580，2023年9月19日。

不同也。心凝形释，骨肉都融"（《列子》），"天机不张，而五官皆备"（《庄子》）。在修仙小说中，灵泉可以增强功力，星光可以淬炼身体，陨石可以代替丹田成为内功的蓄积池，修炼到一定程度可指气为剑、御风飞行。就意象的运用而言，修仙小说中的身体书写与中国传统身体想象密切相关。中国古代志怪小说、唐传奇等已隐含了借尸还魂、死而复生的叙事因子，"穿越—重生"的写作设定早已有迹可循。当小说创作已失却作者主体的建构而演化为类型时，应当从类型的视角去理解创作机制中的身体逻辑。

在穿越\重生文中，主角或者死而复生，灵魂带着前世的记忆回归原有躯体，开启全知全能视角，改变了原来的人生轨迹；或者灵魂注入一具陌生的身体，以全新的身份生存。初期穿越\重生文如《庶女有毒》（秦简）、《名门医女》（希行）等描述主角遭遇意外由死而生、穿越时空的情节，强调一种机缘巧合或逼不得已，为获得新生的主角建构此后一切行为的动机及其合理性。主角或者灵魂与身体一同穿越（俗称"身穿"），或者身体留在彼世灵魂穿越\重生（俗称"魂穿"），后者会意识到灵魂与身体需要长时间磨合，而这种隐秘的分裂形成了故事的紧张和张力（《太子妃升职记》）。随着类型的进一步分化，重生和穿越已经不再需要任何原因和铺垫。穿越重生的过程和前因后果不再是叙事内容，而直接作为叙事的先在限定，只需在标签或题名中加上重生、穿越，作者与读者就已形成了默契。《除了我，所有人都重生了》（时三十）中宁母和男主楚斐仅仅是做了一个梦，就确信自己已经死了又活过来。这种先在限定隐含的逻辑是：灵魂\意识是流动的，身体作为灵魂的容纳地而具有固定性。

有研究认为玄幻修仙小说中对身体力量的夸张描写是人生命意识的张扬，"穿越—重生"小说为重建现代文明价值提供了可能性视角，事实是网络小说的身体建构路径与现代文明体系相反。中国传统身体观是"天人合一"的身体观，对身体的理解是情境式的，即从万物相互关联中理解人的存在；对外界的理解是具身化认知。山脚、山腰、山头、墙面、桌脚、瓶身等命名方式，就是从对自己身体的理解指认万物，人的存在与世间万物密切相关，人体与万物相通，对人体的理解也是对宇宙的理解。中国的"身心一元论"与20世纪以来逐渐形成的现代身体哲学相当契合，"身体"不仅仅是物理存在，更是构成"人"的所有意义的凝结。

当代作家霍达尝试借助移魂重生的模式探讨身体与人的本质的关系。《魂归何处》（1986）中女教师曾平因为一场车祸，灵魂寄生在吃安眠药自杀的肥皂工李金镯的身体上。她身体的死亡成为亲人和校方谈判的筹码，教职、婚姻被妹妹曾莉接替，她生前全身心投入工作不仅没有得到同事的认同而是激发了不少微词。以李金镯之身重生后的曾平回到生前的家，发现除了儿子亮亮为自己伤心，其他所有人的生活不仅没有受到影响，反而成就了"这官司也没白打，这党也入了，钱也给了，她妹妹也有了工作了"①的圆满结局。如此戏剧性的转变直接消解了曾平身体作为身份主体的意义，看似人人都需要她，其实不对任何人产生影响。形成参照的是，肥皂工李金镯生前被丈夫百般嫌弃，昏迷期间丈夫高迈终于意识到李金镯的重要性，下定决心要加倍专一深情地爱她。当他发现妻子李金镯醒来后像换了个人，衷心地感谢"上天的馈赠"。曾平和李金镯一个是身体死灭灵魂仍在，另一个是灵魂消逝肉身存活，她们作为独立个体的意义都遭到了质疑和消解。移魂重生的戏码在《魂归何处》中承担了视角的转换，身体从自我建构的主体变成了建构的客体，成为叙事的对象。霍达实际是通过身体探讨人的本质存在：人的本质到底是肉身还是灵魂？当曾平的灵魂在李金镯的身体上寄生，死去的是谁？活着的又是谁？生者该以何种身份继续活下去？……诸如"我是谁""我从哪里来""我要到哪里去"的终极拷问，是哲学体系的基点。曾平和李金镯的困境实质是对现代文明体系中人的本质的追问。"重生"这一架构有如此内涵，但

---

① 霍达：《魂归何处》，北京十月文艺出版社1988年版，第101页。

网络"穿越—重生"文对牵涉的诸多疑问的态度令人寻味，不再探讨不再挣扎，而是直接搁置。"穿越—重生"文不追问、不在乎人的本质存在（而这恰恰是传统文化体系的叙事核心）这一问题，直接展开生者如何活下去的叙事。《庆余年》中的范闲，穿越前是重度肌肉萎缩症患者，身体完全无法自主，穿越成范闲后，就坚定了最大化锻炼身体，好好活、好好享受的信念；《庶女明兰传》中的姚依依穿越重生为盛明兰后，不探究为何穿越，而是考虑怎么做才能在这世上好好活下去，其身体一反前期穿越文的模式，直接考虑服从世界而非改变世界。穿越者非常坦然地接受了穿越—重生的事实，并很快调整好心态以现存肉身及其身份活下去，意味着认可并接受身体与灵魂的分离，身体可以更换，灵魂可以移动，身体充当了容纳灵魂的器皿。这种对灵肉关系的理解与中国"身心一元论"有着根本性的区别，相较之下更接近西方古典身体观。

　　西方常用牢房（prison-house）、寺院（temple）、机器（machine）等"容器"意象比喻身体（body）。身体（body）在词微学上也与古德文 botahha（桶、瓮和酒桶）和 tubby（"桶状"的人）的关联。① 在以苏格拉底为代表的古希腊哲学体系中，身体等同于肉体，与灵魂是分开的，身体只是灵魂的暂时性容器。"我们认为死就是灵魂与肉体的分离；处于死的状态就是肉体离开了灵魂而独自存在，灵魂离开了肉体而独自存在。"② 中世纪基督教神学和作为古代与现代过渡的笛卡尔哲学都承继了这种"身心二元论"，认为人（"我"）的主体性存在于思（灵魂）而非身体，身体只是"一台神造的机器"③，其对身体的认来自身体的工具性，网络类型小说的身体逻辑显然与此更为接近。

　　近现代以来，经过尼采、叔本华、梅洛—庞蒂、福柯等的"哲学

---

① ［美］安乐哲：《古典中国哲学中身体的意义》，陈霞、刘燕译，《世界哲学》2006年第5期。
② ［古希腊］柏拉图：《斐多》，杨绛译，辽宁人民出版社2000年版，第13页。
③ ［法］勒内·笛卡尔：《谈谈方法》，王太庆译，商务印书馆2000年版，第44页。

身体化"运动,"身心二元论"的偏误已得到充分认识,身体既是生理存在也是文化建构的原初意义成为现代社会科学的共同基础。身体的工具化倾向在网络文学的沉渣泛起并非身心二元论的简单复归,而有着更复杂的社会文化内涵。网络类型小说作者、网站、读者三位一体的特殊生产机制,决定了网络类型小说中的身体伦理已然是社会身体观念的多方位投射。事实上,身体的工具化不仅在网络类型小说大行其道,在社会生活层面有着更为广泛的体现。

## 二　功用性：图像身体的制造仪式

随着摄影技术和传输技术的发展,网络空间的身体的图像化呈现已经从一种趋势发展成一种现象,并逐渐成了一种日常。图像身体的广泛存在有深刻的现实基础,一方面摄影和传输技术的成熟使即时图片交流成为可能;另一方面,现代人生活节奏加快,潜在地要求人们利用碎片化时间获取\传达更多的信息,图片信息可以更直观便捷地满足人们的需求;再者,信息传播的原理及规律决定了现代信息传播框架需以视觉为中心建构。对此存在主义哲学家海德格尔早有预感："从本质上看,世界图像并非意指一幅关于世界的图像,而是指世界被把握为图像了。"[1] 事实上人类对世界的图像把握由来已久,在文字出现之前,图像就已经是人类描述事物、传递信息、表达思想的重要方式,"它以直观感性和充满喻形性(figurality)见长,是形象的、反理性的、原初的、体验的、具有'自我言说'的表达力"[2]。网络时代的图像讯息之多之杂更是前所未见。需要说明的是,探讨主要针对主观意识之下身体图像的建构,并非广义上的所有包含身体的图像。从传播链条来看,身体图像建构多集中于社交媒体、即时通讯、网络购物等应用,其表征也发生了显著变化。

身体的图像建构具有明确的叙事性。人们对身体图像呈现的执着

---

[1] [德]海德格尔:《林中路》,孙周兴译,商务印书馆2017年版,第98页。
[2] 鲍懿喜:《产品的视觉性与文化实践》,上海人民出版社2016年版,第22页。

与画像类似,"源于人们对于自我形象记录的一种渴望"①。相异于传统摄像以"事件"和"记录"为叙事指向,网络空间的身体图像建构更注重"氛围感",不需要事件的触发,而是某种即时状态的展示。但所谓的"即时"并非现实意义上的、简单的即拍即传,而是充满了技术理性和审美趣味,要综合考虑多种叙事要素的选择和搭配,包括背景、服装、配饰、身体姿态等。图像身体的背景不仅仅是一个地点或事件,而是凝结了色彩、格调、氛围等多种要素的特殊空间,是叙事的基础。身体与空间始终处于交互构造中,人的身体必然是处于某个空间中的身体。空间本质上是身体体现性的,即只对在其中的身体具有意义。身体与空间互为意义维度。身体所处空间在社交媒体的展示是主角身体生活场景的再现,是自我与外界的一种交流,至少包含"邀请"与"展示"两重含义。空间的展示意味着一种观看和参与的"准入",表达"我和你们分享我的生活";场景的再现即"我在这里",那么探询主角身体为什么在这里以及在这里的身份,潜在地构成了观看者的"窥视"动机,而这恰恰是主角想要的"追问"。与地点、场景的选择相匹配,围绕身体的物品也需反复斟酌,承担着制造氛围、揭示上述问题答案的要务。通过背景的展示和空间的再现,发布者与观看者之间形成了互动和交流,导向对叙事核心——身体的关注。网络空间中的身体图像,重点不在于"记录"而在于"控制"。身体的图像呈现集中定格在最需要凸显的地方(表情、身材、身体部位或者是某种配饰),留出足够的阐释和想象空间,同时进行信息遮蔽。身体的图像化涉及现实空间的布置、摄影取景、肢态展示等诸多要素,必要时还要利用多种图片处理技术,才能精准表达信息。此一过程是人充分发挥主观能动性的具身实践,其叙事首先指向个体在网络空间的社会性身份建构。

身体是人们所能拥有世界的总媒介。"有时,它被局限于保存生

---

① 赵双阁、史雅楠:《遮蔽与解蔽:社交时代自拍传播叙事中的形象建构》,《西南政法大学学报》2020年第5期。

命所必须的行动中，因为它便在我们周遭预设了一个生物学的世界；而另外一些时候，在阐明这些重要行动并从其表层意义突进到其比喻意义的过程中，身体通过这些行动呈现出了一种新的意义核心：这真切地体现在像舞蹈这样的习惯性运行行为（motor habits）之中。有时，身体的自然手段最终难以获得所需的意义；这时它就必须为自己制造出一种工具，并藉此在自己的周围设计出一个文化世界。"① 在人的主体活动中，伴随身体出现的一切物品都是自我社会构成中极其重要的部分，作为身体的延伸须与空间保持同一性，共同参与身体文化世界的制造，标志着发布者的性别、职业、社会阶层等个体特征，最终指向网络空间的主体建构，合成身体的叙事。

当网络空间身体图像化呈现成为一种叙事，其动机和意义随即成为问题。截至2023年8月28日，2023年美图公司经营业务实现总收入12.61亿元人民币，月活跃用户总数达到2.47亿，同比增长2.5%。② 美图之外，更多的修图应用层出不穷，已形成了竞争激烈、接近饱和的市场。市场的支撑首先来源于展示自我、实现网络空间身份建构的需要。"'化身'在屏幕界面上视觉化地展示身体姿态及其叙事，其所表征的差异与个性也是至关重要的，因为身体姿态及其叙事的书写不仅源于身体技术、实践者对数码物件的驯化，还是主我认识自身、与他者达成认同的中介。"③ 利用数码技术塑造身体图像的过程，是发布者的主体建构，实质反映的仍是当下社会文化对个体的规训。主角往往更愿意呈现出更美丽、更健康、更富有的身体状态，实际上是更倾向于制造出可供欣赏、爱慕、崇拜的身体形象，以期获得外界的正向反馈。

---

① Maurice Merleau-Ponty, "*Phenomenology of perception*", trans. Colin Smith, London: Routledge & Kegan Paul, 1962, p.146.
② 美图公司：《美图公司2020年中期业绩》，美图官方网站，https://www.meitu.com/zh/media/394，2023年9月19日。
③ 杜丹、陈霖：《自定义"化身"社交媒体中的自我建构——以微信重度用户为考察对象》，《江苏社会科学》2020年第5期。

人的身体具有未完成性。身体的生物性构成要求"人"必须建构自己的世界，必须赋予这些建构物以意义。"'人'的未完成性造成所有的实在都是以社会性的方式建构出来的，但人类又要求有稳定的意义，如果总是清醒地意识到，日常实在都是以社会性的方式建构出来的，性质变化不定，就无法生存其间。他们不得不用持恒的重要意涵来包装这些确定性。"① 这种对意义的找寻和需要，不仅指向个人与世界之间的关系，也指向个人与其身体和自我认同之间的关系。"人们必须赋予其具身性的自我以意义，但这些意义又必须具有客观实在的外观。"② 一旦这种自我认同的意义失落，人的自我感会遭到扰乱，从而对生存意义产生质疑。"共享意义体系"就成为人类必不可少的东西，只有将自身放置于一定的"共享意义体系"中，人才可避免直面"具身性自我认同的不确定性和脆弱性"。网络空间的潮流和对完美身体的仰慕，构成一种"赛博共享意义体系"，但值得注意的是这个赛博共享意义体系不是自然形成的，有着更强大的助推力，如果单纯依靠个人用户，这个意义体系反而面临瓦解。

当前网络对生活的影响越来越广泛深入，网购、在线课程等打破了网络与现实的界限。手机实名制、网络实名制等政策的落实进一步加强了网络世界与现实世界的关联，网络时代个人隐私的保护已经成为严峻的问题。"个人在参与大数据生活过程中，公民的身份信息通常以数据的形式记录保存在信息系统中"③ 手机号码、住址、银行账号、兴趣甚至位置变化等诸多个人信息都在自知或不自知的情形下，

---

① Turner, B. S., "*Regulating Bodies: Essays in Medical Sociology*", London: Routledge, 1992, p.117. 原文：Again the paradox here is the following: all reality is socially constructed, as a consequence of Man's incompleteness, but human beings require stable meanings and cannot live in permanent awareness of the socially constructed and precarious nature of everyday reality, and they are forced to clothe these uncertainties with permanent significance。

② Berger, P., *The Sacred Canopy. Elements of a sociological Theory of Religion*, New York: Anchor Books, 1990, pp.5-6.

③ 刘建华、刘欣怡：《大数据技术的风险问题及其防范机制》，《广西师范大学学报》2020年第1期。

留存在网络空间中。人都有自我保护意识,在互联网个人隐私无处可藏的技术背景下,仍然着意进行网络空间的身体图像建构并进行广泛散布的,其动机显然不仅仅是身份建构和社交需求,而是在此基础上有着更为利益化的追求。具体而言,是"流量"和"变现"在引导、推动、建构网络空间身体图像的"共享意义体系"。波德里亚称身体是消费社会中"最美的消费品"。线下,身体因其所蕴含的劳动力和交换价值会使其成为商品、消费品,但网络空间中的身体图像只是线下肉身的镜像呈现(普遍情况下这种镜像呈现是经过修饰的、变形的)不蕴含相应的劳动力、生产力。网络空间中的身体更像是陈列商品的售货架,围绕身体所出现的所有物品:场所、家具、装饰、食物、饮品、服装等所有与身体共同出现的要素才是真正的商品。身体不过沦为这些商品的衬托。"粉丝看着我的相片,看着我穿着漂亮的衣服旅游、吃饭、喝下午茶,就会想要和我一样'精致'的生活。可是那些生活都是需要消费支撑的,唯一能够带给他们认同感的,就是这些一样漂亮但并不昂贵的衣服。"[1] "网红"的剖白直接阐释了网络空间身体的地位。身体不再承担主体建构的意义凝结,表情、肢态、身材等形成的魅力和吸引力的终极指向不是主体个性的呈现,而是物品的凸显,甚至身体所呈现的个性、气质等抽象化特征也是流动的,可根据物品变化。围绕身体的图像化呈现形成了如此奇特的叙事循环:通过驯化数码技术的具身实践,以身体为叙事核心建构网络身份主体,再借助建构而成的网络身份身体衬托可供消费的物品,最终导致购买的发生。身体本质上沦为功用性客体,是资本的一种形式,这种倾向在视频身体形态的建构中更为直接。

### 三 资本化:视频身体的交互建构

第52次《中国互联网络发展状况统计报告》显示,电商直播、

---

[1] 张燕:《你负责貌美如花,我负责赚钱养家——揭秘网红孵化器》,《中国经济周刊》2016年第14期。

短视频和网络购物等应用的用户规模显著增长，其中网络视频（含短视频）网民使用率达96.8%，网络购物网民使用率达82.0%，网络直播网民使用率达71.0%。网络视频（含短视频）、网络购物和网络直播三者往往是混同的，都以动态的身体为叙事中心。

溯源视觉文化历程，视频动态身体的呈现来自电影艺术，发扬光大于电视媒介，至今为止依然是广告媒介的核心，并与完美偶像身体制造互动互构。传统电视媒介中的视频身体具有强烈的叙事性、象征性。表演者借助身体语言将观众带入故事，通过故事情节动摇观众与世隔绝、盲目孤独的情感麻木状态，唤起观众的认同，借助共情机制实现意识的灌输。偶像的身体是表演者、观众与故事合力生产的神圣物，提供给观众\粉丝一种建立稳定、持久关系的幻想，即在讲述故事的同时，借助表演者身体和故事脚本，生产可供爱慕、投射欲望的偶像形象。在广告中，偶像的身体往往是完美的、健康的、充满活力或实现转折的，符合彼时审美。从20世纪40年代电视机发明到21世纪数字电视普及，其间是数据技术、互联网技术飞速发展时期，也是人类文明范式从现代到后现代的转向期。视频广告通过对身体的展示潜在地赞扬其他物品，谆谆教导人们理想中的生活是怎样的，成功者穿什么、用什么、如何获得爱慕，等等。"每一则广告都强加给人一种一致性，即，所有个体都可能被要求对它进行解码，就是说，通过对信息的解码而自动依附于那种它在其中被编码的编码规则。"① 身体及其他元素之间的关系共同指向一种生活秩序的建构。现代生活场景的描述为大众进入现代性生活秩序提供可参考的依照。资本借助身体的包装而具有了文化的力量，通过广告实现"精英文化"对大众生活的渗透。

互联网技术的发展尤其是手机移动端的开发和广泛普及，为视频身体的呈现带来转向。资本当然持续制造完美身体，继续利用明星、

---

① [法]让·波德里亚：《消费社会》，刘成富、全志钢译，南京大学出版社2000年版，第134页。

名人身体带动消费的能力，同时着力开发多元化网络红人号召力，建构涵括微博、微信、知乎到抖音、快手、爱奇艺等平台的全媒体矩阵，通过联动不同的网络红人实现对不同群体的覆盖，形成对消费者的全网捕捉。身体依然是商品的货柜。表演者/网络红人亲赴商场试衣间，试用护肤品、化妆品，体验美发、美食、娱乐消遣等，以自我身体为试验田，利用视频媒介的拟真性以貌似客观的方式向受众展示身体体验及其消费实践，为受众提供一种自我实现的幻觉。传统广告视频中的身体主要作用在于货品的展示，网络空间的身体还充当了资本与消费者之间的信息渠道。微博千万大V"深夜徐老师"早期以袒露真实皮肤状态、平民化人设走红，数据确切无疑地告诉资本，何种样态的身体展现得到受众的认可。数据的权威性无法质疑，入选2019年福布斯中国意见领袖榜的时尚博主黎贝卡一向立优雅、高端精英人士形象，也不惜放下偶像包袱，素颜出镜，旨在通过未经修饰的身体的呈现增强视频拟真性，增添商品的说服力。偶像的具身实践为受众提供了消费品的验证基础，是以现实场景的拟真呈现促使受众将资本逻辑内化为自我主观意识。

　　网络的无限潜力一定程度上来自全民化及去中心化。2015、2016年间抖音、快手等短视频应用的下沉和活跃突破了"完美身体"的防线，李子柒、手工耿等草根红人异军突起，平民化、日常化的身体表演迅速占有了一席之地。此处所言的"日常"并非真实生活的完整再现，而是艺术化的日常截取。充满禅意和古风的改良汉服、田间劳作仍齐整的妆容、平淡且精致的山间生活等构成了李子柒的个人特色。她所呈现的身体包含了多组矛盾，现代审美的妆容配以中式传统服饰，不食烟火的仙女气质与粗糙的双手、利落的劳动能力互为阐释。李子柒视频中的身体是写意式、意象化的身体。看似真实的身体日常实质是经过修饰与截取的审美化的、文化的日常。经过镜头语言的书写和诗词旁白的衬托，其身体形象成为优秀传统文化、理想田园生活的象征。受众对其形象的赞扬和认同，实质是一种田园情结的寄寓形式，深具农业文明特色。手工耿呈现的日常是另一种日常。典型的北方农村自建房院落、原生态的工作坊、制作过程记录增加了身体展演的日常性，近似动漫人物的工装背带裤、凌乱不羁的发型、夸张的表情、滑稽无用的发明却无一不在提醒观众这是一场娱乐化表演。"本有些抑郁，可是看耿哥的视频，突然好了不少。""工作累了时，看看耿哥的视频，立马来了精神。"受众对手工耿的喜爱表明，并不是手工耿发明的产品具有价值，而是手工耿的身体展演具有价值。李子柒、手工耿等为代表的视频展示了另类、越轨生活的可能，为受众提供逃离既有生活秩序的窗口。

生活在别处，传统文学中多有反叛秩序、逃离生活的思考。王安忆的《遍地枭雄》《匿名》等作品对逃离秩序展开了想象，以被绑架的意外将原本规规矩矩的主角韩燕来、老新等推向另一种截然不同的生活。两种生活各依附于不同的价值体系，互为审视对照。网络空间的短视频身体展演将文学思考具象化，以无处不在的细节真实将一种与己不同的生活直接呈现，给受众带来了极大冲击。2020年一位中年女士孤身一人自驾游的视频引发关注，自驾游的深层原因揭露后网友纷纷打赏鼓励。她的生活经历及其对女性与家庭关系的思考，为观众重审自身与家庭关系提供了新视角，而她抛下一切驾车自游的行动，是实际发生的肉身逃离，是从思想到行动的落实。如此种种使她在公众眼里成为反抗男权争取自由的女权战士，成为女性主义倾向的符号。

在以日常生活展示为中心的视频中，语言的叙事功能被消解，身体肢态、动作等潜意识的召唤、互动共情等机制得到凸显。"情动是一种'非表象性思想样式'。这是指超越线性语言的思维习惯，去把握更富'具身化'（embodied）的意义生成过程，亦即无定形的身体、运动、感受如何生产出了意义感与价值感。"① 抖音、快手、哔哩哔哩等短视频平台上大部分平民日常生活的呈现，还有相当一部分是缺

---

① 罗成：《情动的挑战——移动短视频的"技术—身心"潜能及其文明论意义》，《文化研究》2020年第1期。

乏叙事性的，劳动者生活片段的零碎化展示，其所具有的感染力与身体的情动机制对接，是身体所具有的超语言生命能量的展示与再激发，本质是大众文化的赋能，是个体重新理解与定义自我的可能性之展示。

网络的自由为身体展演提供了极大的空间。2018年年底一首《好嗨哟》成为全网洗脑神曲，《城里人和乡下人蹦迪的不同》引发了大量模仿，其原创者"多余和毛毛姐"（余兆和）成为现象级网红；"戏精牡丹"（赵泓）凭借《当妈妈独自带你去旅游》《放假期间不同时期的张孃孃》等视频半年内吸粉超200万，成为2018年蹿红最快的短视频博主……男扮女装、一人分饰多角、搞笑的用语、夸张的身体语言、精准体现日常生活等是此类短视频的共同特点。赵泓饰演女性角色时戴上假黑长直发、胡子等男性特征却不加修饰，鲜明的两性特征在同一具身体上同时呈现造成的视觉冲击和搞笑效果，更成为爆红的助力。受众对类似短视频中的身体展演表现出极大的热情，意识到即使展示的是怪诞、夸张的身体，不仅不会夺走其声望和影响，反而使其更有魅力，因为公众共享了身体的解构功能，甚至激发出无数模仿，使身体的叙事不断叠加，形成一种"超叙事"效应。

无论是完美的身体、日常的身体还是怪诞的身体，视频、图像素材中的身体始终是有意修饰、变形的产物。当影响力的扩大和资源的扩展促使视频身体不得不置身于现实视野，"线上身体"与"线下身体"之间原初的矛盾和分裂直接暴露呈现。视频中的红发女性毛毛姐其实是斯文男性，娇俏可人的甜美主播乔碧萝却被证实是粗糙发福的中年妇人，图片中令人艳羡的身材只是修图大法……但网络镜像与真实反差所引发的影响依然是可控的，只需要换个平台或ID，又可以重新吸引受众。网络身体与真实身体之间的强烈对比和彼此颠覆所造成的关注效应，可以被再加利用，成为公众曝光率和影响力的增长点。身体的功用性与个体建构从未如此分裂。网络上的身体回归公众生活如接受采访、参加节目时，原创者都倾向于展示自己合乎社会规范的良好形象，个中强烈的反差和爆红的途径体现出身体的神话。网络空间对身体的开发利用体现了一种互联网技术背景下的"赛博梦"——不管是何种样态的身体，只要引起关注，荣誉与利益即跟随而来，殊途同归走向流量变现。

从消费理论看，网络空间的身体形态潜在或显在被资本绑架，造成了人的异化。19世纪以来围绕人之概念的研究和定义，本就是人文主义对身体的赋魅，是以印刷技术为核心的语言范式对身体概念的建构。回归生命本体视野，"我在"不是因有"我思"，而是"我在"即是"我在"。身体的工具性、功用性本就是脱离所有建构、附魅的身体之"我在"。身体与资本的合谋不过是工具身体随着人类社会生产方式变化而变化。1969年阿帕网——互联网的前身诞生以来，经过五十多年的发展，互联网技术席卷全球，网络技术全面渗透融入日常，已然形成迥异于传统文化的人类新文明浪潮。工具的改变会改变人类看待自我、看待世界的方式，网络空间的多元身体建构体现了互联网时代人对身体主体间性理解的变迁。身体的工具性、功用性的进阶凸显，本质上是身体对与其相关的社会文化建构论的祛魅，是"我在故我在"之生命本体意识的一种回归。

当前身体的存在形式已经超越了既有理论的视野范畴。网络技术的发展和网络空间的建构成就了肉身之在与灵魂之思的分离，网络空间的身体/身份建构脱离现实的身体/身份已成为可能。从生命本体层面看，开发使用网络依旧是极具主观能动性的具身实践，灵魂之思依然无法摆脱肉身独自存活。修仙文、穿越—重生文、宫斗文等多种类型小说中的"升级打怪"模式，隐合了现行体制下人们的生活奋斗轨迹；网络线上身体叙事与线下身份建构互为彼此；人工智能、脑机对接、克隆技术等不断深入……网络空间的多元身体建构脱离了精英视角的规塑，既有理论批判体系已无法涵盖网络时代身体存在形态的变化，各自所依附的价值体系也出现了较大的偏差。就此，回到网络技术与空间的视野，探讨技术—身体—人的关系，成为时代热点新论题。

## 第二节 多媒介:网络文学海外传播的新方略

　　网络文学的蓬勃发展改变了传统的传播方式。数字化的技术革新,在字节"0"和"1"之间,可以迅捷地将大量作品传输到世界各地,推动了中国网络文学的蓬勃发展。《2022中国网络文学蓝皮书》显示,2022年"全年新增作品300多万部,其中现实题材作品新增20余万部,同比增长17%;科幻题材作品新增30余万部,同比增长24%;新增历史题材作品28万余部,同比增长9%。……网络文学海外市场规模突破30亿元,累计向海外输出网文作品16000余部,其中,实体书授权超5000部,上线翻译作品9000余部;海外用户超过1.5亿人,覆盖200多个国家,培养海外本土作者60余万,外语作品数十万;海外网络文学原创形成15个大类100多个小类。"[1]从数量看,中国网络文学的发展已超出纸质出版媒介的承载能力,是中国乃至世界印刷业无法达到的目标。借助互联网等传播形式,中国网络文学在海外产生了较大影响,但也面临着"瓶颈"的制约,多媒介的互利、互融有助于拓展其海外传播空间,实现新的突破。

### 一　中国网络文学海外传播的机遇

　　网络文学在中国的蓬勃发展是草根文化的狂欢,是造成巨大声势后再为主流文坛所认识和接纳的。早期的一些研究者热衷于从技术层面关注网络文学的发展,关注"超文本""超链接"等开放式的传播和写作模式,侧重于从网络写作对传统创作的突破做探讨,关注媒介变革对文学的影响。网络文学打破了传统文学"作者→传播媒介→读者"的单向传播方式,通过读者的参与和对后续写作提建议的方式,促使读者成为潜在的作者,作者接纳、吸收写作或修改意见,成为信

---

[1] 《2022年新增网络文学作品300多万部　现实题材、科幻题材增长较快》,https://baijiahao.baidu.com/s?id=1762875983099194905&wfr=spider&for=pc,2023年9月19日。

息的接受者。

政府在中国的对外文化交流中扮演重要角色，比如参与"孔子学院""文化交流年""文化周""文化月"的设立等。这些活动是政府主导下的文化交流，虽面向大众，但受众更多是精英人士。网络文学的海外传播开创了新的模式，在政府还没有关注到的情形下，受到广大海外读者的追捧，是普罗大众的阅读趣味推生出的娱乐新追求。网络文学海外传播的底层特性使它很快吸引了受众，"忽如一夜春风来，千树万树梨花开"，较之于传统的文化交流，短期内爆发出了蓬勃的生命力。2014年12月22日，美籍华人赖静平创办WuxiaWorld网站，翻译、传播中国的网络文学，暴得大名，吸引了数百万人的阅读与关注。由于WuxiaWorld的巨大成功，随后两年间出现了上百个中国网络文学的翻译网站，向海外输出、介绍中国的网络文学，其间较有影响力的有Gravity Tales、Volare Novels、LNMTL（Light Novel Machine Translations）等。欧美地区外，中国网络文学在东南亚等地区亦广受欢迎。2011年，晋江文学城和越南的出版社建立合作关系，4年多的时间已向越南输出200多部网络小说。尽管越南文化信息出版局在2015年4月曾检查禁售部分中国网络小说，受到美国《时代》周刊的关注，但2016年图书展上中国网络小说在越南的受欢迎程度依旧不减。"近5年来，越南翻译出版中国图书800余种，其中翻译自中国网络文学的占70%以上。"[1]在韩国、泰国、马来西亚等地，中国的网络文学同样受到了追捧。2017年8月，中国掌阅科技与泰国红山公司签订协议，翻译中国网络小说供当地读者付费阅读。《仙侠奇缘之花千骨》早在2013年就引起了泰国读者的追捧，泰文版一经出版就脱销。中国网络文学在东南亚的传播早于欧美地区，由于地缘和历史的原因，文化和语言的隔阂不似欧美地区深，许多网络小说翻译到东南亚各国即成为当地的热销书。除欧美、东南亚市场外，中国的网络文学在俄

---

[1] 乐艳娜、陶军：《中国网络小说热销越南书展》，http：//www.xinhuanet.com/world/2016-09/11/c_1119547161.htm，2016年9月11日，访问时间2023年9月19日。

罗斯、非洲等地亦受到关注。中国网络文学在海外的受追捧是其海外传播的机遇，也是中国文化、文艺海外交流的契机，关注网络文艺海外传播繁荣背后存在的问题，探索新的传播方式或途径，有助于更好地把握和利用当前的机遇。

## 二 中国网络文学海外传播的"瓶颈"与困境

中国网络文艺海外传播掀起的热潮已引起重视，一些文化公司也在积极介入。2014年10月，习近平总书记在《在文艺工作座谈会上的讲话》中指出，"互联网技术和新媒体改变了文艺形态，催生了一大批新的文艺类型，也带来文艺观念和文艺实践的深刻变化。由于文字数码化、书籍图像化、阅读网络化等发展，文艺乃至社会文化面临着重大变革"。[①] 2017年1月，中共中央办公厅、国务院办公厅发文强调——"探索中华文化国际传播与交流新模式，综合运用大众传播、群体传播、人际传播等方式，构建全方位、多层次、宽领域的中华文化传播格局。"[②] 中华文化的海外传播，让更多的人了解、认识中国，是国之大计。在文化的海外传播中，文艺是重要的承载体，不论是小说、散文、诗歌还是电影、戏剧、音乐、电视剧等，都在为海外人士提供认识和了解中国的窗口。中国网络文学的异军突起，给海外读者带来了新奇的阅读体验，造成了较大声势，但当前交流也遇到一些问题。以北美最受欢迎的网络文学网站WuxiaWorld为例，在Alexa的排名中，曾经是全球访问量前一千的知名网站，日均页面浏览达1500万次之多，近来已出现访问量排名下滑的现象。2017年10月以来，WuxiaWorld的访问排名如图1。抛开西方的假期看，WuxiaWorld的受关注程度在下滑。WuxiaWorld的表现如此，其他传播网站也处境相

---

① 习近平：《在文艺工作座谈会上的讲话》，参见中共中央宣传部编《习近平总书记在文艺工作座谈会上的重要讲话学习读本》，学习出版社2015年版，第13—14页。
② 中共中央办公厅、国务院办公厅：《关于实施中华优秀传统文化传承发展工程的意见》，http://www.gov.cn/zhengce/2017-01/25/content_5163472.htm，2017年1月25日，访问时间：2023年9月19日。

似。2015年创立的Gravity Tales影响力稍逊于WuxiaWorld，最高单日点击量超250万次，单日访问用户超15万人，2017年8月与阅文集团达成合作协议。截至2018年8月29日，Gravity Tales的访问排名如图2。

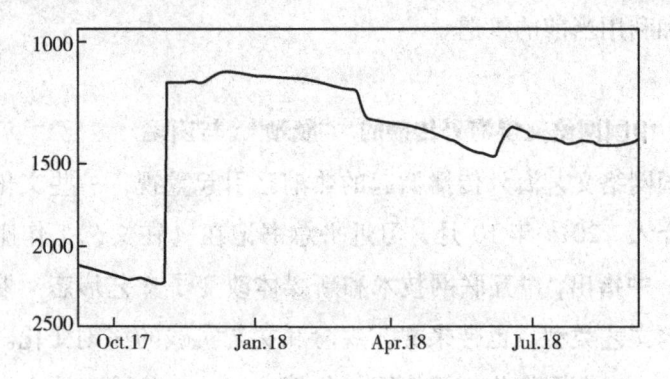

图1　WuxiaWorld访问量统计（2017.10—2018.7）

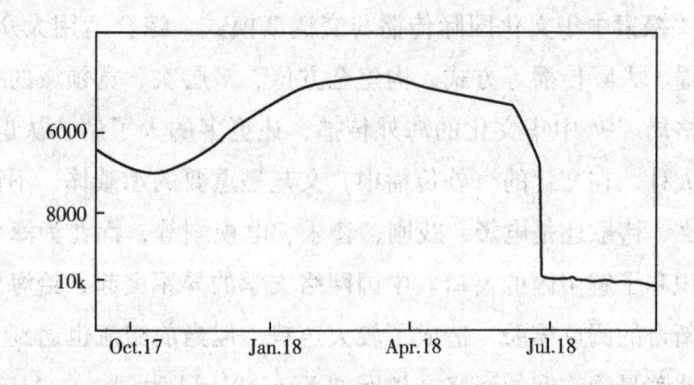

图2　Gravity Tales访问量统计（2017.10—2018.7）

根据Alexa统计，Gravity Tales创办后的最高排名在3000名左右，现在的状况较之巅峰时期不可同日而语。访问量是网站影响力大小的直接呈现，关注其变化可以看出中国网络文学海外传播的现状和境遇。与传播仙侠、玄幻的WuxiaWorld等不同，Volare Novels更多关注女性倾向的中国网络文学作品，倾向以女频小说吸引海外读者，网站流量统计亦不乐观。通过Alexa对该网站的统计数据（图3）看，其访问量排名几乎是一路下滑，而且幅度颇大。不仅上文所列网站，其他中国网络文学海外传播网站的访问量也多处于下滑状态，较之2015年前后的蓬勃发展，当前已进入扩张瓶颈期。尽管大多数传播网站进入发展的瓶颈期，也有个别网站实现了访问量的增长，如阅文集团推出的"起点国际"。

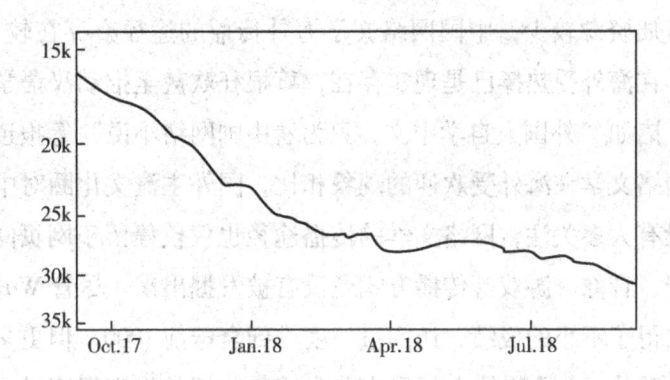

**图3　Volare Novels访问量统计（2017.10—2018.7）**

起点国际的成立是阅文集团网络文学海外传播的标志性事件，2017年1月网站试运行，同年5月正式上线，开通了手机阅读App，英译版中国网络小说已有上百部，远超WuxiaWorld等在内的其他海外传播网站。起点国际浏览量的增加从一个侧面说明资源量的重要。截至2018年8月底，WuxiaWorld持续更新的中国网络小说有34部，韩国小说7部，已经完结的仅寥寥数部，资源较少；Gravity Tales中国网络小说的总传播量也只有30部左右。相比之下，起点国际借助阅文集团的力量，上线一年已有上百部的资源量，浏览人数大增在预料之中。此种现象的出现，反映出在中国网络文学的海外传播中，优质资源的供给一定程度上决定着读者的去留。将市场视角引入传播研究，中国网络文学海外传播"供给侧"的发展未能满足"需求侧"增长的需求。供给和需求是联动变化的，需求很多时候是由供给刺激产生的，当供给不足，需求无法得到满足时，就会转向消费替代品，造成客户流失。中国网络文学的海外传播引发了不同国家人们热捧，受众群体多，消费需求量大，加之是文化消费，个体需求的差异性更大，要求提供更多的可供选择的消费对象。现实的情形是，由于翻译等问题，海外中国网络文学传播网站的资源库一直未能有效充实。较之于国内上千万的作品量，海外的传播网站拥有的已经翻译的网络文学作品只有几十部，不仅类型单一，而且翻译的速度和质量都难以保证。

除优质资源较少，中国网络文学海外传播的途径亦存在较大问题。网络文学在海外受热捧已是现实存在，草根狂欢甚至推动汉语学习热潮的出现，诸如"外国人自学中文，只为看中国网络小说"等报道屡见不鲜。与网络文学在海外受欢迎的现象相比，国外主流文化圈对中国网络文学还没有太多关注，网络文学的传播途径也仅仅停留于网页阅读，图片、声音、音像、游戏等传播方式还没有被发掘出来。尽管 WuxiaWorld 等网站取得了不小的成绩，访问量一度排到全球前 1000，但更多是被作为亚文化看待。"欧美的出版渠道非常成熟，好的作家很容易出版，只有那些出版社不要的作家才在网上写书，很难出现好的作品，也很难成气候。"① 成熟的市场和受众使很多海外人士对网络文学存有"偏见"，认为其难登大雅之堂，对网页阅读也有一定的排斥。中国网络文学的海外传播更多是小作坊式的，缺乏规模化、系统化和产业化的意识。

### 三　网文出海需要"多媒介"

当前，不同媒介互渗、互融之势越来越明显，单一固化的传播方式对受众的吸引力无法和组合式的相比。网络阅读的影响力是巨大的，但只有文字阅读显然不够。中国网络文学的海外传播受自身特点的影响，可在网站传播的基础上拓展新的渠道，多管齐下，以期收获更大的效益。

#### （一）多媒介是网络文学的属性

网络文学基于互联网产生，先天地具有多媒介的属性。网络文学诞生初期，图片和声音等形式的加入，改变了传统文学单一文字化的

---

① 莫琪、陈诗怀:《中国网文在海外：爆款网文背后的"民间翻译组"们》，https://www.guancha.cn/culture/2016_12_14_384281.shtml，2023 年 9 月 19 日访问。

存在，是多媒介的融合。网络文学强化了文学的娱乐功能，其曲折发展的故事，引人入胜的情节，深具视觉冲击力场景的创设，人物个性化的凸显都与影视、游戏、动画等艺术形式先天的相通。以最受国外读者追捧的玄幻、仙侠类作品为例，其背景往往设置在地球之外的异域空间，个体面对的是妖魔鬼怪等异于人类的存在，主人公通过一场场的战斗获得自身力量的提升，最终实现个体价值，与游戏设置先天契合，是"打怪升级"模式的体现。

中国社会科学院《2022中国网络文学发展研究报告》显示，"2022年网络文学市场规模389.3亿元，同比实现8.8%的高速增长；网络文学用户规模达4.92亿；中国网络文学作家数量累计超2278万、涵盖57个国民经济行业大类。……在海外，16部中国网文被大英图书馆收录，网文出海遍及全球200多个国家和地区，海外网文访问用户规模达到9.01亿，网络文学成为讲好中国故事，展现中国形象的有力载体"①。"过去，在影游市场上，位于产业链上游的剧本创作及改编环节长期处于题材跟风、优秀原创作品匮乏的状况，而影游制作商碍于周期长又无心对编剧业进行长期投资，因此，在影游产品需求量不断增长的情形下，优质剧本供不应求的矛盾愈发突出，成为制约影游业发展的瓶颈，这使得拥有海量故事资源的网络小说成为影视、游戏产业链上游的最佳整合对象。"② 网络文学是草根支撑起来的文化狂欢，推动"类型文学"成为热点。热点就是受众消费的聚焦点，也是游戏、影视、动画等艺术形式关注的重点，具有跨媒介和多媒介融合的特点。网络技术发展初期，文字搬上网络，可以和图片等结合，带来了阅读方式的变异，推动产生网络文学。移动互联时代，在线阅读改变、颠覆了离线阅读，推动了手游等网络文学衍生品出现。VR技

---

① 《社科院发布2022网络文学报告：市场规模389.3亿元，作家超2278万》，https://export.shobserver.com/baijiahao/html/601298.html，2023年9月19日访问。

② 欧阳友权、邓祯：《网络文学产业链的竞合与优化》，《福建论坛》（人文社会科学版）2018年第2期。

术、虚拟体验等科技的发展给网络文学插上了翅膀，现实中遥不可及的情境，可以借助科技的发展得以实现，丰富了受众的想象空间。科技的变革带来了艺术的变革，推动网络文学新空间的产生，以往不能实现的构思也可以落到实处。网络文学是科技变革催生出的宁馨儿，反映变革的同时自身也在不断发生变化，当前科技的发展决定着其海外传播应发挥自身多媒介属性，开发传播的新模式。

**（二）多媒介是国家对外传播的新倡导**

当前，中国的网络文艺被认为与美国好莱坞电影、韩国电视剧和日本动漫并列的世界四大文化奇观之一。美国政府早在1922年就成立了"美国电影输出协会"（MPEAA）专门处理电影的对外贸易。1965年通过的《国家艺术及人文事业基金法》同《联邦税收法》一起从法律和财税政策层面支持美国文化产业的发展和对外输出。韩国文化观光部设有文化产业局，制定了《21世纪文化产业设想》《设立文化地区特别法》等纲领性计划，推动韩剧的发展和海外传播。60%的收益来自海外的宝莱坞之所以有今天的成就，与印度政府的推动密不可分。在制定《电影审查委员会法规》《电影工作者和影院工作者福利基金法》助推印度电影向产业集群化发展的同时，印度政府成立了"印度文化关系委员会"（ICCR）推动印度电影的海外传播。中国网络文艺在国外的受关注程度越来越大，是海外受众了解当代中国的重要窗口。中国网络文艺的海外传播已引起国家层面的重视，推动出台了一些文件政策。

2017年10月18日，习近平总书记在党的十九大报告中特别提出："加强中外人文交流，以我为主，兼收并蓄。推进国际传播能力建设，讲好中国故事，展现真实、立体、全面的中国，提高国家文化软实力。"[①] 对外文化交流和传播不应是被动的，主动积极条件下的自我发

---

① 习近平：《决胜全面建成小康社会 夺取新时代中国特色社会主义伟大胜利——在中国共产党第十九次全国代表大会上的报告》，参见《党的十九大报告辅导读本》，人民出版社2017年版，第43页。

声更为重要。中国网络文学的发展日新月异，与中国优秀文化互嵌、互融，单一的传播方式不利于海外读者对此种艺术形态的充分认知，更不利于传播效益的实现。世界各国均重视本国文化与文艺的他国传播。党的十八大以来，先后出台《关于进一步加强和改进中华文化走出去工作的指导意见》《关于加快发展对外文化贸易的意见》《关于加强"一带一路"软力量建设的指导意见》等多个文件，强调多种媒介运用下文艺的海外传播等。其中，《关于加快发展对外文化贸易的意见》提出发展目标的同时着眼于在财税优惠、金融支持等层面鼓励中国企业对外文化贸易的开展。"支持文化企业拓展文化出口平台和渠道，鼓励各类企业通过新设、收购、合作等方式，在境外开展文化领域投资合作，建设国际营销网络，扩大境外优质文化资产规模。""鼓励文化企业借助电子商务等新型交易模式拓展国际业务。"① 国家的倡导是基于当前文化传播形势做出的。渠道和平台的多样化是文化出口扩大的需要，也是海外文化传播造成更大声势的必经之路。

### （三）多媒介是海外网络文学受众的需求与要求

据《2018年中国网络文学作者白皮书》统计，2017年中国网络文学创作者的平均年龄只有27岁，"90后"是其间的中坚力量。与此形成呼应的是网络文学的读者群多集中在"95后""00后"的年龄层。"网络文学读者中30岁以下的超过60%，经常看电影电视剧、玩游戏、看动漫的网络文学读者分别占61.7%、46.6%、31.7%，其中64.1%的游戏用户玩过网络文学改编的游戏，90%的读者愿意为网络文学周边产品付费。"② 就网络文学的读者群而言，生存压力大，还没有获得社会给予的充分认可，很难去系统地获取一门知识；阅读时间

---

① 国务院：《国务院关于加快发展对外文化贸易的意见》，http://www.gov.cn/zhengce/content/2014-03/17/content_8717.htm，2014年3月17日，访问时间：2023年9月19日。

② 欧阳友权、邓祯：《网络文学产业链的竞合与优化》，《福建论坛》（人文社会科学版）2018年第2期。

的不充分，使他们从知识化、信息性的阅读转向游戏化、情景互动式的体验，轻小说、漫画小说、话本小说等类型就受到了更大的追捧。据艺恩咨询统计①，2016年网文用户和二次元用户均实现了20%以上的增长，网文与二次元用户在"95后"年龄层实现高度重合，近一半的"95后"网文用户将自己定义为二次元爱好者（图4）。从统计图中可以看出，年龄越小，越倾向于接受不同种类的网络文学，对不同传播媒介的认同度越高。

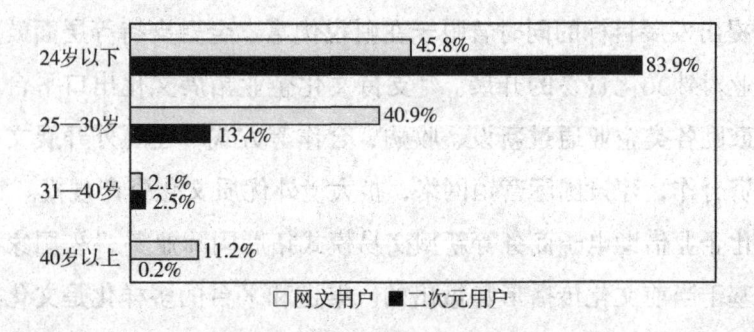

| 年龄 | 网文用户 | 二次元用户 |
|---|---|---|
| 24岁以下 | 45.8% | 83.9% |
| 25—30岁 | 40.9% | 13.4% |
| 31—40岁 | 2.1% | 2.5% |
| 40岁以上 | 11.2% | 0.2% |

**图4 "95后"网络文学阅读真相调查报告**

艾瑞咨询《2017中国网络文学出海白皮书》统计，中国网络文学海外受众85%以上是30岁以下的年轻人，其中男性占了绝大多数，比例为92.4%。在海外的读者群中，学生是其间主要力量，大多数没有固定收入。较之于中国的网络文学读者，海外受众更为年轻化。青年群体尤其是"90后""00后"，他们兴趣广泛，易于接受不同媒介的传播形式。得"九千岁"得天下，"90后、00后组成的'九千岁'全新主流受众强势崛起，改变了泛文化娱乐全产业链的造星机制、创富神话和估值模式"。② 如果将网络文学放置于产业链的发展中，将其海外传播作为产业链发展的一个环节，会发现拓展传播媒介，更有利于中国网络文学为海外受众所知。21世纪以来，社会发展已进入读图

---

① 艺恩咨询：《95后网络文学阅读真相调查报告》，http：//www.199it.com/archives/594573.html，2017年5月17日，2023年9月19日访问。
② 庄庸、张瑞霞：《2017"中国网络文学+"发展报告》，《中国出版》2018年第2期。

时代，影像等媒介的兴起和文字媒介的衰落是不争的事实。网络文学在中国已形成产业链，生长出不同的形式如动漫、游戏、影视、演艺等。对于高收入的网络文学创作者而言，文字收入只是极小部分，更多收入来自改编版权等。中国网络文学的海外传播最初是自发的，近年来趋向规范，试图采取付费阅读的形式。但据艾瑞咨询调查，海外读者中愿意接受付费阅读的比例只有四成，大量的读者不愿意接受此模式。尽管不少读者不愿意接受付费阅读，但他们期待中国网络文学作品被改编成其他艺术形态。其中，期待中国网络文学被改编成动画电影的读者占51.5%，期待改编成游戏的有46.7%，期待改编成连载动画的有40.8%，期待改编成电视剧的占34.8%，期待改编成漫画的占31.6%。① 综上而言，不少读者有兴趣接受中国网络文学的多媒介传播，并对此抱有较大期望。文字培育出的读者市场有利于影像、音频等媒介传播的开展，同样，不同媒介的共同发力有助于中国网络文学获得更大的传播生存空间。从受众群体看，中国网络文学的海外传播亟须开拓不同的传播方式，才能满足当前读者的需求。以多媒介关注中国网络文学的海外传播是新兴研究视域，需要多加重视，拓展途径，才能更好地发展。

---

① 艾瑞咨询：《2017年中国网络文学出海白皮书》，http://report.iresearch.cn/report_pdf.aspx?id=3057，2017年9月14日，2023年9月19日访问。

# 第五章 香港小说青春书写的演变探索

## 第一节 香港文学的大众性与网络性

言及香港网络文学，易感到研究对象的匮乏。在数量与规模上，香港网络文学难以与大湾区其他城市（如广州、深圳、东莞等）相比。其间有信息获取途径相异的因素，更与香港文学的生存状态深度关联。香港在很长一段时间被视为"文化荒漠"。从地域源头看，香港原本只是隶属于广东的一个渔村，无从谈及历史、文化底蕴等。再者，香港被英帝国殖民的历史进一步剥离了香港文化的岭南特性，推生出强大的商业特征，致使相当长时间内香港成为一块悬浮的空地。殖民统治者未曾正视香港的原初文化属性，中国台湾和中国大陆也都"异口同声地说香港是文化沙漠，没有文学"[①]。香港的城市发展以商业、贸易为主轴，文化发展路径与商业文明、消费主义、大众娱乐等更为接近，与通常意义上源远流长、可深度寻根的"文化"有所区别。人们谈论中讲香港是"文化荒漠"，并非说香港不存在文学创作或者没有文化活动，事实上香港作为多种意识形态的角力场，其文化场域向来众声纷杂。近代中国报业就从香港开始[②]，抗战时期，香港的特殊地理位置更使其成为八方文人

---

① 也斯：《香港文化十论》，浙江大学出版社2012年版，第4页。
② 强世功：《中国香港：政治与文化的视野》，生活·读书·新知三联书店2014年版，第27页。

的聚散地，香港的文化界也为中国共产党的宣传统战工作发挥了重要的作用。自古以来，对文学作品的评论、筛选和史评，都以评论者、撰史者的意识形态立场为主心骨，评论意味着表态。所谓香港"没有文学"，说到底是"在不同的文化背景里，他们惋惜在香港寻找不到类似他们所有的那种文学"①。从文学本身的发展线索来看，香港文学流派纷呈，各方势力此起彼伏各有成就，却都在商业都市的映衬下共享黯淡的宿命，其他地域的文人学者为此惋惜亦在情理之中。

香港文学获得内地学界的关注始于20世纪80年代。1997年香港的回归牵动着国际、国内无数人的心。在文学创作实践上，凌力、霍达等知名作家为时代感召，不约而同以长篇小说书写香港的故事。凌力在《梦断关河》中以柳天寿的个人境况隐喻香港的后殖民困境。她在后记中表示："1995年初，我选定了这个表现鸦片战争的题材，很想在九七年七月完成，以纪念香港回归的伟大历史时刻。中华民族洗却百年耻辱，自豪地屹立在世界民族之林；英国也在对世界的认知感受方面有了百年后一大进步，这是两个民族的盛事，也是全人类的盛事"②。霍达的创作更为直接，她在《补天裂》中塑造了一位被英国人收养的中国孤女倚阑的形象，描写了倚阑从"女王陛下的子民"到"我是中国人"的心态转变，通过倚阑自我身份认同的转变表达对香港回归祖国的热切期盼。"百年国耻，将一朝雪洗，海内外中华儿女是何等的振奋，世界又是何等的震惊！我心中一股'待从头收拾旧山河'的豪情也油然而生，激起了我以小说形式再现香港历史的强烈愿望。"③在小说扉页，霍达明确表白，"谨将此书献给我的祖国和历尽劫难终于回归祖国怀抱的神圣领土香港；谨将此书献给一个半世纪以来在香港问题上为捍卫国家主权和领土完整而奋斗的一切志士仁人；谨将此书献给在香港这片血染的土地上为抵御外来侵略、反抗殖民主

---

① 也斯：《香港文化十论》，浙江大学出版社2012年版，第4页。
② 凌力：《后记》，参见《梦断关河》，北京十月文艺出版社1999年版，第825页。
③ 霍达：《忆创作〈补天裂〉的日子》，《纵横》2007年第7期。

义统治而英勇牺牲的烈士们,他们永垂不朽!"可以说,1997年香港回归不仅在国内外政治、经济等层面都具有极为重要的意义,在文化层面也激起了长久而热烈的回响。

同一时期,内地学术界关注到了香港文学历史化的问题。谢常青的《香港新文学简史》出版于1990年,是内地关于香港文学历史化思考取得的较早成果。王剑丛的《香港文学史》和潘亚暾、汪义生合著的《香港文学史》分别出版于1995年和1997年,是内地学者在香港回归时交出的具有献礼意味的作品。由于资料收集的困难等,一些学者尽管在1997年以前就开始香港文学史的撰写,但作品临近21世纪时才得以出版,施建伟、应宇力、汪义生合著的《香港文学简史》等是其中的代表。21世纪以来,李穆南、郄智毅、刘金玲合作撰写了《中国香港文学史》,黄万华编撰了《百年香港文学史》,呈现了内地学者对香港文学历史化论题持续思考的能力和魄力。除直接以香港文学史命名的著作外,内地还有学者对此论题做了较为深入的思考,如许翼心的《香港文学观察》(1996)等亦属于述史行列。彼时诸种内地编撰的香港文学史著是为形势所促动,内地学者关注到港岛的文学创作发展,力图将其吸纳进中国新当代文学史脉络之中。

香港对这种宏大叙事是陌生的。《梦断关河》《补天裂》等为时而著的鸿篇巨制在香港未能得到热烈回响。《补天裂》于1998年改编成20集电视剧,观众寥寥,如同积灰的档案无人提及。当其时,香港文艺作品则乘着改革开放和回归祖国的东风获得两岸三地受众的喜爱,时至今日仍频频引发怀旧风潮。不同文艺作品在两岸呈现的悬殊落差,在学理层面看是欣赏立场和审美趣味的不同,究其本质是香港文艺作品更接近大众心理,也更符合社会发展风潮。20世纪末21世纪初内地编撰的香港文学史难以获得香港学者的完全认同。在香港学者看来,内地文学史的著史方式系将香港文学直接纳入中国现代文学史的述史模式中,重点突出香港文学与中国现代化国家建构的同构性和香港文学的反殖民价值,怀有强烈的教化倾向。"文学史的编写,变成了政治活动,属于教育部官僚的管治范围,而不是学术界个别学者的个人著作活动。"① 香港是中国领土不可分割的一部分,香港文学当然是中国文学的重要构成。中国文学与香港文学是"中央"与"区域"的关系。香港文学隶属于中国文学毋庸置疑,两地学者的分歧在于创作实践层面香港文学的发展路径和中国现代文学的发展路径有所差异。

  内地学者秉持纯文学立场,多方考证香港本没有文学,是内地文人多次南下香港促其生成。潘亚暾、汪义生提出香港文学出现的两次发展高峰,都由南下文人主导。一是1937—1941年抗日战争爆发后,内地大批文化人涌入香港,促进香港文学的繁荣发展;二是1946—1949年抗日战争胜利后,内地的作家再次大批到港工作、生活。"在两次文化高潮中的香港文坛,南来作家取代香港本土作家成为文坛主流,几乎所有的文学活动,都是南来作家所发动和倡导的,文学期刊发表的作品几乎都出自内地名家之手。"② 潘亚暾、汪义生的观点代表了大部分内地学者的心声。黄展人为谢常青《香港文学简史》作序,直言"香港新文学之所以能取得如此成绩,主要是继承和发扬了五四新文学的光荣传统"。③ 诚然,站在中国现代文学史的角度观察,香港新文学的发生和发展确由内地南下的"左派"文人主导,但遗憾的是,新文学的生存在港岛举步维艰。五四运动爆发后几年,"新文学创作根本不成气候,整个香港文坛是封建旧文学的一统天下,死气沉沉"④,充斥报纸杂志的都是些宣传封建思想道德的旧文学⑤。尽管南迁作家和本土作家长期不懈努力,香港的新文学及纯文学创作仍难占主流。到了20世纪70年代,绝大部分文学报刊(如《诗风》《海洋

---

① 王宏志:《历史的偶然:从香港看中国现代文学史》,牛津大学出版社1997年版,第51页。
② 潘亚暾、汪义生:《香港文学史》,鹭江出版社1997年版,第6页。
③ 黄展人:《序》,参见谢常青《香港文学简史》,暨南大学出版社1990年版,第8页。
④ 施建伟、应宇力、汪义生:《香港文学简史》,同济大学出版社1999年版,第10—11页。
⑤ 潘亚暾、汪义生:《香港文学史》,鹭江出版社1997年版,第25页。

文艺》《当代文艺》《素叶文学》等）迫于市场压力，纷纷停刊。与新文学工作者的期盼不同，香港大众显然更青睐通俗易懂、故事性强的通俗文学，武侠、言情、悬疑等逐渐成为香港最具代表性的文化标志，相反纯文学创作少人问津。

长期以来，香港纯文学、新文学与通俗文学的博弈，有其内在因素。19世纪被清政府割让后，香港长期处于英国殖民统治下，以反抗殖民统治和追求革命为主旨的新文学显然不被鼓励。"英国强占香港后，殖民当局长期以来坚持所谓'间接统治'原则，表面上摆出不直接干预华人社会、不以强制手段摧毁华人文化的姿态，但出于维护其殖民统治的需要，殖民主义者本能地热衷于利用中国传统文化中的落后部分内容，压制进步的新生事物。"① 另外，香港原属广东，民间通用语虽仍以粤地方言为主，但英语的强势和优越可以通过更好的工作和较高的薪酬等体现出来。港岛民众为求生存，不得不鼓励孩子学好英语，进一步强化了英语的强势地位和实用价值。"欧化教育只让学生学外文，家长们也希望孩子将来能找到一份'洋行'的工作，中文于是成为'副科'"，学校的课本只限于《论语》《孟子》《古文评注》之类。② 语言是文化的载体，更是民族的共同记忆。香港被殖民统治期间，语言层面的"畸态"发展导致旧文学与通俗文学的兴盛。内地学者对香港文学创作气象不无遗憾。王剑丛认为，香港作家的创作题材虽多样，但写来写去都是恋爱、婚姻、家庭、日常琐事等，是为"题材的平凡性"。香港作家艺术层面的通俗化也为学者所轻视，"他们没有为子孙万世造福的意欲，也没有什么崇高的理想要实现"。③ 更深层次看，在香港这个讲求经济实用、追求效率的商业社会，大众为生计奔波疲累，无多余精力投入纯文学的阅读与创作，工作之余更向往轻松、快捷的精神娱乐。纸媒时代通俗文学受青睐，全媒体时代，在香港无论是纯

---

① 施建伟、应宇力、汪义生：《香港文学简史》，同济大学出版社1999年版，第10—11页。
② 刘登翰主编：《香港文学史》，人民文学出版社1999年版，第66页。
③ 王剑丛：《香港文学史》，百花洲文艺出版社1995年版，第17页。

文学还是通俗文学都被持续边缘化。经典港剧《男亲女爱》以戏谑的喜剧手法呈现了香港文学的艰难生态。已有七十多年历史的严肃杂志《良朋》运营维艰，不仅读者寥寥，杂志社诸人也都年近古稀，后继乏人，无奈改版，抛弃纯文学立场，聚焦港岛娱乐八卦，宣称"不做你的良朋，只做你的浪友"，才谋得一隙生存空间。同为艺术创作，电视剧并非无的放矢，而是香港文学生态的缩影。正如香港作家联会会长潘耀明所言，香港文人的待遇并不高，"哪怕是在今天，香港文学更多是在民间进行，缺少资源和平台"①，就连邀请莫言、王蒙等知名作家开讲座，也因为缺乏场地，不得不在吵闹的酒楼举行。香港的很多文学爱好者在工作之余写作，是为稻粱谋，以求通过撰稿发表补贴家用。相较之下，通俗文学还是要比严肃文学更具经济价值。

　　行至20世纪90年代，曾被内地学者轻视的香港通俗文化及文学作品随着两地交流的深入，深刻影响了现今繁盛的网络文学。文化输出的背后是经济支撑。20世纪八九十年代，香港经济水平比内地更为先进，连带香港的审美与文化等都颇具吸引力。彼时两地之间逆转了抗战时期内地文人拓荒、培育香港文化的情势，形成了香港向内地的文化输出，潜在影响了第一批中国网络文学创作者和受众的审美趣味。香港文学对中国网络文学有多个层面的深刻影响。香港通俗文学资源丰富，金庸、梁羽生创作的武侠小说，倪匡的科幻悬疑作品，亦舒的言情小说等在内地的影响长盛不衰。香港通俗文学"为消遣""为娱乐"的内在追求深刻影响了中国网络小说的基础类型和创作底层逻辑。网络文学"技术+文学"的生产机制，"激发了整个生产领域的内容源头变革，从而将资本引入这一生产领域"②。在网络文学发展历程中，资本的作用显而易见。若说商业取向的文学创作，香港通俗小

---

① 孙磊：《香港，大湾区的文学驿站》，《羊城晚报》2022年7月10日第A6版，https://www.sohu.com/a/565749050_120046696，2023年9月19日访问。

② 储卉娟：《说书人与梦工厂：技术、法律与网络文学生产》，社会科学文献出版社2019年版，第141页。

说和台湾武侠小说当为先锋。香港通俗文学以报纸杂志为主要阵地，金庸、梁羽生、倪匡、梁凤仪、亦舒、也斯等本土作家长期以专栏的形式连载小说。报纸杂志的运营以商业利益为目的，小说连载和知名作家等实质是吸引读者、增加读者黏性的手段，与"叫好"相比，显然更注重"叫座"。专栏、小说连载等形式媾和报纸杂志的盈利性，潜在要求作品要在迎合大众趣味的框架内，在有效的篇幅中留出足够的悬念，以吸引读者的持续关注。可以说在限定篇幅、连载形式的前提下，香港通俗文学为网络文学的写作技巧提供了良好的写作范本。

用当前网络文学的研究视野观察香港文学，会发现香港通俗小说呈现出明显的性别分野，与网络小说网站的分类逻辑别无二致。金庸、梁羽生、黄易等的武侠小说对男性读者有着无与伦比的吸引力，驰骋江湖、快意恩仇千百年来是最普遍的男性青春梦想。郭靖、张无忌、令狐冲等从小人物到江湖大侠的"逆袭"，更是少年梦中最魅惑的一笔，至今仍在男频网络小说中激越回响。武侠小说中，女性为男性的侠客梦服务。黄蓉、小龙女、赵敏等光彩夺目的女性，存在的本质意义仍是支持、崇拜男性主角，是为衬托出男性广济天下的光辉形象。倪匡笔下的卫斯理常被各路女子爱上亦为辅证。香港言情小说另辟蹊径，亦舒、梁凤仪等塑造的都市女郎，在价值取向上极为接近网络小说"大女主"的书写。女性取代男性成为故事的主角，男性沦为女性成长的陪衬。梁凤仪笔下，男性是激发女性成长的关键环节。《醉红尘》《今晨无泪》《千堆雪》《九重恩怨》等故事中，女主角常在遭到男性背叛后，愤然而起、韬光养晦，最终实现权力和经济实力上对背叛者的碾压和复仇。与梁凤仪刻意制造戏剧冲突相比，亦舒的笔触更为温和平淡，其内在机理仍是女性如何寻觅自我在社会的定位。从这一层面看，彼时香港通俗文学与当下中国网络文学堪称异曲同工，在一定程度上都比严肃文学更关注最为普遍的大众欲望。此外，在发展路径上，香港通俗文学与中国网络文学亦不谋而合，影视化改编是

"卖座"作品的必然归宿。金庸、亦舒、倪匡等的经典作品一再搬上荧幕,而中国网络小说已然成为影视剧创作的重要来源,催生了多个爆款影视作品。在文化资源、写作技巧、创作追求、发展路径等多种层面上,香港通俗文化与中国网络文学都有深刻而复杂的渊源,彼时香港通俗文学实质已具备了当下网络文学的多种特性,尤其在大众趣味和创作内容层面款曲相通。

尽管当前香港网络文学与大湾区其他城市广州、深圳、东莞等具有显著差距,但在香港通俗文学式微的背景下,《十二夜》(马曳)、《男人不可以穷》(薛可正)、《壹狱壹世界》(小姓奴)等香港网络小说仍有独特的、具有浓厚市井气息的香港社会体验,进一步与影视等跨媒介融合,成为抒写民情的一种出口。香港严肃文学更在与大湾区文学融合后,获得新的扶植与滋养,葛亮、周洁茹、程皎旸等21世纪南下作家构成了香港文学的中流砥柱。新一代"移民作家"与本土作家携手,为香港文学的传承和创新添砖加瓦,使香港文学焕发出新的活力。

## 第二节 香港小说的青春书写

### 一 侠与义

香港言情小说与武侠小说的分野是中国网络小说女频、男频分化的雏形。香港武侠小说与中国网络文学的内在关联甚为直接,正是港台武侠小说培养了大陆读者对通俗小说的审美情趣和欣赏习惯,网络小说最早、最稳定、子集最大的玄幻、穿越等小说品类,都受到了港台武侠小说启蒙、滋养。黄易就因《寻秦记》《大唐双龙传》等作品的超强影响力,被誉为历史穿越小说的鼻祖。

香港武侠小说与中国网络小说精神流脉息息相通,都从中国传统文化中汲取了丰富的营养。一方面,侠客形象及其叙事在中国传统文化中由来已久。古有荆轲、虬髯客舍生取义,近有南侠展昭、双侠丁氏兄弟忠肝义胆。路见不平拔刀相助、匡正扶弱、劫富济贫等是对中国传统侠客精神的高度概括，也是武侠形象塑造的群众基础。另一方面，《三侠五义》《水浒传》《七剑十三侠》《儿女英雄传》等作品为武侠小说奠定了"章回体"的基础形式，为武侠小说和中国网络小说设置悬念、埋设伏笔等技巧提供了参考价值。香港武侠小说无论在文化资源还是写作技巧方面都极大地承继了中国传统文化的有益因素。已有颇多研究者注意到了中国港台地区武侠小说与中国玄幻、仙侠类网络小说的关切，究其深层，香港武侠小说与中国网络文学共享了中国传统文化的侠客精神，两者可以说是"精神同源"。无论是从文体还是写作技法的发展历程来看，香港武侠小说一定程度上可视为中国网络小说与中国传统通俗文化之间的桥梁，香港武侠小说突破了传统文学精英话语的局限，其重视读者接受心理、不断制造"爽点"的写作方式为中国网络小说提供了可供借鉴的创作模板。

20世纪港台武侠小说风靡两岸三地之时，正是通俗文学市场在商品经济发展促动下日益扩大的时期，香港的武侠小说呈现出显著的商业化写作特征，为网络小说的类型化、商业化发展指明了道路。武侠小说从文学创作转型为商品，创作武侠小说有可观的收入，出版、销售武侠小说可以获得利益。在经济利益的促动下，大众市场的口味更加全面、深入地影响作家的创作，创作者需要充分考虑大众读者的心理需求。此情此景与现时网络文学的创作如出一辙。2002年，"读写网"首次提出向网络文学创作者支付刊载稿酬；2002年年底，"明杨全球中文品书网"提出"VIP"概念，以点击量作为向读者收费和支付作者稿酬的标准；2003年，"起点中文网"正式启动VIP制度，点击数据既是支付创作者稿酬的重要依据，也为创作者探索受众心理和阅读期望提供了路径；2004年，盛大游戏公司收购起点中文网，网络文学迎来了资本强势介入的时代。至此，网络文学已经形成了传统文学难以想象的一个超级市场，聚集了史上最庞大的创作者队伍，吸引了难以计算的海量读者。网络文学读写平台的基本模式经过多次尝试、整合，也进入了相对稳定的状态。当前，类型化仍是网络文学创作的主要模式，网络文学平台在男频、女频的大模块下，细分出不同品类板块，以实现作品的分类和读者的分流。读者按照自己的兴趣进入品类板块，就可以浏览大量同类型作品。网站的主题分类也为作者创作提供了参考。网站后台的大数据可以即时反映出哪个品类板块流量最大，什么类型的题目点击量最高，什么作品订阅最多，哪个作者的读者号召力最强……凡此种种，在网站排行榜一目了然。网络文学的创作灵感不再纯粹源于作者的内在创作冲动，而来自读者的点击和月票。在利益驱动面前，读者的要求和讨论成为作者和网站的首要考虑维度。换言之，网络文学作者考虑的不再是"我想表达什么"，而是"读者想要什么"，或者是"怎样才能吸引读者获得更多月票"。如若搁置技术背景，回归文学创作本质层面，可以发现在香港武侠小说生态和网络文学生态中，读者都通过购买杂志或充值订阅等付费行为深度参与了作品的生产，成为文学创作的"潜在作者"。

香港武侠小说至今魅力不减，不少经典作品一再影视化，几乎每次影视改编都引起大众的热议；网络文学更不必多说，IP化作品早已成为影视、动漫、游戏等产业的内容端。尽管互联网时代文艺作品生产在实操细节方面与传统不可同日而语，但艺术作品的规律依然适用。文艺作品依然是社会文化变迁的映射，隐藏在市场规律下的是大众的期望与心理投射。研究者曾深入探讨香港武侠小说不同时段风靡两岸三地的原因。

> 正因为侠客形象代表了平民百姓要求社会公正平等的强烈愿望，才不会因为朝代的更替或社会形态的转变而失去魅力。
>
> ……侠客是否真能惩恶扬善，容待下面再讨论；可在法律之外，祈求侠客更富有戏剧性地自掌正义匡正扶弱，却是武侠小说普遍受欢迎的重要原因。"安得剑仙床下士，人间遍取不平人。"（《醒世恒言·李汧公穷邸遇侠客》）——有这句话在，不难理解

剑仙侠客何以千载之下雄风不已。①

但正如陈平原所言："这种思路无法解释武侠小说五六十年代在台港、七八十年代在大陆何以赢得大批读者，起码这几十年并非兵荒马乱。"②"侠客"的形象内蕴在香港武侠小说中悄然转变。疾恶如仇的洪七公，撞见梁子翁强占妇女，"施以重惩"竟然只是打了一顿，扒光了头发。欧阳克劫走四名女子，还意图侵犯黄蓉，洪七公仍把欧阳克救下。他明知"这小子专做伤天害理之事，死有余辜"，只因"伤在我徒儿手里，于他叔父脸上须不好看"③，最终放过欧阳克。在以洪七公为代表的武林价值体系中，平民百姓的尊严和性命不值一提，"警恶惩奸"还是"做人留一线，日后好相见"全在于侠客的一念之间，并没有放之四海而皆准的标准。令狐冲、韦小宝等形象亦正亦邪，黄蓉也曾被视为"小妖女"，能否承担匡扶天下的重任未可知。香港武侠小说在两岸三地流行时，社会的基本法度已经建立，具有普适性的、标准化的社会治理方式已经取代了江湖规则，由游侠来主持正义显然已不符合当时的环境，这种思路更无法解释21世纪网络仙侠小说的流行。实际上香港武侠小说的极大吸引力在于其逆袭成侠的激情给予了年轻人做梦的素材。网络作家江南曾化用金庸小说人物谱，展开乔峰、郭靖、令狐冲等在当代大学校园的生活④，形形色色的人物和各自的遭际引发了大量读者的共鸣。无论是人物谱的借用还是"同人"叙事所引发的共鸣，一定程度上都说明金庸等的香港武侠小说魅力在于给大众读者提供了"英雄梦"的代入感。如果说古代侠客形象寄寓了百姓期盼被拯救的愿望，香港侠客形象传达的则是"我要做大侠"的野心。

---

① 陈平原：《千古文人侠客梦》，北京大学出版社2010年版，第10页。
② 陈平原：《千古文人侠客梦》，北京大学出版社2010年版，第10页。
③ 金庸：《射雕英雄传》，广州出版社2002年版，第537页。
④ 江南：《此间的少年》，华文出版社2004年版。

"大侠"意味着受人景仰、资源丰富，是个人成就和价值的终极体现。金庸笔下脍炙人口的郭靖、杨过、令狐冲、张无忌、韦小宝等主角，都实现了从籍籍无名的小人物到名扬四海的大英雄的"逆袭"，他们从备受欺凌、被人忽略的无名之辈到实现梦想、扬眉吐气、娶得美人归的过程，给读者提供了"造梦"的入口——与当前网络小说制造"爽感"如出一辙。曾入选《新京报》"网络文学十年十本书"的《诛仙》约创作于2000—2003年间，2003年首次出版，直到2018年仍入选"网络文学发展历程中的20部优质IP"。《诛仙》所创造的修仙世界极大地影响了网络玄幻、仙侠作品的人物设定和世界建构，是网络文学发展史上无法忽视的经典作品。细读文本，可以发现，《诛仙》的人物形象塑造和人物关系设定与金庸的武侠作品极为相似。郭靖初入中原默默无名，广结善缘得到洪七公、黄药师、周伯通等高人的指点和扶助，终成一代大侠。《诛仙》的主角张小凡一开始也是善良憨厚却资质平庸，亦在机缘巧合下得到高僧普智传授绝世武功"大梵般若"和噬血珠，为后续修行奠下重要基础。张小凡在青云山和魔道之间的摇摆，对正邪的思考和超脱等，处处可见金庸武侠小说的影子。可以说，小人物的"逆袭"及与之而来的"爽感"，是香港武侠小说和中国玄幻、仙侠网络小说的核心魅力。

　　深层探究，可以发现武侠小说和网络玄幻、仙侠小说一样，都预设了人与人的等级差，"升级"是武林中人和修行者共同的使命，升级就是成就，人物只有获得更高等级才能获得他人的尊重。在这种世界价值观的框架中，"逆袭"与"升级"是一体两面。"升级"既是使命也是结果，在升级的大前提下，"逆袭"指向比别人更快、更轻易地达到更高等级，别人可能勤学苦练多年长进些微，主角却常常得到高人的指点一日千里，又可以轻松获得珍贵的资源和装备。如前所述，香港是商品经济发达的国际都市，生活压力较大，贫富差距悬殊，底层百姓难以看到阶层上升的渠道，更容易寄情于情节紧张曲折又能提供爽感的文艺作品。进入21世纪以来，中国内地经济腾飞，城市化进程普遍加速，人们生活节奏加快，压力剧增，人们急切地需要情绪宣泄的出口。在香港武侠小说和网络小说中，主角常常从小人物开始，在自我努力和别人的指引下飞速升级，走向人生巅峰。类似叙事的流行反映了人们在现实生活中自我实现受到压抑、急切追求成功的心理状态，是大众欲望、焦虑的释放与投射，也是一种情感宽慰和心理补偿。

　　大众的欲望及趣味容易被环境所激发，同时也受到环境的局限。当社会形势发生变化，大众对文艺作品的需求也随之发生变化。香港武侠小说在香港盛行约在20世纪50—80年代。据考察，1945年前出生的第一代香港人多是移居香港的原广东人、福建人、上海人等，其自我身份认同非常明确，同时认为自己是中国人与广东人/福建人/上海人，只是留居香港，而无"香港人"的本土意识；1946—1965年出生的为第二代香港人，第二代香港人和内地接触减少，开始萌发独立于内地的"香港人"身份认同；及至1966—1975年出生的第三代、1976—1990年出生的第四代及更晚出生的新生代，其"香港人"的身份认同愈加坚定，文化层面的本土意识也得到强化。① 如果说1949年前内地和香港互动紧密，内地人南下香港是将其作为一个过渡，很少有落地生根的想法，那么1949年后两地的隔绝导致滞留香港的同胞重新思考自己的前程，不管是主动还是被动，最后都不得不以香港为家。到了1984年，在香港出生的一代人已经在其间生活了数十年，虽然受到父辈的影响，但这些"第二代""第三代"香港人几乎没有到过内地，没有内地记忆，即使仍旧沿袭父辈观念，有"中国人"的身份认同，但对生于斯长于斯的香港显然更有归属感。从最初的以香港为过渡到以香港为家，这个转变是巨大的，也正是这种转变催化香港本土意识的产生。

　　金庸1924年出生于浙江海宁，1948年移居香港；梁羽生1924年

---

① 王宏志：《历史的偶然：从香港看中国现代文学史》，牛津大学出版社1997年版，第5—7页。吕大乐的《四代香港人》，进一步多媒体有限公司2007年版，也有相近探讨。

出生于广西蒙山，1949年移居香港。"我是中国人"的身份认同在金庸、梁羽生心中根深蒂固，他们的作品中随处可见对祖国山河的赞美和民族大义的抒发，民族大义等的书写背后是创作者的怀乡之思，彼时香港人的身份认同依旧是"中国人"的身份认同。可以想象，第一代香港人在接受金庸等的作品时毫无隔阂，作品中的地貌风物、人情世故可以轻易地引发文化认同和情感归属上的共鸣，香港武侠小说在事实上成为内地与香港的文化纽带，但出生越晚的受众就更有可能沉迷于紧张的情节而忽略了作品中的文化蕴藏。及至20世纪90年代，香港影坛出现了"古惑仔"风潮，《人在江湖》《只手遮天》《猛龙过江》等影片描述了一群游走在灰色地带年轻人的生活，竟然引发了一众年轻人的向往。不得不说，尽管不同的艺术作品表现形式等有所不同，但在精神源流层面，香港"古惑仔"风潮中快意恩仇、置生死于度外、舍生取义等描写与香港武侠叙事有着无法割裂的关联。在《史记·游侠列传》中，司马迁提出朱家、田仲、王公、剧孟、郭解等虽为闾巷布衣，但深具"侠"之精神，"其言必信，其行必果，已诺必诚，不爱其躯"，"千里诵义，为死不顾世"，因此将他们归类为"游侠"。"不论是贵游子弟抑或闾里少年，既然都是侠，便有侠的共性，因此他们纵博发、射猎、斗酒、宿娼、欺侮人、报仇怨……类型化的生活，遂逐渐导生出类型化的文学，凡歌咏少年游侠，都要着重强调他们这种都市游燕、纵侠豪奢的生活型态。"[①] 从类型化的角度看，香港"古惑仔"文艺作品描述的恰是一群都市底层的少年"游侠"。不同的是，如果说香港武侠小说中的"道义"包含心怀天下的向度，那么"古惑仔"里面"道义"则出现了萎缩，更多聚焦于兄弟情义，但这却极大激发了香港年轻人对快意人生的追求。

2013年出版的香港网络小说《男人不可以穷》中薛可勇的"江湖"经历存留了"古惑仔"叙事的影子。薛可勇、薛可正的父亲薛天

---

① 龚鹏程：《侠的精神文化史论》，山东画报出版社2008年版，第316—317页。

来在香港回归前是一名警察，在缉捕罪犯的过程中遭到了同事周常德的背叛，受伤残疾，不得不病退。英治系统中基层警察的收入难称丰厚，薛天来的残疾和病退加之金融风暴直接导致薛家的贫困，也为薛可勇"出来混"埋下伏笔。薛可勇争强好斗、爱赌，日常靠开货车送货讨生活，却毫无养家的自觉，不管是否要交房租、还钱、孩子入学，手里一旦有钱便都一股脑投入各式赌局。薛可勇也曾尝试进入日常生活，但他常感到家人都不理解自己。"为什么你们提起我不努力的时候会不停地责备我，但当我尽了力每天辛勤工作之后，你们却没人嘉许我一句？""这份工作完全不适合我，我之所以肯做只不过是为了这个家，但为什么我回到家里之后的感觉却是更差了？"① 薛可勇的心声表明，尽管他已经有了家庭和孩子，其自我意识并没有成熟，仍像少年人一样渴求来自"大人"的嘉许。作为最亲近的旁观者，薛可正也意识到，弟弟薛可勇的自我价值认同不在家庭，而是寄托于"江湖"之中。面对生活，薛可正是被动的，他的主观能动性并没有得到发挥。普通人以工作和家庭为中心的生活使他感到无聊，他始终渴望年少时无人管束的自由。只有酒吧那种灯红酒绿的生活才能让他感到快乐，"面对房间里大部分自己认识的人，可勇觉得快乐的感觉开始回到自己心中，从前的快乐时代，就是由这种场所开始的"②。在斗殴之中获得胜利后，薛可勇感到无比兴奋。"球哥"的赏识和金钱奖励让他感到强烈的快乐和成就，他感到只要自己更勇更敢"劈"，"就会得到球哥更大的赏识，可以飞黄腾达，不会再失去任何人"③。球哥及其"帮派"代表一种与现代法治相悖、游走在灰色地带的江湖规则，但支撑这种江湖规则的，恰恰是薛可勇、全孝等底层人物想要出人头地、赚大钱、飞黄腾达的强烈欲望。《男人不可以穷》尚未出版就引起了广泛关注，在"高登讨论区"连载时网友反应热烈留下超万条留言，

---

① 薛可正：《男人不可以穷》，中信出版社2014年版，第220页。
② 薛可正：《男人不可以穷》，中信出版社2014年版，第221页。
③ 薛可正：《男人不可以穷》，中信出版社2014年版，第259页。

2013年由"墨出版社"出版后,在香港青年人中引起了轰动,一度位居香港畅销书第一名,成为2013年香港书展最畅销的小说之一。2014年中信出版社将其引进内地,后被改编成同名电影。《男人不可以穷》之所以一再引发关注,是因为书中不同人物的遭遇和冲突极具代表性,形成了对现实的映射。

香港是一个多元社会。香港的特殊发展历程,中西方多种文化理念长期在同一个文化空间中共存。"我们读古典也读西方的著作,看当代中外电影。但除了文学作品,在日常生活里,在报刊中,当然也大量接触到影艺、时装、漫画、流行曲的信息。每份报纸有不同的立场,因而以不同焦点报道新闻,写出不同的社论,你可以看传统戏曲,听古典音乐,但也一定听过梅艳芳、谭咏麟、达明一派。扭开电视,各种各样的信息传到家里,各种形象和词汇无形地渗入生活中。"[1] 也斯对香港文化空间的描述形象地传达出香港的包容与多元,人人都可以有不同的体验、秉持不同的立场。在带来自由的同时,"多元"往往带来混乱和无序。"我们所共有的空间是一个混杂、挤迫而又危险的空间……是众多势力的角力场,那么多人想利用它来谋取利益,那么多人等着捞完最后一笔离去。"[2] 越是混乱越是需要稳定的规则。香港社会的多元和混杂对底层来说具有两面性,一方面给原始资本的积累提供温床;另一方面,外部环境越恶劣,越容易产生抱团的倾向。敬人明知道薛可勇爱赌,还欠着债务,但听到薛可勇妻子静悠急用钱,仍二话不说用自己的信用贷款借给薛可勇,心里其实已经不打算让他还。薛可正也曾莽撞、追求刺激,是炒金的大起大落、女友以娜的离去、上司周常德的失败和父亲的去世促使他成长,但好斗的热血在他身上也偶尔翻腾。家里被追债的人贴了大字报,薛可正带着薛可勇在取得证据后,将阿全打得不成人形。"薛可正认为可勇赌钱的事情应该自负盈亏,但不等于外人可以在他面前对他亲弟弟再加一脚,无论

---

[1] 也斯:《香港文化十论》,浙江大学出版社2012年版,第42页。
[2] 也斯:《也斯看香港》,花城出版社2011年版,第17页。

在家里怎么争执都好，只要外面有共同的敌人，兄弟之间就应该立即放下所有争执，去解决他们应该解决的事情。"① 薛可正已经事业、家庭都稳定上升，薛可勇对他来说更像是甩不掉的定时炸弹。他之所以再插手薛可勇的事，是因为对兄弟情义的坚守。周常德几番大起大落，因为炒股失败要还债放走罪犯，导致薛天来的残疾，但却一直尽心尽力照顾旧同事的子女。薛可正、Gini 等对他心怀敬意，觉得他"人很好"，不是基于周常德的事业的成功，而是基于他对前同事子女的提携扶助，归根结底仍是对江湖义气的某种守护。

　　葛亮等新一代南来作家对香港的多元、混杂现状有敏锐的感知。阿德（《阿德与史蒂夫》）为了争取居留权，参与纵火被拘留。宁夏（《街童》）自山东蓬莱赴港，被犯罪团伙控制。布德为救宁夏遭人欺骗，被贩卖了器官死在水泥管道里。Vivian（《浣熊》）大学毕业找不到工作，无奈入职诈骗公司。阿德、曲曲、宁夏、布德、张天佑等游走在香港的边缘，促使他们走向悲剧的不是一己私利，而是想要拯救他人的愿望。阿德爱护、仰慕曲曲，想要为众多非法居留者获得合法身份，不惜以身涉险参与纵火案；布德贩卖器官是为了拯救被毒品控制的宁夏；云澳村的村民虽各有谋生的方式，但在面对开发商强拆龙婆祖屋时，全都放下成见团结一心。"这是从中国传统的道德谱系里延续下来的一丝拯救。"② 侠客精神的形成与传播，实质也是"拯救他人"价值观的表现形式。

## 二　情与爱

　　在香港这个竞争激烈、追求效率的社会，青春似乎尤其短暂，女子超过 28 岁就是"快要凋谢的百合"③，剩女无论过得多么潇洒，都

---

① 薛可正：《男人不可以穷》，中信出版社 2014 年版，第 210 页。
② 杨庆祥：《葛亮的传奇》，载葛亮《阿德与史蒂夫》，长江文艺出版社 2018 年版，第 283—290 页。
③ 钱玛莉：《穿 Kenzo 的女人》，江苏文艺出版社 2011 年版，第 118 页。

少不了承受旁人的非议和家人的催促。在这种青春仿若水果亟须抛售的氛围下,"嫁个有钱人"成为香港大众文化作品经久不衰的热门议题。无论是文学作品还是影视作品,如何嫁个有钱、有品、有爱的男人都是年轻女子的头等大事。

1977年11月至1984年10月间,邓小宇以钱玛莉为笔名在《号外》连载都市小说《穿Kenzo的女人》,借钱玛莉的目光观照香港中环精英的感情生活。钱玛莉看似独立、自由,其实一直努力将自己嫁出去,甚至下定决心,"如果我今年嫁不出去,我就不姓钱!"围绕在她身边的Andy、Eric、Roy、郑祖荫等男性,被分成三六九等。Eric对钱玛莉温和体贴,但家境普通,三室一厅的房子住着一家五口,月薪难称丰厚,任何一项的条件都与钱玛莉的要求相差甚远,只是钱玛莉打发空窗期的点缀。钱玛莉甚至觉得,和Eric这种月薪仅万元上下的男性结婚"是死路一条"[1]。在钱玛莉的价值坐标中,Andy是最为理想的人选。Andy与钱玛莉年纪相当,外表甚佳,知情识趣,"父母在美国,剩下他一个人在香港,赚取一份厚薪"[2],更重要的是有房产,房子甚至还有一个用人房。钱玛莉对自己的未来规划十分清晰:"我已经厌倦做一个高级行政人员,我的梦想是一个高级行政人员无法达到的,我需要很多的金钱,唯一的方法就是嫁一个很有钱的丈夫。"[3]钱玛莉始终在追求人前的"体面",维持自己在社会生活中的优越感。书中唯一能超越Andy满足钱玛莉结婚条件的只有郑祖荫。作者未详细介绍郑祖荫的家庭条件,但通过对他的外貌描写可窥一二。初次相遇时,郑祖荫的古铜色皮肤意味着他和Andy、Simon等中环优质男性一样,有余裕的金钱、精力和时间进行户外运动,很有可能拥有私家游艇或经常到热带岛屿度假。郑祖荫的Triumph跑车和质地柔软的军装都展示了他不俗的品位,以至钱玛莉一眼就能看出,"他家里一定

---

[1] 钱玛莉:《穿Kenzo的女人》,江苏文艺出版社2011年版,第115页。
[2] 钱玛莉:《穿Kenzo的女人》,江苏文艺出版社2011年版,第104页。
[3] 钱玛莉:《穿Kenzo的女人》,江苏文艺出版社2011年版,第115页。

不会穷到哪里",皆因穷困的家庭滋养不出郑祖荫的气质与品位。第二次钱玛莉在飞机上再次见到郑祖荫,发现他依然看起来朴素,但发型肯定是出自名家之手。种种迹象表明,郑祖荫家境不俗,越是低调越有可能隐藏着巨额财富和强大的家族势力。他的"looks、character、style、taste、physique,以及最重要的wealth"①,都符合钱玛莉的要求,因此钱玛莉暗下决心,"决不能放过郑祖荫"②。

《穿Kenzo的女人》从发表到收尾横跨八年,收获一众香港年轻人的追捧。钱玛莉作为"第一代港女"也是"第一代剩女"的代表,其在书中毫不掩饰的对名利的追逐甚或刻薄、残忍,都极具代表性。马家辉认为邓小宇以女性身份进行创作,是在细述香港女性心事的同时,素描香港男性的众生相,其间消费主义的影子体现了以商品为图腾的"中环价值","若把小说拆解,男女只是皮相,商品才是血肉"③。隐藏在男女情爱下的是商业社会中人人都被物化的无奈世情。当Andy愤怒地质问钱玛莉"我同你的皮鞋、手袋、汽车、衣服、suntan lotion有什么分别"时,钱玛莉等女性连及他们的生活也被持续物化。钱玛莉等对人生的规划始终与名牌物件环环相扣:每天穿丝恤衫、拿真皮女装公事包上班;下班后,到各鸡尾酒会周旋,照片经常出现在《南华早报》的社交版;更不时代表公司飞去巴黎或纽约谈生意;放大假时,和男朋友一起去北海道滑雪,或者去Waikiki晒太阳……构成生活的桩桩件件都是消费,都需要经济基础做支撑。钱玛莉看得很清楚,能够支撑她保留同性好友圈中优越感,来自异性的青睐,尤其是优质异性的青睐,因此,"嫁个有钱人"是唯一的出路。男性也并非纯情,职业、外貌、身材、教养、品位、年龄等构成了钱玛莉等女性的价值,随着年岁的增长,其他维度的价值也随着"打折"。因此,在

---

① 钱玛莉:《穿Kenzo的女人》,江苏文艺出版社2011年版,第178页。
② 钱玛莉:《穿Kenzo的女人》,江苏文艺出版社2011年版,第177页。
③ 马家辉:《人间有过钱玛莉——邓小宇如何书写她/他的独立宣言?》,参见钱玛莉《穿Kenzo的女人》"序言",江苏文艺出版社2011年版,第5页。

合适的时间以最好的价格把自己"嫁出去",成为多少香港言情小说中的主题。

以"言情掌门师太"亦舒的文学创作为例,婚恋在亦舒笔下从来就没有"情不知何所起,一往而深"的澄澈。每个人在婚恋市场上明码标价,年纪、样貌、品行、职业、家世、身材凡此种种都可转换为筹码。"亦舒女郎"口头上再强调风骨,内里仍是市井民间绞尽脑汁的算计。《承欢记》中作者给主角麦承欢塑造的人设是顺风顺水、不谙世事的玲珑女子。她虽住廉价公屋,但公屋设备周全,窗口正对无敌海景,家庭和睦。亦舒如此写道:

> 麦承欢的世界愉快、健康、欢乐,她没有机会接触到这个都会成长期的阴暗面,她只享受到它健全成熟的制度。
> 她代表幸运的一代。①

就是这么个品学兼优、单纯清高的年轻女子,在谈起聘礼时,比弟弟更清醒地认知到,聘礼遵循的是"经济学上以物易物"的道理,接受夫家的经济支援也就意味着接受夫家约束。在麦承欢等看来,婚恋本就是一种市场形态,女子唯一可待价而沽的时候便是婚前,一旦登记结婚或年岁再长,就丧失了"讨价还价"的资本。世俗的金钱、地位等,在亦舒的情爱中从未隐去残酷的面目。

麦、辛两家婚前见面的宴席,将两家家境、地位的悬殊展现得淋漓尽致。麦母一世为子女操劳,誓要在亲家面前挣回脸面。因此当麦父提及麦母最会吃鱼头时,面色瞬间转灰。"吃鱼头"看似一种爱好,实际是麦家经济紧张的体现。小户人家终日节衣缩食,鲜美可口的鱼肉在父母不动声色间尽人子女口腹,麦母可惜食物又不愿丢弃鱼头,久而久之自然擅食鱼头。与此同时,辛家女儿结婚时却是要把老用人

---

① 亦舒:《承欢记》,湖南文艺出版社2017年版,第3页。

都带走。物质上的差距是表面的，真正让麦承欢触目惊心的是长久以来经济上的困窘，已然深刻地影响到父母的见识和脾性。麦母在家境富裕的未来亲家面前越是自卑，越是要在场面上刁难对方，让对方下不来台。再心疼母亲，麦承欢也不由得升起鄙夷批评之心："什么叫小家子气？这就是了，不过是一顿饭的工夫，就算是坐在针毡上，也应忍它一忍，女儿女婿都在此，何必拉下脸来耍性格斗气。"①

香港金钱社会的商业逻辑深度影响着"亦舒女郎"的择偶观。麦承欢对辛家亮一见倾心，只觉得他家境殷实、温文尔雅、一表人才又职业高尚。但当她继承千万遗产后，自己做了有钱人，再看辛家亮，又觉不过尔尔，"没有什么好处可再供发掘"②。类似的情景在亦舒小说中一再发生，男女分立天平两边，天平随不同的砝码不断调整倾斜的角度与方向。《开到荼蘼》中，王母对女儿的男友左文思推崇有加，生怕女儿错过良好姻缘，皆因七年前女儿曾做过已婚男子外室，如今已是一件"破货"。女性对男性的看法和要求往往随着女性物质条件的变化而变化。麦承欢继承财产前最注重对方学历、人品、职业，但当她解决物质问题再无后顾之忧后，却开始更注重男性的身材和样貌。姜喜宝尚穷困时，唐人街餐馆老板的儿子就让她想要结婚，一旦与巨富勖存姿结识，就再也看不上寻常富二代。势利在金钱社会中并非贬义词，而与讲求经济实惠的精神深嵌港人文化基因，正如麦辛两人的闲聊：

> 辛家亮赞道："好仔不论爷田地。"
> 承欢接上去："好女不论嫁妆衣。"
> 辛家亮笑："不过有的给我们的话就速速收下。"③

---

① 亦舒：《承欢记》，湖南文艺出版社 2017 年版，第 50 页。
② 亦舒：《承欢记》，湖南文艺出版社 2017 年版，第 159 页。
③ 亦舒：《承欢记》，湖南文艺出版社 2017 年版，第 26 页。

就连早已饱受创伤、旅居海外多年的王韵娜（《开到荼蘼》）在与表姐妹论及夫婿人选时，仍觉得"没有家底、没有文凭、没有护照、没有房产、没有事业、没有积蓄"的男性绝不在考虑范围，因为"婚后生活需要生活费"，婚房、婚车要有，用人帮工也必不可少。只求生存不问手段是港岛生活第一准则，虚荣从来不是贬义词，只要足够虚荣，并且愿意努力争取，"报应会是名利双收，万人敬仰"。更为经典的是当勖存姿提出要包养姜喜宝时，喜宝本能反应极为恼怒，质问道："我看上去像妓女？"但当她坐上计程车离去，母亲再嫁，下年度的学费没着落、生活费没着落等现实问题在脑海盘旋。她不得不清醒地意识到，"我绝不想回香港来租一间尾房做份女秘书工作，一生一世坐在有异味的公共交通工具里"[1]。对于一个家庭普通却想出人头地的年轻女孩来说，"堕落"是一种需要青春和美貌做资本的"好机会"。

纵观亦舒的言情作品，如何寻觅有钱有品又有爱的男性堪称不变的旋律。贪图父亲财产无法独当一面的辛家亮不如魄力十足的《香江西报》副总姚志明；比之出身世家曾经风流又为女主洗心革面的方有贺，家境普通半工半读的区汝棠明显逊色……好在亦舒偏爱笔下女子，往往给她们安排好妥善去处。香港成就了诸多传奇，亦舒、邓小宇等书写的是香江传奇的一些微小侧面，男女婚恋情事只是一层纤薄的表皮，包裹着更为残酷的世情。香港社会长期在资本主义制度下运行，贫富差距极为悬殊，阶级壁垒难以打破。钱玛莉自认自己家教、修养、学历、才能等都比闺密 Mimi 优秀，但她顶多算中产阶级，无论怎么努力，都赚不到的闺密 Mimi 从父亲处继承的身家的千分之一。同样是穿着名牌，钱玛莉意识到自己颇为珍惜的 Christian Dior 鞋，在富人阶级文丽贤看来根本不算什么，她拼尽全力只能拥有两三双，文丽贤、Mimi 等却满衣帽间都是。姜喜宝天资聪颖、容貌出众、心智坚毅，个人条件比勖聪慧、勖聪恕等优胜太多，但仅凭个人努力，她的成就顶

---

[1] 亦舒：《喜宝》，新世界出版社2007年版，第43页。

点不过写字楼的行政人员，连学业都难以为继。勖聪慧等却仅仅因为出身，就可以拥有上流社会的一切。香港面积较小，人群聚居地集中，富人的生活更被媒体追踪、放大，不断地刺激着中产阶级、底层民众的神经，出售自己的青春成为普通人改变出身的唯一出路，而中产阶级为了维持阶层地位不向下滑落，也不得不在婚姻问题上反复踯躅，谋求资源整合的最佳方式。

网络小说《十二夜》①延续了"金龟婿"主题。乔琪、余丽莎、迈克刘、查尔斯张等内地佼佼者移居香港后，寻觅佳偶成为日常重心。与亦舒费心编织爱情幻梦不一样，马曳更坦然地面对"婚恋即市场"这一现实。乔琪未到香港，就被叮嘱香港女多男少，男生在香港尤其金贵，遇到合适的机会务必抓紧。因而尽管她非常清楚迈克刘不是最理想的对象，"他年纪有点大，未来还毫不明确，外形被他悉心打扮过以后，大约也只能打上80分，更重要的是，他认识的女人太多，而且在睡了之前，迈克刘就算约人吃饭，也是要AA的"，也还是先虚与委蛇，以免错失机会。迈克刘、查尔斯张等男性在终身大事上的精明不遑多让。迈克刘精打细算，绝不轻易在一位女子身上花费太多的时间与精力。乔琪让迈克刘青眼相看不仅因为容颜秀丽，更重要的是乔琪在南京长大，在上海读完大学后又去英国读了硕士，显然家境颇为殷实，人又年纪轻轻温和雅致，恰好满足迈克刘寻觅一个"真正的苏州人"的渴求。香港土生土长的男生Eric Chan在婚恋问题上并不比迈克刘等轻率。Eric与余丽莎交好已有一段时间，然而人前绝不承认余丽莎作为女朋友/婚姻候选人的身份，只简单介绍为Lisa。作为典型的香港中产阶级的儿子，Eric年龄一到就被送去英国读书，获得英国二流大学文凭后回流香港，尽管表面上文雅宽和，内心仍然怀着对芭芭拉陈等内地人的轻视和排斥。Eric真正想攀的是出身香港中医世家的Sylvia，余丽莎只是他择偶范畴之外的玩伴。奇特的是当把婚姻真正看

---

① 马曳：《十二夜》（未完结），微信公众号"此岸"连载。

作资源的结合,《十二夜》中各色男女的寻寻觅觅、兜兜转转,蓦然流露出一丝纯情的温度。余丽莎非常清楚来自上海的世家子弟 Brain 比自己小几岁,年近三十的自己"八竿子也打不着""万万不可能的",还是不由自主地享受两人相处的惬意。乔琪和华少之间的差距如鸿沟,却还是在彼此心中激荡起少年的柔情。

邓小宇、亦舒等香港作家书写的香港青春,包含了诸种无奈与希冀。在马曳等移居香港创作者创作的香港网络小说,是以角色作为叙事点,以点带面,用男女动态关系串连起时代浪潮、行业发展、人情世故等生活的复杂面向。《十二夜》虽未完结,目前已出场的人物已勾画出在港大陆人的复杂生态。乔琪初到香港,寻觅租房的过程中已窥探到香港的残酷,"每月 8000 港币,仍然不曾见到任何适合人类居住的空间"。迈克尔刘外表体面精致,内里虚荣算计,衣饰以假乱真,租房在港岛南区,听起来体面,实质窗户面对一片坟地,属于鄙视链底端的"坟景房"。查尔斯张供职老牌纸媒,收入有限,自诩高雅风流,外人看来则落伍可笑。余丽莎在港多年,生活习惯、日常用语等已与本地人别无二致,但放到婚恋市场上,她仍是遭人排挤的"外地人",想被出身中产、事业平平的男友 Eric 接纳无异于想"麻雀变凤凰"。芭芭拉陈随丈夫辗转海内外多地,受到意大利人等的礼遇,始终无法被香港本土社交圈接纳。无论是精打细算还是虚荣自傲,余丽莎、迈克尔刘、芭芭拉陈等人的处境透露出在港大陆人无法融入当地的尴尬和不甘,背后不仅是地域文化的冲突,更隐含着复杂的社会因素。香港被称为"亚洲四小龙"之一,作为国际自由港、全球第三大金融中心,重要的国际贸易、航运中心和国际创新科技中心,在过去很长一段时间内,香港居民的收入和生活水平远超内地,香港人面对内地人产生了较强的优越感。随着中国内地经济腾飞,香港与内地的差距越来越小,香港人的优越感难以为继,甚至产生了自身不愿面对的危机感。内地与香港的对比在《十二夜》中随处可见,余丽莎生日会上,芭芭拉陈与"港男"Eric 甫一见面,就甩出香港年轻人难找工作的软钉子,尽管 Eric 以 "1949 年的时候上海的有钱人都跑到了香港"反击芭芭拉陈出身低微,他仍感到与从前屈居英国人之下的同款尴尬和失落。Eric、Brain、Richard 等土生土长的香港人都不得不承认,内地精英的综合能力已经超过大多数香港本地人,无论是外资企业还是本土企业,都越来越倾向提拔、重用内地精英。无论是"香港从前是花花世界,现在老早被大陆超过"的议论,还是余丽莎与本地同事的互相鄙夷,或者 Richard 和华少、芭芭拉陈和燕君在拍卖会上地位的颠倒,都透露出近几十年来社会形势的变化及陆港文化地位的倒换。

### 三 香港的城与欲

在人类历史长河中,香港是一个年轻的城市,难以计数的一代代年轻人在这个都市舞台上你来我往,构成了香港的血肉。香港也承载了无数年轻人的欲望与热血。难以考证香港的青春书写从何开始,但张爱玲的《倾城之恋》《第一炉香》《小团圆》等绝对是其中浓墨重彩的一笔。

香港对张爱玲来说是特殊的。香港经验对张爱玲而言之所以重要,在于标志着她的人生转捩点,"无论在小说还是现实中,香港的三年时光(1939—1942 年夏)标志着张爱玲的成长过渡期"[1]。1939 年张爱玲第一次去香港的时候,仅 19 岁。去香港之前,张爱玲颇受了一番折磨。1937 年日军入侵上海,张爱玲与后母、父亲张志沂起了争执。张志沂挥拳殴打张爱玲之后,将张爱玲关闭在空房里,张爱玲患了严重的痢疾也不给医治。《私语》中张爱玲回忆这段经历:"数星期内我已经老了许多年""躺在床上看着秋冬的淡青的天,对面的门楼上挑起灰石的鹿角,地下累累两排小石菩萨——也不知道现在是哪一朝,哪一代……"[2] 大半年的时间,张爱玲困在房间里,感觉自己无限接

---

[1] 李欧梵:《张爱玲在香港》,《南方文坛》2019 年第 5 期。
[2] 张爱玲:《流言》,北京十月文艺出版社 2006 年版,第 138—139 页。

近死亡。张家也确实只当她死了，在张爱玲逃出后，后母把她的一切东西分给了人，从此就断绝了联系。在这如此强烈的对比下，香港之于张爱玲，无异于一种新生。如其自言"骤然想学做人"，香港便是张爱玲"学做人"的练习场。返沪后的张爱玲回忆起香港，常无法掩盖获得新生的雀跃。1941年冬，日军入侵香港，港岛上空频繁响起战机的轰鸣声、炮弹的轰炸声，空袭、饥饿、慌张、穷人的青紫的尸首、深夜伤者痛苦的叫唤，但张爱玲却用了"狂欢"一词形容当时的氛围。她回忆，战争开始时香港大学的大学生第一反应竟是"乐得欢蹦乱跳"，因为停学了也就不用大考了。女同学着急的是"怎么办呢？没有适当的衣服穿！"炸弹已经落到宿舍隔壁，苏蕾珈逃难都要整理好最显眼的衣服带下山。炎樱更为胆大，冒死进城看电影，流弹打碎浴室玻璃窗，"她还在盆里从容泼水唱歌"。香港沦陷后，大学生们满街找寻冰淇淋和唇膏，为着店主一句"明天下午或许有"，第二天又步行十多里路吃全是冰屑子的冰淇淋。《烬余录》和《私语》分别发表于1944年2月和1944年7月，可以推测写作时间相隔也并不长，但文字中蕴含的情感截然不同。《私语》字字血泪，读来无尽悲凉。《烬余录》写战争，固然有逃难的仓皇、"竟会死在一群陌生人之间"的恐慌，但仍掩盖不住个中勃勃生机。写作《烬余录》时，张爱玲不过二十来岁，想来香港在年轻人的眼中始终是可爱的。

　　张爱玲对香港怀着一种"看"的心态，下意识地将之与上海对比。香港与上海这两个城市当然有着可堪对比的理由，这两个城市都经受了英国的殖民；它们都是重要的口岸城市，在城市功能上较为类似，分别在20世纪前半叶和后半叶成为全球瞩目的国际大都会；更为重要的是，1937年抗日战争全面爆发后，香港暂时偏居一隅，吸引了大量上海人南迁。《倾城之恋》中徐太太言"这两年，上海人在香港的，真可以说是人才济济"[①]，并非张爱玲为叙述所作的夸张，而是事

---

① 张爱玲：《倾城之恋》，北京十月文艺出版社2012年版，第172页。

实，当时香港甚至有"小上海"之称。换言之，张爱玲暂居香港期间，她所熟悉的上海气息在香港得到一定范围的延续。事实上，时至今日，香港这个大都会仍没有忘记老上海。在网络小说《十二夜》中，云咸街的上海总会在香港上流阶层中颇负盛名，只对会员开放，来往食客非富即贵，牵系起定居香港的上海人及其后代对上海根深蒂固的怀恋。香港在张爱玲创作中作为"他者"存在，不仅因为张爱玲在香港的时候仍可以接触大量的上海讯息，也和语言、生活上的疏离相关。香港大学位处太平山的半山腰，周边是香港富人的聚居地。张爱玲长期在学校住读，同学大多数来自中国香港、英国、印度、马来西亚、越南等地的富人家庭，偶有内地生，也是近似的大家族子女。他们的生活与香港本土居民生活有着天然的阻隔，在身份和心境上都很难转换成内在的视角。

  张爱玲就读香港大学时，正值第二次文人南下香港浪潮，数百名文人或前往香港进行统战工作，或为避战乱暂时寄寓，直接促进香港文艺活动的繁荣，使香港取代战时上海成为文化宣传中心。许地山、楼适夷、戴望舒、简又文、欧阳予倩、叶灵凤、陈衡哲、刘思慕、蔡楚生、陆丹林等筹备成立"中华全国文艺界抗战协会香港分会"，开展文艺讲习班、主题论战、朗诵队、公演会、文艺竞赛等多种活动。《文艺阵地》《立报·言林》《星岛日报·星座》《时代批评》《华商报·灯塔》《文艺生活》《大众文艺丛刊》《小说》《文汇报·文艺》等文艺报刊纷纷创立，促进了香港文学的发展。此外，1936 年鲁迅逝世后，香港文化界常举行纪念鲁迅的活动，通过纪念活动推动文艺工作。同时各种不同政见、文化观念的人士也各据一方。张爱玲感知到的"各种不调和的地方背景，时代气氛，全是硬生生地给掺揉在一起"[①]，并非一种想象，而是当时香港的真实写照。中国人、英国人、印度人、安南人、修女、混血儿、香港原住民、"左翼"、"右翼"等等各色人等

---

① 张爱玲：《第一炉香》，载《倾城之恋》，北京十月文艺出版社 2012 年版，第 1—2 页。

在香港的城市舞台中各自活跃着，时而交会时而分离，呈现出一幅色彩浓郁、浪漫的南洋图景。

张爱玲对香港的观察与审视，使香港成为富含象征意味的"戏台"。"我为上海人写了一本香港传奇"，"写它的时候，无时无刻不想到上海人，因为我是试着用上海人的观点来察看香港的"。① 演戏的是在香港的人，看戏的是上海人。葛薇龙和白流苏自上海来，她们踏上"香港"这个戏台，被迫扮演与自己原先身份迥异的角色。葛薇龙原本是学生，从小接受的是"老古董式的家教"，去找姑妈梁太太是想得到资助继续学业。梁太太给葛薇龙准备的"金翠辉煌"的各式衣服，近似于"戏服"。当葛薇龙忍不住一件件试穿，便已开启了风月女子的角色扮演。白流苏原先是传统大家族中被压迫、半遗弃的妇女，离婚回家后在白公馆里常"坐在屋子的一角，慢条斯理绣着一双鞋"。她在香港扮演擅长舞技的风月高手，尽力和范柳原说着恋爱的俏皮话，甚至于和印度公主竞争，想方设法让范柳原回到自己身边。"戏台"呈现了看与被看的关系，而张爱玲作为写戏的人，她的笔触直接影响着看戏人的感受，她对葛薇龙和白流苏的人物塑造透露出其本人对香港的感知是极其复杂的。葛薇龙和白流苏的转变并非全然被迫，葛薇龙在病中清楚地意识到，自己"下意识地不肯回去"，她已经适应、贪恋起新的生活、新的自己。张爱玲未曾明言，葛薇龙等于卖给了梁太太和乔琪乔，但至少有着些许的乐趣，假使葛薇龙回到上海，作为没落旧家庭的女子，也难逃"被卖"的命运。白流苏比之葛薇龙更为果决清醒，她很清楚自己的钱被兄弟们挥霍光后，白公馆再也不是自己容身之处，香港于她而言是一种新生。"置身于新的环境中，白流苏感到自己获得了解放，人生第一次能够追寻自己的身份，掌控自己的命运。"②

张爱玲说"香港没有上海有涵养"③，但仅以香港大众文化、上海

---

① 张爱玲：《到底是上海人》，《流言》，北京十月文艺出版社2006年版，第48—49页。
② 李欧梵：《张爱玲在香港》，《南方文坛》2019年第5期。
③ 张爱玲：《烬余录》，《流言》，北京十月文艺出版社2006年版，第41页。

文化底蕴深厚等对照一笔带过，未尝深入解释何为"没有涵养"。我们或许能从张爱玲的另一香港故事探究一二。《连环套》①是张爱玲少见的对香港底层的注视，小说讲述了一个广东乡下女孩霓喜在香港底层摸爬滚打一生的故事。张爱玲写霓喜：

> 她的脸庞与脖子发出微微的气味，并不是油垢，也不是香水，有点肥皂味而不单纯的是肥皂味，是一直洗刷得很干净的动物的气味。人本来都是动物，可是没有谁像她这样肯定地像一只动物。
> 霓喜的脸色是光丽的杏子黄。一双沉甸甸的大黑眼睛，碾碎了太阳光，黑里面揉了金。
> 她今年三十一……身上脸上添了些肉，流烁的精神极力的想摆脱那点多余的肉，因而眼睛分外的活，嘴唇分外的红。

从对霓喜的外貌描写中可以明显地看出，张爱玲是刻意用上海人猎奇的目光塑造霓喜，着意突出她的动物性。霓喜就像人形的动物，从不掩饰自己的欲望，毫无道德负担地从一个男人到另一个男人，想要的都竭力去抓取，得到了也坦坦荡荡地炫耀。通过霓喜的形象，可以看到在上海人的审视中，香港是个欲望外露的社会。视觉上的夺目冲突隐喻着这个城市的基调。"码头上围列着的巨型广告牌，红的、橘红的、粉红的，倒映在绿油油的海水里，一条条，一抹抹刺激性的犯冲的色素，窜上落下，在水底下厮杀得异常热闹。"②白流苏看着触目惊心。"厮杀得异常热闹"不是犯冲的色素，而是香港这个城市里的男男女女，是欲望的博弈。葛薇龙初到半山，看到"墙里的春延烧到墙外去，满山轰轰烈烈开着野杜鹃，那灼灼的红色，一路摧枯拉朽烧下山坡子去了"③。与上海守旧家庭的冯碧落像一只"死也还死在屏

---

① 张爱玲：《连环套》，载《倾城之恋》，北京十月文艺出版社2012年版，第262—326页。
② 张爱玲：《倾城之恋》，载《倾城之恋》，北京十月文艺出版社2012年版，第174页。
③ 张爱玲：《第一炉香》，载《倾城之恋》，北京十月文艺出版社2012年版，第1页。

风上的鸟"[1]不同,霓喜、梁太太、葛薇龙、白流苏等的欲望如红色的野杜鹃坦坦荡荡、摧枯拉朽。葛薇龙、白流苏的转变半推半就,根本动力在于自我欲望的满足。葛薇龙贪恋华丽的衣裳、乔琪乔的情爱,白流苏希冀嫁给范柳原衣锦荣归,出净在娘家的憋屈气。张爱玲为香港的原始活力所触动,她为上海人写的"香港传奇",都是关于欲望的故事。《第二炉香》中罗杰和美丽的妻子新婚,却因为妻子不懂人事,无法行夫妻之礼,导致外界对他的误会,最终在极度的欲望压抑中走向自毁。《茉莉香片》中聂传庆对大学教授言子夜产生了畸形的倾慕,这种倾慕中掺杂了聂传庆对原生家庭的厌恶和急于摆脱旧家的迫切。聂传庆新生欲望的渴求没有获得妥善的出口,他无法自控地将之转化为对言丹朱的憎恨,最终不得不以暴力的形式发泄。读者可以感知到张爱玲笔下香港的年轻人是充满活力的,香港的繁华制造出一种美好生活的幻境,吸引着无数的年轻人飞蛾扑火又甘之若饴。21世纪南下作家葛亮更为彻底地撕开香港的繁华表象,将都市的残酷展现得淋漓尽致。

　　对于香港,成长于南京的葛亮是无数异乡人之一。成长背景、语言、文化等客观上的阻隔使葛亮可以与香港保持一定的距离,用相对冷静、疏离的态度去察看香港的城与人。《猴子》通过一只从动物园偷跑出来的猿猴的视角,串联起港岛的众生百态。李书朗与父母蜷缩在荔枝角的一处唐楼单位近二十年,名牌大学文学系毕业后找不到工作,无奈做动物园饲养员,猿猴出逃后被迫引咎辞职。艺人谢嘉颖从台湾到香港打拼,猿猴意外出现,使她的私生活暴露在公众视野,谢嘉颖遭到了公司和情人的双重抛弃,被媒体合力塑造成"精神失常"人士。二代偷渡客童童天生残疾,父亲带着她在西港苟且偷生,正要获得合法身份之际,因为猿猴的出现童童丧生街头。媒体为猿猴连篇累牍跟踪报道了三天,却对生存在狭缝的童童等毫无关注。李书朗

---

[1] 张爱玲:《茉莉香片》,载《倾城之恋》,北京十月文艺出版社2012年版,第101页。

"生而为人，我很抱歉"的感想和记者"这世道，真是畜生比人金贵"的腹诽揭示了文章的主旨。如果说吞噬葛薇龙的是个体的欲望，那么吞噬李书朗、谢嘉颖、童童的，就是城市本身。李书朗、童童等谈不上多少征服社会的野心，他们拼尽全力求的不过是温饱。同样的一座城市里，有人花上亿资金买一张照片，也有人要去餐厅搜罗剩菜作饭食，对于底层来说，生存仿佛就是一种错误。第四段故事中的记者，或许不至面临生活的窘迫，但他的理想和热血终究被日复一日鸡毛蒜皮的"新闻"吞噬了。城市成了一个吃人的魔窟，个体生命都被记录在"死亡笔记"的账本上。葛亮在《浣熊》自序《浣城记》中说："我始终相信，我们的生活，在接受某种谛视。"[①]《猴子》中的猿猴就是一种"谛视"，它的目光撕破"华丽的袍子"，直面满是"虱子"的真相。

　　葛亮在香港系列故事里描写了众多年轻人，但这些年轻人尚未释放青春的活力就被城市吞噬了。《阿德与史蒂夫》中的阿德原籍广西荔浦，他持双程证偷渡来香港，因无法取得合法身份，只能打黑工[②]，只有晚上才能偷偷出来打球，被人打劫受伤也无法就医。年轻女孩曲曲被一场高烧夺去声音，父亲因工伤失去了工作能力，父女俩人靠综援生活，父亲从未替她申请合法身份。曲曲从持双程证到香港那日起，一直到脑卒并发症身亡，数年间蜗居于家徒四壁的小房间里，从未出过门。关于《阿德与史蒂夫》，葛亮曾交代其原型："有一段时间，住在山道上，夜里无法安睡。索性就起身出门，沿着水街往下走，一直走到山下有灯光的地方，是西区运动场。在那里认识了一群朋友，其中一个，还带了他的狗，是一条鲍马龙史蒂夫。这些朋友凌晨收工，就到这里打打篮球，热闹地聊聊天。性情都是欢乐的调子。他们和我交谈，用或好或坏的普通话，间或教我几句广东话。有人突然揭露其中某句俗语是粗口，是要教坏后生仔。被谴责的人便激烈地笑，掩饰

---

① 葛亮：《自序·浣城记》，参见《浣熊》"序言"，南京大学出版社2013年版。
② 指非法劳工。

自己的不过意。那狗也是欢快的，自己一个，兀自围绕球场奔跑，转圈，追逐滚动的球，是自得其乐。"① 按照葛亮自述，阿德的原型是西区运动场遇到的香港本地青年之一，他们显然是欢乐的、充满激情的，连狗也自得其乐。但嫁接到文学作品中，葛亮艺术化地把香港本地青年处理为广西荔浦偷渡过去的青年阿德，让他背负了阿母、曲曲两代偷渡客的悲剧命运。阿德在球场上的强劲活力与他在现实生活中的沉重、无奈形成了鲜明的对比，葛亮借这种强烈的冲突揭开城市的暗面。在葛亮的香港故事里，除了阿德、曲曲、宁夏等偷渡者被都市拒之门外，布德、天佑、李书朗以及《退潮》中的中年妇女"她"与香港的繁华都保持了无法逾越的距离。于野（《龙舟》）九岁时跟随父亲来到香港继承祖父家业，十多年来他不仅没有融入都市，却常常造访僻静的离岛。继母为了争取财产，引诱于野并怀上了他的孩子。在祖父、继母和自己身上，于野见识了利益面前人性的扭曲，在绝望之中他逾越了欲望和法律的界限，最终烧炭自杀。布德（《街童》）祖籍广东，在长洲岛长大，一直混迹于底层。布德爱上偷渡到港的性工作者宁夏，接触到犯罪团伙，被摘取器官后死在水泥管道里。张天佑（《杀鱼》）一直在云澳岛上生活，他看似抵挡住了余宛盈代表的诸种诱惑，继承了阿爷的老本行杀鱼，实际是退守到了传统里，继续远离"中环"。葛亮笔下极少有飞扬的青春，偶有的飞扬也是昙花一现，犹如布德的哥哥林布伟在香港青年机车联赛中拿了冠军，半年以后就丧生赛场。香港这个城市容不下一点轻盈快乐，在拐角处等着的总是致命痛击。葛亮对"外乡人"的关注与彼时个体处境密切相关。"港大是这岛上的另一个岛，是真正无车马喧的清静地。这里面的人，便也有了岛民的心态。"② 葛亮和张爱玲一样在港大求学，远离都市的喧嚣，"异乡人"的身份使他不自觉地与异乡人产生情感上的共鸣。当他采取异乡人的视角去看待香港这个城市，也就更能察觉这个都市的弊端。

---

① 葛亮：《拾岁纪（代跋）》，载葛亮《七声》，作家出版社2011年版，第309—310页。
② 葛亮：《拾岁纪（代跋）》，载葛亮《七声》，作家出版社2011年版，第300页。

值得注意的是，葛亮并未停留在描绘都市病症的表层，而是深入病症的根源。"聪明成熟的体制懂得怎样麻醉猛虎、研磨它的剑齿、修剪它的利爪，甚至摘除它的荷尔蒙腺体。时代的'进步'似乎就汇集于这种手术的冷静与不动声色。"①吕大乐在《四代香港人》中观察到香港全民教育的普及化和去精英化，使教育程度不再必然代表社会上的地位和事业上的成功，从第三代开始，向上"社会流动"的可能性变得更低，随着全球经济趋势的发展，第四代、第五代的向上社会流动局限性显然更大。沈旭晖和黄培烽更为一针见血："在被建构为'香港精神'的七、八十年代，社会性流动也属'开放而不公平'，数据上，劳动阶层向上流动依然困难，狮子山下精神只是胜者建构的故事。以这故事让下一代望梅止渴，原已可商榷；当中产阶级希望'世袭'这个流动公式予他们的下一代，其他人就望梅也不能止渴了。"②葛亮显然察觉到了香港社会制度的扭曲，《杀鱼》中一笔带过的老富豪故事耐人寻味。1972年时，利先叔家人救了一位从广州偷渡到港的青年人。青年人一无所有，从零开始最终成了"长年在报纸上出现的老富豪"。云澳整村人以死相逼都不能阻止开发商强拆的脚步，但老富豪的一个决定就可以取消开发计划。老富豪与其他故事中挣扎的年轻人形成了鲜明的对比。年轻人犹如猛虎被一步步卸去剑齿、利爪、荷尔蒙，看不见的"老富豪"则成了"聪明成熟的体制"的隐喻。

在张爱玲眼中，香港是年轻人的香港，无数的年轻人在这个城市舞台上挥洒青春，但当青春不再，年轻人也如一炉香，烧完了，淡了，火熄了，灰也冷了。葛亮的书写却是年轻人如冷灰般早已"被决定的命运"。如果说张爱玲笔下的葛薇龙、白流苏等在香港身份的转变，仿佛一种释放，掺杂了巨大的不堪和别扭，类似于香港的被殖民历史，仿佛获得了更大的自由，但生活其间的人们难逃被扭曲的命运，那么葛亮关注的是新时代语境下，香港既有的规则和城市机制应面临新的

---
① 2012年《亚洲周刊》华文十大小说授奖词。
② 沈旭晖、黄培烽：《第四代香港人》，圆桌精英有限公司2012年版，第23页。

洗礼，在传统与创新之中走向重生。

大都市的发达和产业的精细化给人们带来许多无法想象的享受和快感，也扩大了欲望的强度和深度，欲望越强烈，求而不得之后的痛苦也越发强烈。从金庸到薛可正、从亦舒到马曳、从张爱玲到葛亮，无论是女频的言情还是男频的江湖，抑或是精英文学的审视，香港小说的青春书写一直聚焦于世俗民情。香港的大众文化包括武侠小说、影视等文艺作品，长久以来孜孜不倦地尝试在艺术与商业、娱乐与严肃、残酷现实与励志故事之间寻找平衡点。武侠小说、言情叙事、TVB电视剧、"古惑仔"系列、许氏兄弟和周星驰的电影等广受欢迎的文艺作品，戏剧的表现手法下是底层人的求生欲望、痛苦和挣扎。在娱乐至上、消费至上的都市中，仍有人注目底层，努力为他们述说，实在是一件幸事。

# 结语　网络文学研究的问题与思考

当前，对网络文学的作品研究、现象研究、美学研究、传播研究、改编研究、评价研究、IP 研究等已成为关注重点，呈现出"万紫千红""百花争艳"的繁荣样态。整体上，网络文学研究已走出概念探讨和特征关注等层面，进入评价体系的研讨与价值发掘和良好生态秩序的建构等深层问题的探索中。网络文学研究向纵深开拓时，存在诸多困境，面临一些问题。

一是传统文学研究方法的突破问题。网络文学出现以来，创作研究一直面临传统文学观和研究方法的束缚。在传统文学研究体系中，网络文学被看作消遣物，是浅薄、没有艺术价值的表现。当前，研究者热衷于从后现代、文化研究、新批评、经典化、文学史等理论视角切入，忽略了网络文学以网络为载体、以读者为中心的写作特点。传统文学理论的生搬硬套会造成对网络文学的误读。仅仅着眼于既有的研究范式，以之认识、考察网络文学，甚至希望借助其解决网络文学发展中遇到的问题是不恰当的。陈定家认为"传统文论在网络文学面前往往如'前朝古剑'，作为礼器固然不失威严，作为兵器则不堪一击"。在传统文学研究方法的审视下，网络文学不可能得到合理的认识，内蕴的价值也无法得到充分发掘。走出传统文学研究理论范式的制约，拓展新的关注视野如后人类等层面的思考，才有可能推动网络文学研究更好发展。

二是交叉学科或跨学科的研究问题。较之以往的文学形态，网络文学跨界力度大，不仅是文学领域的变革，还是技术和艺术的融合，是传统意义上不同学科共同的关注对象。与网络文学自身特点形成映照的是，网络文学研究主要集中在文学领域，在语言学、艺术学、美学、社会学等领域的探索相对薄弱。网络文学的出现是当前时代多种艺术门类综合发力的结果，表现为文学领域的变革却并不局限在文学领域之内，对它的研究应该结合相关学科特别是从技术革命的层面进行关注。中国网络文学产出量巨大，文学领域的关注往往力不从心，大数据分析和数学模型等研究方式参与讨论会产生更强的助推力。技术层面的变革和跨学科的研究是当前网络文学研究的薄弱点。

三是跨文化的研究问题。互联网的出现改变了人们的生存方式，优秀的文艺作品是世界人民共同拥有的财富。中国网络文学已成为中国文学海外传播的名片，与好莱坞大片、日本动漫、韩国电视剧并称为世界"四大文化奇观"，广受海外读者追捧。在此情形下，结合不同文化语境强化网络文学传播等方面的研究是亟待解决的重要问题。

四是重复研究的问题。尽管网络文学作品丰富，受到研究者关注的却不足0.1%。大量的研究集中在少数作家和作品上。如果不是"大神"的创作或经过影视改编暴得大名，几乎不会受到关注。对一部作品进行反复研究和不同层面的探析是必要的，也是传统文学研究中对待经典作品的做法。但当前的网络文学研究不是在挖掘和塑造经典，而是在重复，"为批评而批评"和"应景式的批评"居多。网络文学研究的重复性问题还集中在对一些宏观问题的探讨上。除少数研究外，很多的研究不是"接着说"而是"跟着说"，既不能开辟出网络文学研究的新话题、新领域，也不能在已有研究的基础上拓展新空间、新发现，造成众多的文章"似曾相识"或"千篇一律"。

在当前网络文学研究面临困境的情形下，关注研究中存在的问题并加以调整，将有助于实现网络文学研究更好的发展前景。习近平总书记在文艺工作座谈会上的重要讲话中指出，互联网技术和新媒体改变了文艺形态，催生了一大批新的文艺类型，也带来文艺观念和文艺实践的深刻变化。由于文字数码化、书籍图像化、阅读网络化等发展，文艺乃至社会文化面临着重大变革。要适应形势发展，抓好网络文艺创作生产，加强正面引导的力度。这表明，网络文学研究要有时代特色，适应时代变化，不仅关注网络文学的商业成功和经济效益，更重要的是通过价值传递、审美判断等层面的研究影响读者，进而在警醒世人、烛照未来的理念追求中，为网络文学的发展树标杆、提质量。谈及当前的网络文学研究，欧阳友权认为，其存在的问题是"学术视野和思维窄化，许多研究停留在现象描述而没有深入价值本体"。网络文学研究中的价值问题要求研究者跟随时代要求，响应召唤，关注网络文学的社会效益，并通过批评和研究引领网络文学的发展，实现"纲举目张"。只有将时代要求和个体研究结合起来，才能拓展出网络文学研究的大世界。

有必要加强网络文学研究的理论建设。这不仅涉及研究对象、研究内容、评价体系等层面的探讨，还牵涉研究方法、文化传播等不同领域的建构。近些年的研究中关于网络文学经典化和如何进入文学史等已有一些探讨，但都是在现有文学理论的基础上进行的，更多是"隔靴搔痒"式的，既不能让传统文学评价体系认同网络文学的"经典性"，也无法在现有的评价尺度下发掘出网络文学的内蕴价值和生命力。网络文学研究中的一些问题，如"经典化""入史"等，在网络文学研究理论没有充分发展之前，不妨暂且搁置。"削足适履"式的探讨对传统文学和网络文学研究都是一种伤害。建议阶段性开展"网络文学史"或"网络文学发展史"的研究。这类研究可以为网络文学发展做阶段性的总结，有助于梳理网络文学发展，正本清源。就当前的研究状况看，网络文学的研究者主要集中在高校和作协系统。相较于中国网络文学的庞大体量，仅有少数研究者的参与是不够的。网络文学是技术变革时代民间力量的汇聚，网络文学研究也应该广泛发掘民间力量，与学院派的研究形成互补。相较于专业研究者的研究，业余研究者的探讨视野会更为宽广。他们的背景知识多样，有助于改变当前研究知识体系单一的问题，更有利于不同研究方法的引入。较之于伴随印刷革命兴起的新文学，网络文学的出现与电子传播和互动传播的技术革命浪潮密不可分。结合时代特色和时代要求，通过调整与突围，开拓出网络文学研究的新天地，成为当前网络文学研究者必须解决的问题。

# 后　记

　　在学术研究圈子化、规制化的今天，其给文学带来了相对稳定的研究范式，使后来者有章法可学、有规律可循，能较快地厕身其间，一展身手。同时，这种体系化形成了"闭塞"。范式以外的研究对象、研究方法等难以得到尊重和认同，历史书写与价值判断推陈出新的能力大为降低。网络文学在中国已有不短的发展时间，受众广泛，不少创作者已跻身"名人"行列，但其价值并未得到足够的重视和认可。"舍得一身剐，誓将'低俗'变'高雅'。"一些网络文学研究者努力的气度并没有改写学界的认知。时至今日，谈及网络文学，主流的看法仍是将其直接丢进通俗文学的行列，认为其是普罗大众的"精神鸦片"，不入精英群体的眼帘。对此现象，笔者无意辩驳，相信其蓬勃的发展会给出最好的答案。

　　"走马章台柳似丝，斗鸡下社人如市。泾川渭水转依微，五陵北去望透迤。还有闭门读书者，长年不出长蒿藜。不学城中游侠儿，百年身死何人知。"一代有一代的文学。艺术创作的迭代更新不仅有自身发展的内在规律，更有时代变化的促动。当AI已经对人类的生存发展产生巨大变革的时候，再醉眼陶然地沉溺于固有的精英认知，无视民众的需求和艺术的发展变化，只能成为时代的"弃儿"。与此同时，当前的文学研究也再次走到了亟须破局的地步。20世纪80年代，文学领域变革带来的推动和影响，持续了四十余年，走出了"八个样板戏和一个半作家"的桎梏，研究方法也实现了变革和突破。眼下，当网络文学已经成为数亿人阅读、追捧的对象，已是中国精神文化对外输出的重要载体时，学界对其的关注和评价却没有太多变化……故步自封式的评判已不能为文学研究提供丰厚的养料，注目时代、放眼未来或许才是当下的文学研究实现超脱的正途。

笔者在文学领域蹒跚学步多年，对新文学和网络文学有点滴感知，虽未成熟完备，亦愿意分享以求指正。"枕上诗书闲处好，门前风景雨来佳。"以兴趣和余裕的心境注目中国网络文学，在其间发现一点小惊喜，可以收获生活的小喜悦。"若对青山谈世事，当须举白便浮君。"我们贪恋生活中的简单与美好……多余的话。

是为记。